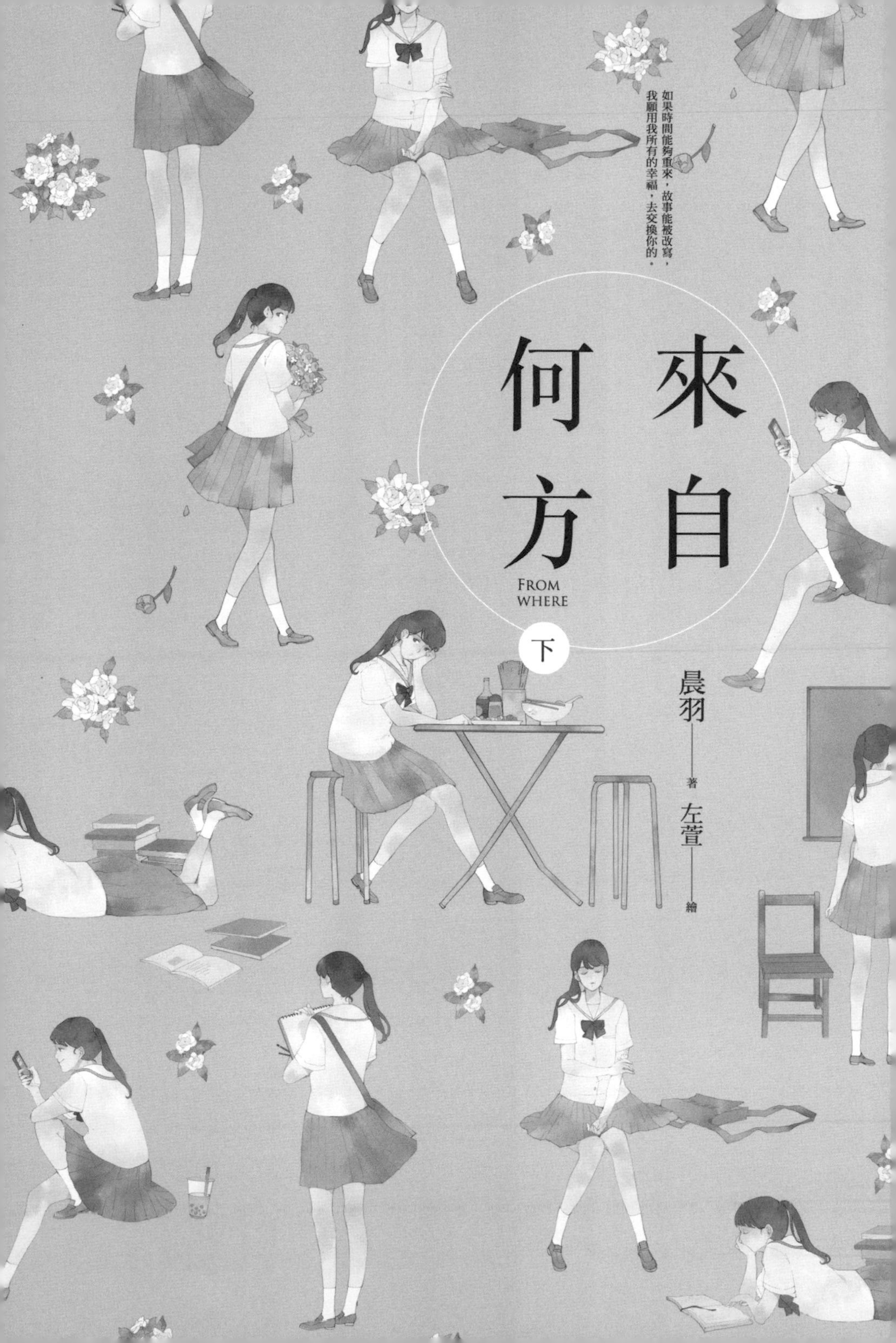
如果時間能夠重來，故事能被改寫，
我願用我所有的幸福，去交換你的。
來自何方
FROM WHERE
下
晨羽 著
左萱 繪

第十一章　唐念荷

茉莉學姊來找我了。

收到她的通知時，我正好下課不久，一出校門就聽見她的叫喚，比起她忽然出現，更令我意外的是她竟會在平日來找我。

「茉莉學姊，妳今天不用上課嗎？」

「我蹺掉了最後一堂課。最近打電話給妳的時候，總覺得妳怪怪的，而且都不太願意視訊。我有點擔心妳是不是怎麼了？還是我做了什麼讓妳生氣的事？」

得知她特地為此趕來，深切的愧疚自我心底油然而生，用力搖頭的同時，鼻頭也湧現一股淡淡的酸楚。

茉莉學姊溫柔牽起我的手，「我們去河堤走走吧。」

過去只要感覺到我為宋任愷傷心低落，茉莉學姊就會帶我來河堤邊散心，陪我一同回憶與他共度的快樂時光，我們總是在這片日落下思念著他；然而這次來到這裡，我的心情卻與過往截然不同，就連眼前的夕陽都突然變得令人難以直視。

之前我一直不知道該如何向茉莉學姊訴說心中的混亂，此刻站在她面前，那些千言萬語竟一下子湧上嘴邊，恨不得頃刻傾瀉而出。

「茉莉學姊，妳對這枝筆有沒有印象？」沒等她開口，我主動拿出一枝筆遞給她。

她目光一頓，隨即反問我：「怎麼了嗎？」

「當年要不是我誤以為自己撿到宋任愷的筆，或許我們就不會有機會成為朋友……」我吞了口唾沫，艱難地問出口，「但前陣子我在偶然間得知，這枝筆其實根本就是他的。茉莉學姊，妳見過他使用這枝筆嗎？」

茉莉學姊遲遲沒有作聲，她的沉默，使我眼眶漸濕。

「我一直思索，是不是有什麼原因讓他不得不欺騙我？我甚至厚臉皮地猜測，他是不是對我有那麼一點好感，才故意那樣做？不過這個想法迅速被我自己否決了，畢竟我比誰都清楚他有多喜歡妳。我也想過另一種可能，或許他單純只是想將原本要送妳的哆啦A夢布偶轉送給我，但那也不需要說謊呀。」我的聲音愈來愈沙啞，「莫非早在那個時候，他就已經想到要利用我，讓大家認定你們分手是因為我，所以他才會對我那麼好——」

「那是不可能的。」向來冷靜穩重的茉莉學姊突地抱住我，「念荷，妳可能會覺得我是偏袒宋任愷才這麼說，但請妳一定要相信妳心中的那個宋任愷，不要否定他對妳的好，更不要抹滅他對妳的意義。他絕對不會蓄意做出傷害妳的事，更不曾有過要傷害妳的念頭。我願意用生命向妳保證。」

我的眼淚撲簌簌地落下，過了好一會兒才輕輕點頭，心下十分慚愧：「對不起，我這樣質疑宋任愷，妳很生氣吧？」

她搖搖頭，毫不猶豫地說：「我永遠不會生妳的氣。」

我微愣，「爲什麼？」

「除了宋任愷，如今在這世上，妳是我最在乎的人。不管發生任何事，我都不會生妳的氣，更不可能討厭妳。當妳覺得痛苦，或是覺得自己撐不下去的時候，一定要記得妳還有我。我會永遠站在妳這一邊，我發誓。」她語氣中的眞摯不容置疑。

我強忍住又想哭泣的衝動，握緊她始終不曾鬆開的手，「茉莉學姊，可以告訴我妳和宋任愷的事嗎？長久以來，都是妳在聽我說話，現在我也想要聽妳說，我想知道在妳眼中的他，是什麼樣的人？」

她沉吟一陣，才低聲答道：「其實我很討厭他。」

「什麼？爲什麼？」這答案令我意外。

「他不僅愛生氣，還喜歡多管閒事，自我們認識的第一天起，他每次看到我做蠢事，都會不客氣地罵我，兩人碰面也總是吵架。」

茉莉學姊口中的宋任愷，和我所認識的他實在差距太大，「宋任愷愛生氣？還會罵妳？怎麼可能？他不是很溫柔嗎？」

「他是有溫柔的一面，可是我們平時的相處模式水火不容，和仇家沒有兩樣。」大概是我的表情太過驚訝，她忍俊不禁，「很難相信嗎？」

我傻愣愣地點頭，「聽起來簡直就像是另一個人……」

「也許我們認識的宋任愷眞的是不同人。」見我又愣住，茉莉學姊輕捏我的鼻尖，「開玩笑的。不管宋任愷在我眼中是什麼模樣，我和他終究都走到了一起。經歷過這麼多，我明白了一件事，如果每個人的存在都有其意義，那麼我來到這世上的意義，就是爲了遇見他，然後去找他。」

「找他？」

「嗯，不論他在多遠的地方，我都會去找他。」茉莉學姊話裡蘊含深情，卻也帶著一股決絕，好似她隨時都能毫無顧忌地跟隨宋任愷而去。

我握著她的力道不由得加重了些。

「妳別擔心，雖然我找不到他了，可是我已經找到人生中的另一個意義，那就是看著妳得到幸福。我會一直陪在妳身邊，直到帶給妳幸福的那個人出現。」她唇角勾起，「最近有誰讓妳特別在意嗎？」

聞言，我微微倒抽口氣，爲什麼這個問題會讓我想起宋學長？

「倘若能再有人走進妳的心裡，妳一定要勇敢面對自己的心意，千萬不要因爲害怕而裹足不前。」她慢悠悠地說：「我這麼說不是希望妳忘記任愷，而是不想在妳身上看見相同的遺憾。」

「遺憾？」

「嗯。」茉莉學姊點點頭，「我有個從小一起長大的表姊，暗戀同校一個男孩三年，卻從來不敢接近他，直到對方出國念書，她才後悔莫及。」

我好奇地問：「那後來呢？」

「那個男生飛往國外的隔天，她發生車禍，當天晚上就去世了。」茉莉學姊語氣平靜無波，「我去醫院見她最後一面時，她哭著向我訴說她有多後悔，說她寧可被拒絕、被厭惡，也不願到了最後，對方連她的名字都不曉得。我表姊一向天不怕地不怕，唯獨在那個男生面前，她才會看見自己的恐懼與脆弱。」

我久久沉默不語。

「念荷，」茉莉學姊凝望著天邊絢麗的晚霞，「假如妳能讓一切重來，再次見到宋任愷，可是卻無法阻止相同的悲劇發生，妳會願意這麼做嗎？」

這個問題令我思緒短暫空白，吶吶地坦言：「我……不知道。學姊呢？」

「與其問我願不願意，不如說，我有一個心願。宋任愷不是曾經告訴過妳，即使置身不同的時空，他也依然會喜歡我？」她聲音細小，幾乎就要被吹散在風裡，「假如眞有另一個時空，那麼我的心願就是，看見他在某個沒有我的時空裡，幸福地活下去。」

我怔怔地忖度她的話，「即使他要有妳才會幸福？」

她搖頭，「沒有我，他才會幸福。」

我無法明白茉莉學姊這句話的意思，但見她面容哀傷，便不再多問。

我們在河堤待到天色已全然暗下才離開，送茉莉學姊去坐車時，我向她道歉：「對不起，還讓妳爲了我蹺課，我不會再讓妳擔心了。」

「別這麼說，妳不埋怨我每次都這樣臨時過來找妳，我就很感激了。」

「沒關係啦，誰叫妳親戚管妳管得那麼緊，況且我並不覺得困擾啊。」

「嗯，那我走了，我再打電話給妳。」

和茉莉學姊道別後，我走沒幾步，驀地回頭看去，她的身影在轉瞬間已消失在人群裡。

茉莉學姊始終沒有問起，我爲何會知道那枝筆是宋任愷的，而我也仍然沒有向她提及宋學長的存在。

我在週六接到宋學長的電話，他約我翌日下午在以前高中的校門口見面。

宋學長靜靜地端詳我，我有些狼狽地側過頭，迴避他那毫不遮掩的目光。

「爲什麼找我來這裡？」我低聲問。

「想回來看一看。」他言簡意賅。

「那也沒必要找我……」

「但妳也沒拒絕。」

我啞口無言。

接著他領著我去到學校的圖書館四樓，熟門熟路地打開通往頂樓的鐵門，一腳跨出去站在陽光下，並從口袋掏出菸盒，動作熟練地點燃一根菸，深吸了一口。

我呆呆地杵在樓梯間望著他。

「不過來嗎？」他斜睨我一眼，「還是妳不想跟我這個宋任愷待在這裡？」

「……什麼意思？」

「這裡是你們從前的祕密基地吧？妳大概覺得跟我一同待在這裡，會破壞妳和他之間的美好回憶吧。」

「你怎麼會知道？」我錯愕地問。

「有一次我和朋友本來想過來抽菸，意外瞥見你們在頂樓交談，後來我和朋友被教官逮個正著，教官勒令我們不准再來。我偶爾還是會偷偷過來，不過如果你們已經先來了，我就會安靜走開。」

我很快想起宋任愷初次帶我過來圖書館頂樓的往事。

當時幸虧宋任愷及時將鐵門反鎖，上不了頂樓的宋學長和他那群朋友索性待在樓梯間吞雲吐霧，而進退不得的我們被困在頂樓吹冷風，我還因此得了重感冒。

我有點難以置信，「原來你知道……」

「在妳轉學過來前，他就常往這兒跑了，也曾跟我們迎面撞上。」

「那你們一定把他趕走了？」我衝口而出。

他笑了笑，「雖然我們時常惹禍，但他跟我同名同姓，如果動了他，感覺也像是在找我的麻煩，所以我那群朋友不太會招惹他，我也沒有把他視爲眼中釘的意思。」

「還有呢？」

「還有什麼？」

「就是……關於他的事，你還有沒有知道些……什麼……」我愈說愈小聲。

他目光變得深沉，「妳想從我這裡知道他的事？妳不是應該比我更清楚？」

我沒有接話，只是略微別過頭。

「妳不氣他騙了妳？」

我輕咬下唇，「我還是想相信他。」

「所以妳認定是我在說謊？」

「不是，我只是覺得，就算他真的說謊，我也相信他一定不是出於惡意，不然我……」

「不然妳會不知道該怎麼辦？」

我渾身僵硬。

「他對你說謊是一回事，而妳相信他是另一回事，我好奇的是，當妳知道他有可能欺騙妳，難道妳沒有一點憤怒？他讓妳面對了那麼殘酷的結局，妳也不曾恨過他？」

「我、我爲什麼要恨他？你根本不知道他以前遭遇過什麼，又承受了多少痛苦。那些都不是你能想像的，他一直以來——」

「我現在討論的是妳的痛苦，不是他的。」他再次打斷我，「妳喜歡他對吧？可是你們沒有在一起對吧？妳一直陪在他身邊，但他不僅無法接受妳，甚至還用最殘忍的方式回報妳的付出，爲什麼這樣妳還不恨他？認清他有狠心自私的一面有什麼不行？坦然承認他傷害了妳，看是要怨恨他或是痛罵他一回，都好過妳爲了堅守心中那個『最溫柔善良的宋任愷』的形象，繼續自欺欺人。到底憑什麼那個宋任愷一定得是好人？又到底憑什麼妳不能生氣？拚命揪著這點不放的妳，都不會覺得自己現在說出來的話非常虛假嗎？」

宋學長隨手捻熄了還剩半根的香菸，往矮牆下一拋。

我俯視落在屋簷上的那些煙蒂片刻，緩步走到另一邊，與他拉開距離。

「妳生氣了？」

「沒有。」我啞著聲音說，「請你先別過來，我想靜一靜。」

圖書館右側那棟辦公樓的陽台上，依然種植著一整排白色的茉莉花，我的視線很快變得模糊不清。

這個人狠狠戳中我從來不曾說出口的疼痛。

宋任愷的離去固然令我痛不欲生，但如今最使我難過的，是他連讓我開口向他告白的機會，都不肯給我。聽到茉莉學姊囑付我要勇敢面對自己的心意時，我只覺滿腹心酸，無法告訴她這份一直藏在我心中的遺憾，一旦對她說出口，只會讓我再次體認到自己的悲慘。

我之所以不敢去怨懟宋任愷，不願去懷疑他對我的好，是因爲我和他之間的回憶是那樣地稀少，少到要是再多一分謊言，或是多一分猜忌，我所珍視的一切就將崩解，什麼也不剩。

但宋學長所言卻也讓我開始思考，就算我眞的怨恨宋任愷對我如此殘忍，就算他眞的對我說謊，難道我就不再喜歡他了？他帶給我的美好和幸福就完全毫無意義？

「希望在來生，我和妳能有更好的緣分。」

無論如何，只有這句話，我相信絕對不是謊言。

我深吸一口氣，走回宋學長身邊，向他伸手，「也給我一根菸吧。」

宋學長微微挑眉，把菸和打火機遞給我。

我將一根點燃的菸放在矮牆上，過了一分鐘後捻熄，也跟著將菸蒂往矮牆下扔。

他沒問我為什麼這麼做，只笑著問了另一個問題：「妳剛剛是在心裡罵他嗎？」

「才沒有，要罵也是罵你。」我悶聲嘀咕。

「幹麼罵我？」

「因為你說我虛假。」

「沒辦法，妳剛才說的話確實虛假到我聽不下去。」

「那、那你呢？上次你在夜市那樣對我，我還沒跟你算帳呢！」我雙頰發燙，也不知是羞的還是氣的。

「夜市？喔，妳是指我親了妳？」他不解地反問：「難道那是妳的初吻嗎？妳居然在意到現在。」

他那毫無愧疚的態度，氣得我脫口大喊：「宋任愷！」

「妳這是在叫我？」他看我的眼神多了一絲笑意。

他忽然變得溫和的表情讓我又結巴起來，「不、不然呢？你不是也叫宋任愷嗎？我是太生氣了，才會不小心叫出你的全名……」

「是嗎？那我有點希望妳以後可以常對我生氣，妳以前應該不會用這種語氣叫那個宋任愷吧？」說完，他朝我跨過來一步。

他話裡的曖昧與驀然貼近的身軀，嚇得我往後退，背抵在牆上，「當然不會！他又不像你，會對女生做出那種沒禮貌的事。你們除了名字一樣，根本沒有其他共通點！」

「那妳有沒有可能愛上另一個宋任愷？」

我霎時懵了，「你說什麼？」

「既然那個宋任愷無法喜歡妳，那妳來喜歡我，我不會拒絕妳。」他目光筆直地看著我。

半晌我才反應過來，囁嚅道：「……我爲什麼要喜歡你，你又不喜歡我。」

「如果不喜歡妳，我幹麼吻妳？」

我又呆住了，頓時心慌意亂，「你不要隨便開這種玩笑。」

「是玩笑嗎？」他猛地低頭，灼熱的鼻息幾乎要噴在我的臉上，「那妳爲什麼肯來KTV？又爲什麼肯接我的電話？甚至答應繼續跟我見面？難道只是因爲我跟那傢伙的名字一樣？」

對上這雙瞳孔裡只映著我的眼睛，我腦中一片空白。

「……對不起。」明明還未想清楚答案，這三個字就自動從我嘴裡冒出來。

聞言，宋學長往後退開兩步。

兩人之間的距離一拉開，我才覺得自己得以順暢呼吸，然而左胸口的心跳卻遲遲無法恢復平穩。

心神不寧地回到家後，我趴在書桌上，一動也不動。

方才我迎向宋學長的眼睛，聽他問出那一連串問題，我才倏地明白了一件事。

只是聽到他女友說他有事找我，我就去KTV找他；他在夜市裡突然吻我，我即便生氣，也沒與他斷絕往來，還時常留意他傳過來的訊息，並再度與他碰面，這一切都是因爲我希望能夠藉由這個人，加深我和宋任愷之間的羈絆。

我和宋任愷的那段過去，遠遠不及他和茉莉學姊一同走過的那些年。每次在學姊面前說起他，我就會感覺到自己的微不足道，甚至懷疑起那段時光是否眞的存在過？

我羨慕茉莉學姊得到宋任愷那麼多年的愛，也嫉妒他們有許多我所不知道的過去，所以在不知不覺間，我對茉莉學姊隱瞞了一些事。我不曾告訴她宋任愷喜歡獨自待在圖書館，也不曾告訴她我們經常在頂樓見面，更不曾告訴她宋任愷爲何特別喜歡在夏天去到圖書館頂樓。

這也是爲什麼今天宋學長提起宋任愷，我會那樣激動，因爲我渴望知道更多茉莉學姊不知道的他。

而我一直沒告訴茉莉學姊我遇見了宋學長，其實也是出於我的私心。

爲了盡可能留住宋任愷的一切，我在不知不覺間利用了宋學長，卻沒想過這樣是否可能會傷害到他。

「妳不用在意啦，他自己也不對啊。明知宋任愷對妳的意義不同，他還故意對妳說出那樣輕浮的話，而且他一跟學姊分手就馬上接近妳，我怎麼想都不覺得他是認眞的。念荷，妳別被他騙了！」

聽完艾亭的勸告，我握著手機陷入遲疑，「是這樣嗎？」

「當然是啊！誰知道他是不是眞的跟他女友分手了？況且從他女友先前的作爲，就能看出她的嫉妒心和獨占欲有多重，哪能甘願就此輕易分手？再說以那位學姊的個性，既然知道妳是造成他們分手的導火線，怎麼可能不找上門來算帳？」

艾亭的分析不無道理，我點點頭，「……說的也是。」

「是呀，所以妳根本無須在意，既然宋學長不是認眞的，又怎麼會因爲妳而受傷？我反倒擔心妳會因爲宋學長而再次受傷，妳還是盡量和他保持距離比較好。」

我反覆思量艾亭所言。無論宋學長接近我的理由爲何，既然已察覺到自己在無意間利用了他，我確實就該與他保持距離，況且說不定他也有同樣的打算。

我想起那天他從我身邊退開時，眼中那複雜的情緒，倘若那是他裝出來的，那麼他眞的騙過我了。

「這輩子我不會再喜歡上茉莉以外的人。」

「既然那個宋任愷無法喜歡妳，那妳就來喜歡我，我不會拒絕妳。」

這些話在我心上久久縈繞不去。

✦

宋學長打電話過來的時候，我人在學校，先是愣了一會兒，才回過神手忙腳亂地接起。

「在幹麼？」

我還以爲他不會再跟我聯絡了。

「我、我在……學校，」突如其來的驚慌失措讓我連話都說不清楚，「準備上課。」

「那妳幾點下課？」

「有什麼事嗎？」我遲疑地問。

「找妳逛夜市啊，有沒有時間？」

「我……」

「妳放心，這次我不會再給妳喝水果酒了。」

他那帶著笑意的嗓音，令我一度無法回話。

甫步出校門，我們很快就發現彼此。

隨著他的步伐愈來愈靠近，我愈來愈感到心慌。明明不再與他聯絡才是最正確的做法，可是爲什麼在接到他的電話時，我竟會覺得鬆一口氣呢？

宋學長不曉得此刻我內心的混亂與矛盾，笑著遞給我一頂安全帽，騎車前往夜市。

走在夜市的人群裡，他忽然停下來，向我攤開掌心，「那枝『宋任愷的筆』，妳有帶在身上嗎？」

「要做什麼？」

「既然眼前有一個宋任愷向妳討要，妳何不就把筆交給他？況且妳不是本來就要給我？」

「但你不是說筆不是你的嗎？」我圓睜著眼睛。

「那枝筆究竟是哪一個宋任愷的，妳覺得還重要嗎？」他維持掌心向上的姿勢，「既然我要，就給我吧。」

猶豫一陣，我從筆袋找出那枝筆，放入他的掌心。

那一刻，我心頭湧上一股難辨的情緒。

「這枝筆已經斷水了，你爲什麼還要？」我又問。

「既然那個宋任愷跟妳說這枝筆是我的，那我就把它當作是我的，現在物歸原主，這樣能不能讓妳心裡少一個遺憾？」

我愣住了，微微撇過頭，緩緩道：「我會與他相識，其實並不是因爲這枝筆，而是我先送錯了信……」

「送錯信？」

聽完我簡略敘述完當年與宋任愷的相識過程，宋學長忽然眼神一變。

我被他的目光弄得有些緊張，「怎麼了？」

「妳知道我現在在想什麼嗎？」

我直覺他應該是在生氣，於是倉皇地解釋：「我不是故意隱瞞這一段，雖然我是因爲送錯信才認識他，但眞正與他熟稔起來，確實是在撿到筆之後……」

「我想的不是這個。」他搶白道，「我想的是，當年如果妳沒有送錯信，妳第一個遇到的宋任愷就會是我吧？」

他灼然的視線令我有些呼吸困難，「是、是沒錯，但就算我先遇到你，我們也不一定會有交集，你又不可能對我有興趣——」

「妳怎麼知道我不會對妳有興趣？」

我被他問住了，不知道他想表達的究竟是什麼意思。

他把筆放進口袋，再次朝我伸出手來。

我一頭霧水，吶吶地說：「我撿到的筆就只有那一枝。」

他輕笑出聲，「我知道，這次我要的是妳的左手，借我一下。」

我依言把自己的左手交給他，他握住之後就沒有放開，牽著我繼續前行。

「你在做什麼？」我嚇了一大跳。

「那個宋任愷牽過妳的手嗎？」

「沒、沒有啊。」我方寸大亂，「你到底要幹麼？」

「我想彌補當年的遺憾。」他嘴角揚起，「雖然我沒辦法是妳第一個認識的宋任愷，但至少可以是第一個牽著妳的宋任愷。妳要是不喜歡，就把我想像成他，如果還是不行，就忍耐到街尾再甩開吧。」

我傻愣愣地看著他的笑容。

那一天，直到離開夜市，我都沒有甩開他的手。

「既然那個宋任愷跟妳說這枝筆是我的，那我就把它當作是我的，現在物歸原主，這樣能不能讓妳心裡少一個遺憾？」

「我想彌補當年的遺憾。雖然我沒辦法是妳第一個認識的宋任愷，但至少可以是第一個牽著妳的宋任愷。」

翌日清晨，不等鬧鐘響起，我便從床上醒過來，眼淚也隨之從眼角溢出。

這三年來，這是我第一次在睜開眼睛時，腦中首先浮現的不是宋任愷的笑臉。

淚水一直無法停止，我卻不知道自己爲何而哭。

我不明白自己究竟是怎麼了。

「念荷學妹、念荷學妹！」之前夥同宋學長前女友，把我騙去KTV的那個斯文男，在街上慌慌張張地叫住我，臉上滿是歉意，「能在路上碰到妳眞是太好了。上次非常對不起，我以爲蕭蕭只是單純想惡作劇，才把妳騙過去，沒料到後來會變成那樣，請妳原諒我好嗎？」

他口中的蕭蕭，就是宋學長的前女友。

見他態度誠懇，我決定放下心中的芥蒂，淡淡一笑，「沒關係。」

他鬆了口氣，也跟著笑逐顏開，「謝謝妳，那這週五晚上妳要不要一起來唱歌？或者過來露個臉就好，五分鐘也行，拜託了。妳放心，這次蕭蕭不會出現。」

「……有什麼特別的原因要我過去嗎？」我遲疑地問道。

「只有妳願意過來，愷子才有可能再搭理我們。」他苦笑，「妳不知道，上次我們那樣對妳，著實把他給惹惱了。我認識他三年，從沒見他生過氣，那天妳一走，他問清楚事情原委後，居然發火了，還拿酒罐往我身上砸，後來他就很少參加聚會，也不肯接我的電話。」

我很訝異，「他氣的不是學姊偷用他的手機、冒用他的名義打電話給我嗎？」

「蕭蕭不是第一次偷用愷子的手機，也沒見他爲此動怒。愷子氣的應該是我和蕭蕭用這種方式把妳騙來，讓妳被她當眾羞辱，他可能誤以爲我也是存心欺負妳。我想向他解釋，也想向妳道歉，但愷子根本就不肯理我。」

我呆了一陣，忍不住問出那個我最在意的問題：「聽說那天之後，宋學長和學姊分手了，是眞的嗎？」

斯文男頓了幾秒，點點頭，「……目前看起來是這樣沒錯。」

我低垂著頭，一時沒有作聲。

他低聲下氣地合掌央求，「念荷學妹，拜託妳過來一趟了。要是他再繼續避不見面，我會被其他朋友罵死！」

原來宋學長是眞的和學姊分手了。

那天他沒有告訴我箇中原因，只輕描淡寫地表示一切與我無關。

「我不想再讓別人認爲，是因爲我的關係，才會害得誰跟誰分手。」

他是考慮到我的心情，才會那樣說嗎？

✦

週五晚上七點，我去到了KTV。

斯文男親自出來迎接我，頻頻向我道謝，彷彿我施予了他多大的恩惠似地。

「我留言給愷子，說今天妳也會來。我本來還擔心，要是他來了，卻發現妳沒到，他可能眞的會跟我絕交。」他如釋重負地笑了，「走吧，我帶妳去包廂。」

他帶我進到一間可容納十人左右的中型包廂，見蕭蕭學姊果真不在其中，我暗暗鬆了一口氣。

在場那些人大都是初次見面，卻熱情主動地與我閒聊，讓我漸漸不再那麼緊張尷尬。

幾分鐘後，包廂門被推開，坐在我身旁的斯文男馬上激動大喊：「愷子，這邊！」宋學長的目光停在我身上，隨即大步走到我的另一側坐下。

「愷子，我沒騙你吧？我已經誠心向念荷學妹道過歉了，你就大人有大量，別再生氣了吧。」斯文男說完，扭頭吩咐其他人，「各位，主角來了，可以開始了！」

就在這時，一個男生端著一個插著蠟燭的大蛋糕，朝宋學長緩步走來。

大家興高采烈地齊聲唱起生日快樂歌，我驚訝得睜大眼，看著那個男生將蛋糕放在宋學長面前的桌上。

「愷子，生日快樂。我們剛剛還在說，要是你連生日這天都不出現，就要把蛋糕往他臉上砸。」那個男生毫不客氣地白了斯文男一眼，四周立刻響起一片笑聲。

我悄聲問斯文男：「今天是宋學長的生日？」

「咦？難道我沒告訴妳？對不起對不起！」他趕緊道歉，表情卻不見多大驚慌，「我們之前本來就打算替他慶生，但發生那件事後，愷子就不理人了，要是今天他再不肯來，我一定會被視爲千古罪人。這都是託妳的福，眞的很謝謝妳！」

雖然斯文男這麼說，我仍不認爲自己有起上什麼作用，而且在看到眾人紛紛送上禮物給宋學長後，我不由得坐立難安起來。

宋學長問我要不要去自助吧拿食物，我點點頭，跟著他一同步出包廂。

「那傢伙是怎麼找到妳的？」他指的是斯文男。

「我們在路上巧遇，他向我道歉，說你一直不理他，拜託我今天無論如何一定要過來。」我有些不好意思，「還有……祝你生日快樂，我不知道今天是你的生日，沒有準備禮物，下次再補給你。」

「何必等下次？妳現在就可以給我。」

「可是我身上什麼都沒有呀。」

他似笑非笑，「妳親我一下，我就當收到禮物了。」

我霎時滿臉通紅，「你別再開我玩笑，我是很認真——」

「我也是認眞的。」他定定地看著我，「比起其他禮物，我更想要的是這個。」

我渾身僵硬，一句話也說不出來。

他似是被我的窘狀逗笑，嘴角勾起，「好啦，不勉強妳，我知道妳不會想對我這個宋任愷做這樣的事。能聽到妳跟我說一聲生日快樂，我就很高興了。」

宋學長把麵包放進烤箱，我呆立在一旁。

過了一分鐘，烤箱發出叮的一聲，他俯身準備夾出麵包，我冷不防在他臉頰輕輕一啄，然後快速退開。我的心臟跳得飛快，幾乎就要跳出胸口，猛地蹭上雙頰的熱度更是一路蔓延至耳根。

「這、這只是生日禮物，沒特別的意思。」我不敢看他。

宋學長沉默半晌，淡淡地回：「我知道。」

端著食物走回包廂的途中，我尷尬地跟在他身後，臉上的熱度仍未消退。

他在包廂門前停下，卻遲遲沒有推門而入。

一個服務人員推著清潔推車從旁經過，他突然將我和他手裡的托盤放上推車，拉著我朝走廊盡頭的洗手間走去。

洗手間的門一關上，宋學長就捧住我的臉，低頭吻上我的唇。

他炙熱的氣息讓我腦中一片空白，漸漸分不清此刻耳邊響起的心跳聲，究竟是宋學長的，還是我的。

「念荷，如果有一天，妳再次遇見讓妳動心的人，千萬不要錯過他，也不要爲了任何人輕易放手。知道嗎？」

茉莉學姊，要是那個讓我再次動心的人，也是宋任愷，那該怎麼辦？

要是妳知道，我可能愛上了另一個宋任愷，妳會怎麼看我？

妳還會對我說出同樣的話嗎？

第十二章　孫一緯

當我踏入便利商店，那個男人已經坐在裡面了。厚重的外套遮掩不住他消瘦的身軀，他的頭髮有一半已變得花白，微彎的眼角也比以前多牽起幾條皺紋。

我不禁多看他幾眼，「工作很忙？」

「這個月加班，稍微忙一點，趁著今天休假過來看看你，順便給你送個東西。」男人嘴角含笑，「你還在打工嗎？這樣課業應付得過來嗎？如果很勉強，你就先別匯錢回家了，我這邊有錢，你有需要也儘管開口，我可以——」

「我說過了，我能自行負擔生活費和學費，不需要你資助，而且我匯的錢是要給我媽的，你只要幫我交給她就好，今後那些話就別再提了。」我輕描淡寫地帶過，話鋒一轉，「你要給我什麼？我等一下還要打工，沒辦法待太久。」

「喔，是這個。」他收起落寞的神情，匆匆遞過來一個紙袋，「雖然你沒回家，但我還是會定期幫你打掃房間，方便你隨時回來。前陣子我在你房間看到這個，想說送過來給你。」

紙袋裡裝著一疊空白的稿紙。

「很久以前聽你媽媽提過，你很喜歡寫東西，她還拿你刊登在校刊上的文章給我看，當時我跟你爸爸說，很羨慕他能有你這樣優秀的孩子。如果你能繼續寫下去，他應該也會很高興——」

「你跟我爸這麼說的時候，難道他沒告訴你，他始終很反對我寫作，時常爲此跟我起爭執？」我微微挑眉，「就算你是好意，也沒必要爲了討好我而編出這種謊話。」

男人先是一愣，連忙又說：「一緯，不是的。你爸爸對待你的方式比較笨拙，很多時候可能會讓你誤會，其實他只是不知道怎麼跟你溝通。我高中就認識你爸爸了，我很了解他，他不是你想的那樣，你相信我。」

聽完他的話，我沒有太大反應，只在一段短暫的沉默後，淡淡地回：「如果你是想告訴我，他很關心我，很在乎我，那就沒必要了。就算你說的是眞的，我也沒有任何感覺。」

他垂下雙肩，眼底浮現一種比落寞更深的情緒。

後來他就什麼都沒再說了。

那天結束打工後返家，我隨手將紙袋扔在桌上，稿紙滑了出來，我的目光停住，久久無法移開。

我來到床邊，從床底下搬出一個很久沒開啓過的紙箱。

紙箱裡分別是圖書館女孩過去給我的所有信件，以及從前我因爲楊於葳而寫下的小說。

我取出那疊寫滿字的稿紙，坐在地上重溫那個始終未能完成的故事。

畢竟是三年前寫的東西，讀來的感覺已不同以往，許多地方都有待改進，只是事到如今，我不可能再重新寫過，更遑論將之完成。

楊於葳走後，我就不曾再興起動筆的念頭了。

讀完之後，我翻回第一頁，看著貼在稿紙左上角的一張便利貼，上面寫著兩個角色的名字。

學妹：唐念荷。

學長：宋任愷。

望著楊於葳的筆跡半晌，最後我將男人送來的稿紙，連同未完成的小說一併收進紙箱，塞回床底。

期中考結束的那天晚上，蔣智安拎著大包小包的宵夜過來找我。

他一口珍珠奶茶一口鹹酥雞，口齒不清地道：「你這週末還要去家教？」

我點頭。

他接著又問：「你有幾個學生？」

「五個。」

他差點把嘴裡的飲料噴出來，「五個？你哪來這麼多時間？」

「本來只有兩個，上個月房東聽說我在兼家教，就請我幫他兒子補習，然後他兒子又拉來兩個同學，所以現在我週六教三個，週日兩個。」

蔣智安聽得瞠目結舌，「孫一緯，你是想把自己累死嗎？」

「還好啦，這幾個學生的程度都挺不錯，教起來不會太吃力，而且剛好都是高三生，教材可以一起準備。」

「但你也沒必要把假日塞得這麼滿吧？碰到期中、期末考怎麼辦？」

「不用擔心，我這人念書本來就不會臨時抱佛腳。」我又起一塊甜不辣送進嘴裡。

「嘿啦，我問錯問題了。」他翻了個白眼，「所以你只有假日比較忙？平日都沒事？」

「目前是這樣。」我心不在焉地答道，瞄向紙袋裡爲數不多的甜不辣。

「兄弟，我有個不請之請。」蔣智安忽然正襟危坐，眼神閃爍，不敢正眼看我，「我想跟你預約我的生日禮物。」

「你的生日不是在四月？」現在才十一月。

「所以我才說是預約啊，有件事無論如何都要請你幫忙，我已經騎虎難下了，你一定要救我！」蔣智安冷不防抓住我的手臂。

「你欠誰錢了嗎？」

「不是啦，是我們想跟S大廣電系的學生聯誼，S大向來以出產正妹聞名，而且校花就在廣電系，就算要與其他學校搶得頭破血流，我們也想爭取到跟她們聯誼的機會。」

「所以呢？」聽到這裡，我心中湧上不祥的預感。

「為了在眾多競爭者裡雀屏中選，我們眞的很努力。但你也知道這不是光靠努力就有用的，如果不派出一個狠角色，根本沒有勝算，於是我把你的一張照片送過去碰碰運氣，想不到對方居然答應了！我學長他們都說，即使要砍斷你的雙腳，也要把你拖去聯誼，否則他們就要砍斷我的雙腳……」說到最後，蔣智安幾乎是哭喪著臉了。

我這才恍然大悟為何他今天會帶那麼多宵夜上門，而該死的我早就把一大包鹹酥雞和一袋烤魷魚都嗑得精光，珍珠奶茶也喝了大半杯。

在我殺人的目光下，蔣智安不顧形象地抱著我的大腿苦苦哀求：「歹勢啦，一緯，只要你答應幫忙，我再請你吃一個月的早餐都沒問題。聯誼的時間是在下週五晚上，不會耽誤到你打工，拜託你一定要來，你就看在我都大三了還交不到女朋友的分上，可憐可憐我吧，嗚嗚嗚！」

莫名其妙被拖入這淌渾水，我第一次興起跟這傢伙絕交的念頭。

到了聯誼那天，我們七個男生來到一間歐式餐廳。

等待對方過來的時候，蔣智安還不斷巴結我，懇求我千萬別擺臭臉，此時一眾引人注目的身影翩然出現。

六名打扮入時、容貌美麗的女生一一入座，她們解釋有個女生會晚點到，在點完餐點飲料後，便開始了一輪自我介紹。

爲了給蔣智安面子，儘管不適應這種場合，我也只能盡量配合，與一位主動向我攀談的長髮女孩聊了幾句。

過了十五分鐘，一個戴眼鏡的女孩掛上電話，對身邊的友人說：「小玫說她事情還沒處理完，沒辦法趕過來，所以找人代替她了。」

「她找的是誰呀？」

坐在中間的女孩剛問完這個問題，一名穿著白色毛衣的短髮女孩推門而入，快步走來，那幾個女孩全都面露驚喜。

「可釩！」

「可釩妳怎麼會來這裡？難道是小玫叫妳來的嗎？」

「對呀，她臨時打電話給我，拜託我替她過來。」短髮女孩笑盈盈地答道。

她坐下後，很快與我四目相交，我們都在彼此眼中看見了難掩的錯愕。

「你們好，我叫可釩。」她態度從容地向大家打招呼，沒讓其他人看出異狀。

蔣智安也認出了她，悄悄湊到我的耳畔，有些遲疑地問：「她是那個翁可釩嗎？」

「嗯。」我簡短地應了聲，一時也做不出其他反應。

蔣智安流露出略顯複雜的神色，看向我的目光似有深意。

用餐結束，他們一群人像是聊得意猶未盡，決定再去KTV續攤。

我始終沒和翁可釩說上半句話，默默看著她和眾人飲酒作樂，相談甚歡。

沒想到還會再見到她。

與記憶中相去不遠的清秀容貌，以及她身上的白色毛衣，勾起我心裡的一段往事。

高三那年，我與楊於葳撞見她遭男友當街擄走，擔心她有危險，因此我們一路騎車尾隨其後，幸好最後是虛驚一場。當時漆黑的夜色下，翁可釩所穿的白色外套，留給我十分鮮明的印象。

隨著想起這件事，我也想起那晚楊於葳對我說過的話。

「不管你怎麼說，我只會相信我眼前的你。我看到的孫一緯是什麼樣的人，他就是什麼樣的人。」

蔣智安忽然不動聲色地挨到我旁邊坐下。

「一緯。」他用下巴指向正一口飲盡一整杯紅酒的翁可釩，「她從剛才就一直輸，酒都不知道喝幾杯了，你覺得該不該叫學長他們收斂一點？」

翁可釩臉上布滿酒醉的紅暈，也不知道是運氣不好還是怎樣，她玩遊戲老是輸，輸了也不耍賴，笑笑地一杯喝過一杯。

「那你去說吧。」我說。

「可是學長他們玩得正開心，我這樣會不會掃了大家的興？」他一臉爲難。

眼看翁可釩喝到雙眼迷濛，學長們卻仍沒有收手的打算，我無法再繼續袖手旁觀，於是起身上前。

「學長，別再讓她喝了。」我對一個學長說。

幾雙眼睛不約而同看向我，那個學長朗聲笑了笑：「沒事啦，可釩說她還能喝，對不對？」

翁可釩也跟著笑，「是呀，雖然我猜拳運氣很差，但我很能喝喔。」

她迷濛的目光輕輕瞟來，像是在看我，又不像是在看我。

遊戲繼續進行，毫無意外，翁可釩又輸了。

她為自己倒了一杯紅酒，還來不及送到嘴邊，就被我搶先奪下。

一群學長不滿地出聲：「怎樣啦？」

「這杯我替她喝。」說完，我仰頭一飲而盡。

除了翁可釩以外，在場所有的女生曖昧地笑了起來，學長們也熱烈地鼓掌，還有人吹起口哨，高呼：「孫一緯，帥喲！」

接著我也被拖入遊戲的行列，不管是我輸還是翁可釩輸，都由我一併擔下懲罰，也不知道喝了多少杯紅酒，連蔣智安都擔心地拉了我的衣襬好幾下，示意我適可而止。

翁可釩一直沒有任何表示，只在我每次為她擋酒時，短暫地將目光落在我身上。

回程的計程車上，我整個人癱倒在後座，近乎虛脫。

「你沒必要喝成這樣吧？」蔣智安無奈地嘆氣，「你平常滴酒不沾，突然間喝這麼多怎麼可能沒事？不過也多虧你出面，翁可釩才不至於醉得不省人事。」

暈眩感猶如一波波浪潮襲來，我疲倦地閉起眼睛，沒有作聲。

「說眞的，你爲什麼要爲翁可釩做到這種程度？」

「……不知道。」我的話音幾不可聞。

「你會擔心她嗎？」

半晌，我悶聲答道：「不知道……」

蔣智安伸手輕拍我的肩，「一緯，你沒事吧？」

我沉默不語，一方面是沒力氣回應，一方面是我不知道他問的是什麼。

老實說，連我都不明白自己是怎麼了。

隔日醒來後的劇烈頭疼，是醉酒的代價之一，我還因此差點打工遲到。

星期一晚上，蔣智安又拎著宵夜來找我，臉上眉飛色舞：「親愛的兄弟，上次那場聯誼，對方的回應很不錯，學長他們也相當滿意你的表現，還吩咐我下次一定要再找你——」

對上我陰冷狠戾的目光，他機伶地改口：「但我知道你絕對不可能再參加，已經替你婉拒。放心，我不會再把你拖下水了！」

「那你今天又想幹麼？」

「沒有啦，就想找你一起吃東西，順便跟你講件事……」他摸摸鼻子，忽然壓低聲音，「你那天不是幫翁可釩擋酒嗎？她朋友以爲你對她有意思，主動把她的電話號碼給了學長，學長讓我轉交給你。」

說完，他拿出手機按了幾下，我的手機隨即響起收到訊息的提示音。看到我的表情，他歉然苦笑：「對不起啦，我也很無奈，但還是得把電話號碼給你，否則要是對方問起，我會不好交代。你就當作沒看到，反正你也不可能聯絡她，對吧？」

是不可能。

然而就在我這麼想的隔天，翁可釩主動打電話給我，約我見面。

晚上七點，翁可釩依約出現在便利商店的落地窗前，身邊立著一個旅行用的大行李箱。

「孫一緯，好久不見。」

我知道她指的是過去這三年。

「……好久不見。」我瞄了行李箱一眼，「妳要去哪裡嗎？」

「噢，沒有，我這兩天有事離開台北，剛剛才回來。」她輕描淡寫地說：「上週五謝謝你，也很抱歉。我想當面跟你道謝，所以請朋友幫忙打聽你的聯絡方式……謝謝你願意來。」

沉默半晌，我淡淡問道：「妳和妳媽好嗎？」

她點點頭，反應很平靜，「那你和你媽媽呢？」

「也很好。」

她沒有再問及另一個人，而我也沒有主動告訴她。

「想不到會在聯誼的場合碰到你，你不太像是會去聯誼的人。」她微微一笑。

「我是被逼的。」

「我也是一時興起才答應去救火，本來以爲不會再有機會見到你了。」像是怕我誤會，她連忙補上一句，「我沒有惡意。」

我輕扯了下嘴角，表示理解。

和翁可釩重逢，卻沒有多少可以敘舊的話題，不到半小時，就差不多要道別了。

我沒有馬上離開，而是目送她拖著行李箱逐漸遠去，心想今後應該是眞的不會再見面了。

不料一個禮拜後，我接到一通來電，是之前聯誼的其中一個女生，就是她請蔣智安的學長，將翁可釩的電話號碼轉交給我。

奇怪的是，她第一句話竟然是問我，翁可釩有沒有在我這裡。

「這幾天我一直聯繫不上她，她也沒去學校。前陣子可釩請我打聽你的電話號碼，我以爲你們對彼此有意，而且她說其實你們早就認識了，我才想說不定她這段時間可能會跟你在一起。」

「她是什麼時候失去聯繫的？」我問。

「大概一星期前。」

差不多就是她約我見面那天。

我接著又問：「有去她家找過嗎？」

「我問過她男友，可釩跟他同居，不過他說他們上星期分手了，可釩當天就搬出他家了。」

「她不是跟她媽媽住在一起？」我有些愕然。

對方語帶躊躇，「這個……她媽媽的男友去年住進她家，可釩就搬去跟男友同居，沒再回過家了。這禮拜我陸續問過好幾個朋友，沒人知道她在哪裡。雖然可釩曾留言給我，要我別擔心，但我還是不放心。如果她跟你聯絡，麻煩你通知我一聲。」

明明與我無關，我卻始終掛念著這件事，不時想起翁可釩拖著行李箱離去的單薄背影。

「她媽媽的男朋友去年住進她家，可釩就搬去跟男友同居，沒再回過家了。」

兩天後的深夜，我找出翁可釩的電話號碼撥過去，鈴聲幾乎響到盡頭，才被接起。

「孫一緯？」翁可釩的聲音聽不出情緒。

「對，是我。」我稍稍放柔語氣，「妳朋友前兩天打電話給我，說聯絡不上妳。妳現在人在哪裡？」

令我意外的是，翁可釩竟願意告訴我她的所在之處。

我走向那間標榜著二十四小時營業的網咖時，天空正好飄下雨來，明明寒流來襲，翁可釩卻只穿著那件白色毛衣，站在網咖門口等我。

「妳這陣子都住在這裡？」

「嗯，我不想麻煩朋友，也沒錢天天住旅館。網咖能睡覺也能洗澡，挺方便的。」她坦然答道。

「妳打算待在這裡多久？」

她沉吟一陣，「我也不確定，或許還要幾天吧。我沒想到我朋友會打電話給你，我會跟她報平安的。抱歉讓你跟著操心，你快回去吧。」

說完，她轉身就要走進網咖。

我忍不住開口叫住她：「翁可釩！」

她腳步停下，回頭朝我看來。

而我接著說出一句連自己都意想不到的話：「妳要不要來我家？」

她明顯愣住，眼裡映著詫異。

我生硬地說：「我現在是一個人住，妳若不介意，今天就先來我家吧。天氣這麼冷，妳繼續住在網咖，很容易感冒。」

翁可釩目光筆直地看著我。

最後，她沒有拒絕我的提議。

「怎麼會來我這裡過夜？」

我拎著簡單的行李去到蔣智安家，要求借宿一晚，他一臉驚訝地問我。

「朋友臨時找不到地方住，我把房間借給她睡。」我簡單解釋。

「那也沒必要讓出房間啊，你家不是雙人床？一起睡不就得了？」他眼珠一轉，賊兮兮地問：「對方該不會是女生吧？」

「不干你的事。」不給他追問的機會，我拿起自備的浴巾與換洗衣物走進浴室。

翌日早上八點半，我買了兩份早餐回到住處，翁可釩卻不在屋裡，不過行李箱還在，我正覺納悶，門鈴就響了。

那個男人居然在這時候來訪。

「你怎麼會過來？」

他舉起手上的提鍋，「這幾天寒流來，你媽媽要我帶雞湯過來給你補身子，她知道你假日忙著打工，擔心你身體吃不消。其實她更希望你能回家一趟，她會準備更多好菜給你吃。」

看著他一貫溫厚的笑容，我不僅沒有為他那番話動容，反而握緊了拳頭。

「你能不能別再這樣了？」我咬牙切齒，「你明知我媽根本沒有要我回家的意思，你還繼續扯這種可能會讓我心生期望的謊話，你難道不知道你這麼做對我更殘酷嗎？你這不是出於好意，是假好心！」

他頓時手足無措，收起笑容，臉上浮現哀戚的神色，「對不起，一緯，但我是眞的希望你可以回家。無論如何，我都不願看到你們母子不相往來，否則將來我實在無顏面對你父親。只要能讓你和你媽媽幸福，要我做什麼都可以。」

我沒有接話，只接過他手上的提鍋，「我和我媽的事，我自己會解決，請你別再插手，也別再突然闖進我家，你快走吧！」

此時，翁可釟從廁所開門走出來，我和那個男人看到都傻了，尤其是他，嘴巴張得老大。

「嗨。」翁可釟不動聲色地看向父親，「你看起來過得很好。」

男人呆若木雞，先是震驚地看著她，目光才又落回我身上。

「以前你從沒說過要讓我和媽媽幸福呢。」她平靜的語氣中透出一股淡漠與疏離，「你和孫一緯的媽媽在一起了嗎？還是已經結婚了？」

男人沒有回話，眼中閃過一絲疼痛。

翁可釟繼續說：「沒關係喔，媽媽現在也有男朋友了。如果你眞的想跟孫一緯的媽媽結婚，我會祝福你的。」

「翁可釟！」我忍不住大吼。

她全身一顫，旋即推開站在門口的男人，飛快走出去。

男人臉色慘白，欲言又止地看著我。

「你先回去！」

我沒有心思跟他解釋，匆匆丟下這句話後，便關上房門，快步去追翁可釩。

到了樓下卻已不見她的人影，正想打電話給她，卻發現手機已經沒電了，只好在附近漫無目的地亂找，幸好很快就在隔壁的巷子裡找到她。

翁可釩蹲在牆角哭泣。

她蜷曲著身子泣不成聲的模樣，讓前一刻還漫燒在我胸臆間的怒火，慢慢冷卻了下來。

一個小時後，我和翁可釩並肩坐在一間便利商店裡。

她手裡捧著一杯熱咖啡，眨了眨哭紅的眼睛，視線落向窗外。

「當初我爲了陪伴我媽，選擇留在台北念大學，但是她交了男朋友之後，就變得不怎麼在乎我了。我不曉得她是認爲我的存在，阻礙了她追求幸福，還是只要看到我，就會想起我爸當年爲了你和你媽，拋棄了我跟她。她漸漸變得不太願意搭理我，還讓男友搬進家裡，感覺就是想要逼我離開，所以我就離開了。」

她緩緩吸了口氣，「那天其實是因爲我和男友瀕臨分手，爲了轉換心情，我才答應頂替出席聯誼。幾天後，我和男友分手，搬出他家的那一天，不知爲何又想到你，忽然很想知道你現在過得怎麼樣？才會以道謝爲藉口，把你找出來。當我聽到你說你和你媽過得很好，我便以爲你已經原諒我爸，也接受他了，三個人幸福地生活在一起。」

說到這裡，她扭頭看我，表情若有所思，「不過剛才聽到你和他的對話，我才發現不是這樣。你的情況跟我很類似，我們都不被歡迎留在原來的家，是嗎？」

我沒有回答。

翁可釩用聽不出是哀戚還是自嘲的語氣說：「沒想到我和你都被拋棄了呢。」對於她這番評論，我縱然不願接受，卻也無從反駁。

我話鋒一轉，「接下來妳打算怎麼辦？」

「我也不知道。」她坦然答道，「你不用擔心，你願意收留我一晚，我就已經很感激了，不會死賴在你家不走。還有，方才真的很抱歉，我不知道自己是怎麼了，我不應該在你面前說出那樣的話。」

我沒有接話，甚至沒有看她。

返回我的住處後，翁可帆開始收拾東西。當她拖著行李箱要走出門外時，我冷不防伸手抓住行李箱的拉桿，換來她詫異的眼神。

「妳打算回網咖？」

她頓了頓，沒答腔。

我下意識握緊了拉桿，「在確定下一個落腳處之前，先留在這裡吧。總不能讓妳一個女孩子在外面遊蕩，況且妳已經一個禮拜沒去學校了，難道妳連課都不想上了嗎？」

翁可釩面紅耳赤，吶吶地說：「……但也不能讓你繼續在朋友家借宿呀。」

猶豫了一會兒，我做出了決定，「如果妳不介意暫時跟我一起住，就留在這裡吧。我知道這很荒謬，不過我也想不出其他方法了。」

她呆呆望著我許久。

最後，翁可釩就這麼住了下來。

看見我和翁可釩一同從住處走出來，蔣智安的下巴差點就掉下來了。

他連忙把我抓到一旁，聽完我的解釋，他神情複雜，「所以你就讓她住在你家？這未免太……我沒想到你會這麼做，你是怎麼了？」

「總不能讓她流落街頭吧？」

「是沒錯，可是你……」他欲言又止，抓了抓頭，「這樣沒問題嗎？」

我隨口回道：「如果有問題，你再讓我去你家借住就好。」

說完，我拍拍他的肩膀，轉身離開。

那個男人既然知道翁可釩住在我這裡，不可能無動於衷。

不過翁可釩不想讓他知道她目前無家可歸，希望我能替她隱瞞，因此當他在電話裡向我探詢翁可釩的近況時，我只告訴他翁可釩過得很好，並要他暫時別來找我。

突然要和一個不怎麼熟識的女生共同生活，尷尬是必然的，剛開始我偶爾還是會去蔣智安家裡過夜。但隨著時間過去，我和翁可釩的生疏漸漸少了，交談漸漸多了，我去蔣智安家借宿的頻率也隨之降低。

如果忽略兩方家庭之間的疙瘩，我和翁可釩其實算是處得來。

我們都懂得尊重彼此，也從不輕易觸碰對方的傷口。爲了不造成我的困擾，住進我家沒多久，她便開始打工，堅持負擔多出的開銷，這樣的相處模式，儼然像是同居中的情侶。

我知道這很不正常。

畢竟再怎麼樣，我都不應該接受翁可釩。

「你是不是想報復翁可釩她爸？」

蔣智安會語重心長問出這個問題，我並不意外，只是他這一問，卻讓我發現自己早就沒有想要報復誰的念頭。

我已經找不到這麼做的意義。

我會接受翁可釩住進家中，也許說穿了就是同情，更是某種程度的同病相憐。三年過去，我們誰也沒有過得比誰幸福，甚至都因爲同樣的不得已，而離開原來的家。

隨著她一點一滴融入我的生活，我的想法也一天一天跟著轉變。

過去種種已是荒唐，就算如今愈加荒唐又如何？

我分辨不出有何差別？

「孫一緯，你眞的不上來睡嗎？」

同居生活進入一個月，我始終讓翁可釩睡床上，自己在旁邊打地鋪。

今晚入冬以來最強的一波冷氣團來襲，連房間裡的空氣都冷冰冰的，翁可釩憂心忡忡地說：「你這樣很容易感冒。」

「沒關係，妳快睡吧。」我拉緊棉被。

聽到她從床上坐起的聲響，我扭頭看去，只見她坐在床邊俯視著我。

「拜託你上來吧。」她目光堅定，「縱使你再不願意跟我睡在同一張床上，至少也先忍過今天，沒道理爲了我委屈自己。」

她的眼神讓我有種感覺，要是我再拒絕，今晚她就會跟我一起睡地板。

於是那夜我們第一次同床共枕。

我一邊在黑暗中聽著窗外滴滴答答的雨聲，一邊感受翁可釩身上傳來的溫度，直到她打破沉默。

「最近我總是會想，」她輕輕開口，「如果我們不是以這種方式相遇就好了。」

「妳是指以前還是現在？」

「都有吧。」她的聲音細若蚊鳴，「雖然你可能不願意遇見我。」

我遲遲沒有回話，過了一會兒，斜眼覷去，才發現她面向我睡著了。

也許是她的睡臉十分安心，也許是被兩人體溫焐熱的棉被太過溫暖，我的意識很快跟著模糊，漸漸被強烈的睡意吞噬。

這晚我難得睡得安穩，並且一夜無夢。

✦

時序進入一月。

結束打工的週末晚上，我在等車的時候拿出手機查看，有那個男人的未接來電，以及翁可釩傳來的訊息，她問要不要幫我買些宵夜回去？

開始與翁可釩在同一個屋簷下生活後，我沒再跟那個男人見過面，我要求他有事一律先透過手機聯繫。

那個男人只打過來一通電話，也沒留言，表示應該沒有急事，我索性先不回電，回完翁可釩的訊息，便把手機放回口袋。

不料過了兩、三分鐘，手機又響了，一段時間未見的圓圓姊傳訊息給我。

多年來以醫院爲家的她，兩個月前終於出院了。至今爲止，我沒有再接到她又住院的消息，想來病情應該控制得不錯。自從我開始在週末打工後，鮮少有機會去找她，所以她想跟我約個時間見面。

就在我低頭回訊息時，一道清亮甜美的嗓音從我身後響起。

「孫一緯。」

我猛地停下動作，不敢置信地扭頭望去，那是張再熟悉不過的面孔。

「孫一緯，你有沒有想我？」她笑靨如花，俏皮地對我眨眨眼。

我將她的臉反覆看過一遍又一遍，才確定自己沒有眼花。

「楊於葳？」

她眼中射出喜悅的光采，毫不猶豫地張開雙臂緊緊抱住我，我反應不及，呆呆地任由她擁著一會兒後，才匆忙將她推開。

「妳爲什麼……」我的喉嚨忽然變得乾澀無比，「會在這裡？」

「我回來玩呀！」她很興奮，話匣子一開就停不住，「我原本正打算打電話給你，沒想到會在路上遇見你，可見我們多有緣。而且我可是一眼就認出你嘍，孫一緯你沒怎麼變耶，依然還是很——」

她伸手想要再觸碰我，我下意識閃過，同時退後一步。

我的舉動讓她不由得一愣，圓睜著一雙大眼。

注意到自己與她拉開的距離，我僵了下，「妳去見過圓圓姊了？」

「對呀。」像是想化解方才的尷尬，她立刻又笑了，「我今天一回來就去找她了，久沒見面聊得太晚，到現在都還沒吃晚飯，我快餓死了。你陪我去吃點東西好不好？我有好多話想跟你說。」

我默默看著她半晌，最終還是和她一同走進附近一間麵店。

楊於葳不由分說便點了兩碗陽春麵，以及兩顆滷蛋。

她不讓老闆直接在兩碗湯麵裡各加一顆滷蛋，而是堅持自行將碗裡的第二顆滷蛋舀給我。

過去習以爲常的舉動，如今卻令我不甚自在。

面對曾經非常熟悉的這個人，與這幕場景，比起喜悅與懷念，我心中更多的是其他複雜難辨的情緒。

「妳回來幾天？」

「還不確定，看我高興嘍！」

無論是她的一顰一笑，或是舉手投足間所流露出的親暱，眼前的楊於葳，簡直與我記憶裡的她沒有半點區別。

這讓我有種錯覺，彷彿她從來就沒有離開過。

「孫一緯，你有在聽嗎？」

我回過神來，「妳說什麼？」

她鼓起腮幫子，「你怎麼這樣？人家特地來找你，你還一直心不在焉，見到我的反應也很平淡。」

「我哪有？」

「明明就有，感覺你見到我一點也不開心。」她微微噘起嘴，「孫一緯都騙人。」

「我騙妳什麼？」我不解。

「離開台灣前，我曾經問你，等我哪天回來，你會不會不想理我？你當時說不會，結果你現在表現出來的根本不是那樣。哼！」

我一時被噎得說不出話。

「對了，孫一緯。」她忽然一改上一秒的嗔怒，笑得神祕兮兮，「你們還有在通信吧？」

「什麼？」

「圖書館女孩呀！以你的個性，應該有和對方繼續通信下去吧？還是你們早已見過面了？」

楊於葳對我的態度愈是熱情親暱，我的心就愈是往下墜。

「都沒有。」我淡淡地回，「我和圖書館女孩沒有見面，也沒再通信了。」

「眞的嗎？爲什麼？你們什麼時候停止通信的？」她很是錯愕。

「去年七月。」我面無表情，「我們本來約好七月一日在圖書館見面，但那天她沒出現，之後也沒再寫信來了，我也不知道原因。」

楊於葳怔愣了一陣，沒有出聲。

「如果妳想說的就是這些，那我先回去了。」

她抬眼看我，「孫一緯，你在生氣嗎？」

「我沒生氣，只是對妳很失望。」我坦言，「妳說我騙妳，妳自己又何嘗想過別人？妳無聲無息消失三年，中間未曾捎來隻字片語，憑什麼妳突然出現，我就一定得用從前的態度對妳？憑什麼別人一定得順妳的意？難道妳眞以爲自己只是消失三天？而且從剛才到現在，妳有問過我一句『你好不好』嗎？妳從頭到尾就只在意妳自己吧？」

我連珠炮般的質問顯然令她生出惶恐，她臉色變了，話音也微弱了幾分，「不是啦，孫一緯，我是因為……」

「用不著跟我解釋，我已經沒興趣知道了。」我拉開椅子起身，居高臨下地俯視著她，「我可以接受妳的我行我素，但沒辦法接受妳的自以為是。既然我們都不再像過去那樣在意對方，也不太可能再見面，那就乾脆好聚好散，今後妳自己保重。」

我不僅讓這段難得的重逢走向不歡而散，甚至擅自決定結束兩人的友誼。

兩天後，我和圓圓姊在市區一間咖啡廳見面。

我知道她一定會問起楊於葳，而她果然問了。

「於葳說你要跟她絕交。」她開門見山地提起，臉上笑意淺淺，「我明白你為何會生氣，於葳也反省過了，你可不可以再給她一次機會？」

「我沒有生氣。」我再次重申，「只是這幾年她不在，我身邊也發生不少事，如果沒有圓圓姊，我和她或許不會再有交集，況且我完全感覺不到她對這段友誼的重視。不過，或許真正變的是我吧，那天和她重逢，比起高興，我發現自己心中更多的是生疏與尷尬，我不曉得該怎麼像以前一樣跟她相處。」

「我懂你的心情。可是一緯，於葳並非故意不跟你聯絡，也不是不重視你，否則她不會在聽到你說那些話後就哭了。」圓圓姊眼中似有深意。

我一驚，「她哭了？」

「嗯，她非常難過，我很少看到她那麼傷心。」圓圓姊的嗓音很溫柔，「其實於葳比你想像中還要重視你，她之所以不跟你聯絡，也是有理由的，只是她無法告訴你。也許你不想再相信她了，但請你相信我。」

「難道妳知道她不跟我聯絡的理由？」

圓圓姊點點頭，「對，我知道，她確實是不得已的，希望你能原諒她，並再次接受她成為你的朋友。」

「那個理由連妳也不能告訴我嗎？」

「只要你願意再給於葳一次機會，就算她不說，有一天我也會告訴你的。」她的眼神多了幾分難辨的情緒，像是感傷，又像是堅決，「坦白說，我需要你幫我確認一件事，在這之後，我就會把一切告訴你。這件事只有你能幫我了。」

我的好奇心被勾起，「妳想確認什麼？」

「這個等你和她言歸於好之後再說，我希望你能主動聯繫她，讓她知道你已經原諒她了。」

我心中一時五味雜陳，這樣的情緒大概是反應在臉上了，圓圓姊看著我好一會兒，態度總算退讓了些。

「我知道你多少會懷疑，我是不是為了讓你們和好才這麼說。這樣吧，你跟我去一個地方好嗎？」

二十分鐘後，我們來到離醫院僅隔一條街的一棟補習班大樓。

圓圓姊在這裡告訴了我楊於葳的手機號碼，並要我傳訊息給她。

「特地來這裡傳訊息？」我一頭霧水。

「對，只有在這附近傳訊息給於葳，她才比較可能收到。」她抬頭仰望補習班大樓，「所以過去我住院的時候，才能聯繫得上她，不過也僅止於傳訊息，而且她未必一定能收到。我不能直接打電話給她，通常也只能等她主動聯絡我。」

縱使我愈聽愈困惑，卻也湧起一股似曾相識的感覺。

過去楊於葳始終不願向我透露她的聯絡方式，堅持要我等她來找我，莫非並不是故意逗我，而是另有原因？

意識到這一點，我不禁問：「爲什麼不能直接打電話給她？」

「因爲如果直接打過去，接聽的很有可能會是別人。」

「別人？這不是楊於葳的手機號碼嗎？」我蹙眉。

圓圓姊苦笑，「對不起，一緯，暫時只能讓你知道這些了。就算你不信，能不能請你就當作是被我騙一次，現在就傳訊息給她好嗎？雖然不能保證她會收到，但就賭賭看吧。倘若回應你的是於葳，我會再跟你說我想拜託你做什麼。」

圓圓姊都這麼說了，我實在無法拒絕，便拿出手機，傳了一則訊息過去。

「這樣就好了嗎？」我問。

「嗯，謝謝你。如果於葳問起，我會跟她說，我代她向你求情，而你決定原諒她，並向我索要她的手機號碼，以免她起疑。如果她直接聯繫你，不管她問你什麼，你都先搪塞過去，總之，千萬別讓她知道我們今天的交談內容。在眞相揭曉前，請你先幫忙保密。」

圓圓姊所謂的眞相究竟是什麼？即便滿腹好奇，我卻始終未收到楊於葳的回覆，自然也無法進一步向圓圓姊探詢，爲什麼非得在那棟補習班大樓附近發送訊息，楊於葳才有可能收到？而又爲什麼明明是楊於葳的手機號碼，打過去卻有可能是別人接起？

關於這些，我想破頭也想不出個所以然來。

「你在等誰的電話嗎？」正在看電視的翁可釩，扭頭問坐在書桌前的我，「最近好像常看你拿著手機發呆。」

「喔……沒有。」我放下手機，「妳等等要去打工吧？要不要我送妳去？」

「不用了，你不是還要幫一個學生上課？」

「早上學生家長聯絡我，說小孩生病，臨時取消上課。我載妳去吧。」

她笑了笑，沒再拒絕，「好，謝謝。」

準備出門時，門鈴剛好響起，我暗自想著該不會是那個男人吧。

我慢吞吞地走過去開門，從門後露出來的卻是另一張意想之外的面孔。

「哈囉。」楊於葳靦腆一笑。

我呆愣了下，「妳怎麼……」

「我看到你的訊息，所以就來找你了。」她小心翼翼地看著我，「你眞的不打算跟我絕交了？不是騙我的吧？」

「是……沒錯。」我嗓音乾啞，「但妳怎麼知道我住在這裡？」

「圓圓姊告訴我的呀，她……」楊於葳唇邊的笑意忽然凝結，目光落向出現在我身後的翁可釩。

見有女生上門找我，翁可釩也愣住了，三個人你看我我看你，氣氛一時尷尬無比。

翁可釩低聲說：「孫一緯，我還是自己去吧。」

我點點頭，待她離開後，沉默繼續籠罩在我和楊於葳之間。

「孫一緯……」楊於葳吶吶開口，「那是翁可釩？」

「嗯。」我沒想到她竟然還記得翁可釩。

彷彿突然不曉得該擺出什麼表情，楊於葳呆呆地眨了眨眼，而後傻笑，「怎、怎麼回事呀？你們為什麼會……」

我抿抿唇，坦言：「我們現在住在一起。」

楊於葳當時的神情深刻印在我的腦海中，那是我第一次看見她露出那樣的神情。

就像是快哭出來一樣。

第十三章　唐念荷

週六上午，我開車行駛在前往桃園的路上。

這天爸爸要去公司加班，所以由我送媽媽去參加高中同學會。

「妳送媽過來不會耽誤到時間吧？妳今天不是跟朋友有約？」

「沒關係，我們約的是下午。」車窗外那清澄的藍天，讓我的心情頗爲愜意，「媽已經很久沒和同學見面了吧？」

「是啊，上次我還帶著妳出席，那時妳才一歲呢。」

「哇？那眞的很久了耶，妳有特別想見的同學嗎？」

媽想了想，「經妳這麼問，還眞的有。上次同學會他沒出現，這次說不定會來。」

「誰呀？」

「我的初戀男友。」見我面露驚訝，她笑了起來，「大學畢業我們就沒聯絡了，聽說他搬到國外不久就結了婚，孩子也生了三個，老二好像跟妳一樣大吧。」

我難掩好奇，「如果見到他，妳會想跟他說什麼嗎？」

「嗯……其實也沒有，我只是好奇他現在的模樣罷了。畢竟太久沒見，我連他的長相都記不太得了。」

「可是他不是妳的初戀？」我很意外。

「是啊，但媽媽後來遇見了別人，也經歷過其他段感情。未來走進生命裡的人多了，對過去的人的印象，自然會跟著逐漸模糊。雖然記不得他的臉，但我仍記得與他的一些回憶。」媽莞爾，「這件事妳可別告訴妳爸，當作我們母女倆的祕密就好。」

「爸爸會在意嗎？」

「無論任何時候，『初戀』、『前男友』、『前女友』，另一半永遠都會對這幾個字眼非常敏感。別看妳爸那樣，其實他很會吃醋，只是不會輕易表露出來。如果讓他知道，就算他不阻止我去，事後也一定會有意無意地暗示什麼，那很煩的。」

我完全可以想像，在忍俊不禁之餘，卻也不由得若有所思，「不過，我從沒想過有一天會忘記初戀男友的長相，我以爲初戀一定是最難忘的。」

媽扭頭看著我好一會兒，溫柔地按了按我的肩膀。

「是啊，但只有繼續向前走，才有機會遇到更好的人。對媽媽而言，妳爸就是那個更好的人，之後妳也一定會遇到的。」她冷不防接著又問：「還是已經遇到了？」

我的心跳突地漏了一拍，「怎麼這麼問？」

「最近妳臉上不時露出微笑，一副心情很好的樣子，是不是眞遇上什麼人了？」

「沒……沒有啦。」我一陣緊張，不曉得究竟是媽的直覺太敏銳，還是我的心思太明顯，「我眞的有那樣嗎？那很像傻瓜吧？一個人動不動就傻笑……」

「怎麼會呢？媽媽最喜歡看到妳開開心心的。」她摸了摸我微微發熱的臉頰，眼裡有著寵溺與心疼。「如果有適合的人出現，隨時都可以告訴媽媽，但妳爸那邊就暫時先別說了，他必然捨不得唯一的寶貝女兒交了男友，要是他爲此一天到晚悶悶不樂，我看了會受不了的。」

我們一起笑了出來，車內迴盪著輕快的笑聲。

送媽媽到同學會的地點後，我本來打算直接返回台北，卻意外接到爸爸的電話。

「念荷，妳可以去機場幫爸爸接個朋友嗎？他的班機還有一個小時就到了，原本要去接他的人臨時有事，爸爸這邊也走不開，妳替我去接他好嗎？拜託了！」

於是我又馬不停蹄地趕到機場，停好車之後，我去到入境大廳。

我不知道爸那個朋友的長相，只知道他名叫Darren Gu，是從香港來的。我索性高舉手機，讓螢幕以跑馬燈的方式秀出他的名字，被動地等待對方發現。

眼看旅客一個又一個接連從我面前走過，卻始終無人停下，我不免擔心這種作法是否不夠顯眼，正想打電話問爸爸是否有對方的照片時，一名身著白襯衫牛仔褲，背著黑色背包，戴著墨鏡的年輕男子忽然站定在我面前。

他一邊講手機，一邊輕輕對我擺頭，示意我跟在他身後，接著逕自往大門走去。

直到男子拖著行李箱大步走遠，我才從愕然中回神，趕緊跟上，領著他去到停車場。

即便他就坐在副駕駛座，我也沒能跟他說上話，甚至連向他確認他是否爲Darren Gu的機會都沒有，因爲他一直忙著講手機，同時另一隻手還不停滑動ipad裡的英文文件，連墨鏡都沒摘下來。

聽著他口中飛快說出的粵語，我不由得冷汗微冒。我不會說粵語，英文也不流利，要是我們無法溝通，豈不是很尷尬。

儘管有些緊張，不過對方處理公事的俐落沉穩，倒是讓我漸漸對他肅然起敬，爲了不干擾他，我連車內的音樂都不敢開。

十五分鐘後，他終於結束通話。

才剛放下手機，緊接著又是另一通來電，他迅速接起。

見狀，我不禁偷瞄他一眼，心中正揣測他是不是什麼年輕有爲的商界菁英時，他開口了——

「操你的王八蛋，信不信我把你砍成肉片拿去餵狗？」男子突然爆出一連串粗話。

我猛然一顫，不顧還在開車，驚愕地扭頭朝他望去。

這時他摘下墨鏡，同時降下車窗，倚著窗邊吹風。

「你給我留在店裡等我過去，如果你敢溜掉，我就去你家把你兩個女兒擄走！」他繼續對著手機另一頭咆哮，像是變成了另一個人。

我背脊發涼，想著他該不會是個智慧型罪犯吧。

還在驚魂未定時，就見他果斷切掉電話，如鷹隼般的銳利視線直勾勾地朝我射來。

「怎麼是妳來接人？」他用標準的中文不慍不火地問我。

「我、我爸他……」我用力呑嚥口水，握緊了手上的方向盤，不敢正眼看他，「他說原本要過來接你的人臨時有事，所以請我來接……」

「唐大哥也太大費周章，我自己搭計程車過去就行了。」他邊嘀咕邊滑手機，然後報出一個地址，「荷包妹，到台北後先去這個地方，然後再載我去公司。」

「荷……荷包妹？」我傻眼。

「妳不是叫念荷？」

「是啊。」

「那妳的荷是不是荷包蛋的荷？」見我愣愣地點頭，他用理所當然的口吻說：「所以有什麼不對嗎？」

我啞口無言。

這個人怎麼這樣？哪有人第一次見面就給對方取這麼滑稽的綽號？而且他居然知道我的名字。他好像從一開始就知道我是誰，莫非爸爸跟他提起過我？

正想問他，他卻搶先說自己要睡一下，吩咐我抵達目的地後再叫醒他，隨即調整了個舒服的坐姿，閉上眼睛。

斜覷著他線條有如刀刻的側臉，我只覺一陣無語。

依循他給的地址，我將車子停在一間火鍋店前。

這位Darren先生一下車，立刻有個身材高胖，穿著圍裙的男人出來迎接他。

那個胖男人熱情地向他張開雙臂，他卻朝對方的肚子狠揍一拳，嚇得我迸出驚呼。

胖男人痛苦地抱著肚子，表情扭曲，「靠，你也打得太用力了。」

「這才剛開始，你給我進去。」他毫不留情地架住胖男人的脖子，對我拋下一句：

「荷包妹，妳在這裡等我。」

胖男人頻頻陪笑求情：「別這樣啦，店裡有客人，別讓我丟臉。」

目睹這一幕，我簡直不知道該對這位Darren先生做何評價了，他到底是來這裡幹麼的？難不成是來討債的？

我回到車裡等他，約莫過了二十分鐘，他從店裡走出來，打開車門坐進車裡。

「剛才是……發生什麼事了？」我有些擔心那個胖男人的安危。

「簡單處理一下我和他的私事而已，沒什麼。」他輕描淡寫地答道，我聽在耳裡卻覺得有些發毛。

沒過多久，他向我望了過來。

意識到他的視線，我全身微微緊繃，「怎麼了嗎？」

他目光一頓，隨即轉開，「沒有。」

不知爲何，這個男人很容易讓人緊張。

抵達爸爸公司所在的那棟大樓後，他開門下車，拉著行李箱向我道謝。

「謝了，荷包妹。」

「不用客氣。」我抿抿唇，「但是那個，能不能請你別叫我荷包妹……」

「不能。」他揚起一邊的嘴角，「拜拜，荷包妹。」

望著他從容離去的背影，我目瞪口呆。

這個人究竟是怎麼一回事？

「怎麼看起來氣呼呼的？」

完成爸爸交代的接機任務後，我趕到與宋學長約好的碰面地點。

「誰惹妳了？」他好奇問。

「一個沒有禮貌的人。」我噘著嘴嘟囔，「今天我爸臨時要我去機場接他的一個朋友，才剛見面，對方就幫我亂取綽號，一直叫我『荷包妹』。」

宋學長噗哧一聲笑了出來。

我臉上一熱，忍不住抗議，「你也取笑我？」

「我覺得挺可愛的啊，何必這麼氣？」他莞爾道。

「哪裡可愛呀？隨便拿別人的名字開玩笑最過分了。而且一般人都會說我的名字是荷花的荷，他卻硬要說是荷包蛋的荷……」察覺到宋學長饒富興味的目光，我有些不好意思再說下去，「爲什麼這樣盯著我看？」

「我喜歡看妳生氣的樣子。」

簡直無言以對。

轉念一想，反正也不太可能再和那位沒禮貌的Darren先生見面了，沒必要揪著這個話題不放，於是便揭過不提。

我們手牽著手漫步在熱鬧的老街上，隨意買了點食物果腹。

在宋學長去洗手間時，我拿出手機查看，茉莉學姊和艾亭分別傳了訊息給我，一個問我在做什麼，另一個問我最近過得好不好？艾亭還說下週末回台北要來找我。

一直以來，她們兩人始終眞誠地關心著我，我卻對她們有了祕密。

艾亭不希望我接近宋學長，我卻深深被他吸引，無法不向他走去。我能明白她的顧慮，她擔心宋學長並非眞心待我，也擔心我只是將對宋任愷的眷戀轉移到他身上。

但如果能好好說明，她應該會願意試著理解，所以我打算下次見面向艾亭坦白一切。

可是茉莉學姊不一樣。

爲了陪伴我走出失去宋任愷的傷痛，這些年她一直細心關照我，對我而言，她早就是如同家人般重要的存在。

我很清楚，儘管這些年過去，她同樣未能忘懷宋任愷。我與宋學長的親近，是不是等同於在她尚未癒合的傷口上灑鹽？

我羨慕茉莉學姊，也曾嫉妒她，卻從未想過要傷害她，更害怕她在知情後，會對我感到失望。我不敢冒險，於是不得不膽怯。

要是我眞的做出讓她傷心的事，我將永遠無法原諒自己。

「念荷，」從洗手間出來後，宋學長對我說：「下週三是美苓生日，她想找大家去唱歌，她要我問妳有沒有空？」

美苓是他其中一位經常玩在一起的女生朋友。

與宋學長交往後，我陸續和他的一些朋友見過面，包括這位美苓。美苓個性外向活潑，不僅在聚會的時候熱情招呼我，還會不定時透過LINE跟我聊幾句。

「好啊，那晚剛好沒事……」我頓了頓，「美苓姊是什麼時候跟你說的？」

「就在剛剛啊，她打電話給我，叫我來問妳。」

聞言，一個念頭冷不防從腦中閃過：她明明有我的LINE，爲何不直接問我？

但我沒有把這個問題問出口。

出了老街之後，我們去到河岸邊，眺望對岸的夜景。

夜晚的風有些冷，宋學長從背後抱住我，令我心跳加速，胸口也湧上暖意。

「下個月月初要不要去宜蘭玩？」他提議，「有個挺出名的景點，風景不錯，民宿也很漂亮。」

我微微一愣，「所以是要在那邊過夜？」

「對啊，妳不想嗎？」

「沒、沒有啊，既然學長你那麼推薦，我也想去看一看。」

「那就是答應嘍？」

遲疑半晌，我點點頭，心裡有些害羞緊張，畢竟這是第一次和他一同在外過夜。

「你怎麼會突然想去宜蘭？」

「本來就想帶妳去出去玩，加上那週正好碰上妳生日，順便替妳慶生。」

他的設想周到，讓我在感動之餘，卻也想起了另一個人。

「妳生日是什麼時候？」

「三月三號。」

「那已經過了，只好等明年嘍。我一定會記住的。」

宋學長的吻落在我的後頸，那股溫熱的搔癢讓我不禁扭動身子，低笑出聲，他順勢將我轉向他，給我一個炙熱的深吻。

「未來走進生命裡的人多了，對過去的人的印象，自然也會跟著逐漸模糊。」

至今我仍不肯相信，有一天我會連宋任愷的相貌都忘記。

然而每次在這個人的親吻裡，我總會驀地想不起宋任愷的模樣。

而過去的我也難以想像，竟會有這麼一天，我的心再次被某個人全盤占據。

自己喜歡的人，也喜歡著自己，這是我第一次感受到那種幸福。

✦

「嗨，荷包妹。」

隔天晚上，那個叫Darren的男人氣定神閒地在家裡客廳對我招手，我驚訝地呆立在原地，只見分別端著水果和茶水的爸媽從廚房走出來，在男人旁邊坐下。

「念荷，他是爸爸在香港的同事，趕快過來打聲招呼。」媽媽說。

「不用客氣。昨天就是念荷來接機的，我們已經很熟了。」他神態從容，笑容可掬。

「真的？這孩子沒跟我說呢。」媽媽有些意外地看我一眼。

我一時無言以對，這個人在爸媽面前就會正常稱呼我。

難得家裡有客人，我不好馬上回房，只得找了個空位坐下。

透過爸媽和Darren的交談，我得知他今年二十七歲，之前在台灣生活，高中時搬去香港。過去爸爸常赴香港出差，與他已有五年的交情，他這個月被調派至台灣總公司赴任，預計會在台灣待一年左右。

也許是今後就能和好友共事的緣故，爸爸的心情很好，甚至搬出收藏的陳年高粱與他共享，誰知Darren都還沒微醺，他就先醉眼迷濛了。

「你這樣要怎麼開車載Darren回去？」媽媽嘴上雖然叨念，卻沒真的生氣，大概是覺得稀奇，畢竟爸平常很少喝酒喝得這麼暢快。

「念荷，你可以幫爸爸送Darren回去嗎？妳剛才沒有喝酒吧？」媽媽問我。

「沒有……」我一開口，正好與他四目相接。

他唇角微揚，「那就麻煩妳了。」

於是我再次送他一程。

不知他是否也有點醉了，一路上他都背靠座椅，閉目養神，我也識相地沒打擾他。

他住的地方離公司不遠，我按照他給我的地址，將車停在一棟公寓樓下。

我正想喚醒他，他卻倏地轉過頭來，用一雙清明且深邃的眼睛望著我。

我被他看得有點心慌，「怎、怎麼了嗎？」

「荷包妹。」他嗓音略微沙啞，「要好好孝順妳爸媽，知道嗎？」

說完，他有些粗魯地伸手揉揉我的頭髮，旋即撇下一頭霧水的我，下車離去。

他爲什麼忽然對我這麼說？

週三下課後，我和宋學長一同前往KTV，幫美苓姊慶生。

慶生會進行到一半，宋學長和幾個男生去外面抽菸。

一個女生突然問：「美苓，蕭蕭說妳從昨天就一直沒回她訊息，還傳LINE問我知不知道妳在哪裡？我要怎麼回？」

蕭蕭學姊是宋學長的前女友，和宋學長是高中同學，擁有許多共同的朋友，包括美苓姊。幸好美苓姊很明理，即使後來我和宋學長交往，她待我的態度依然熱情親切，更積極將我拉進宋學長的朋友圈。

我和宋學長交往初期，蕭蕭學姊偶爾還會出現在聚會裡，但我對她敬而遠之，她也對我的存在視若無睹。不過最近這陣子，蕭蕭學姊幾乎銷聲匿跡，我本來以爲她是因爲厭惡我，才會連美苓姊的生日會都不願出席。

美苓姊嫵媚一笑，「沒關係，妳就回妳也不知道，晚點我再LINE她。」

我忍不住好奇地問：「妳沒告訴蕭蕭學姊今天要來唱歌？」

美苓姊無奈地輕嘆：「本來是要邀她的，不過蕭蕭太固執了，到現在還看不開，揚言不許妳加入我們的圈子。可是我已經先約了妳和愷子，要是不讓妳來，等於不尊重妳和愷子，所以儘管對蕭蕭很不好意思，但這次只能先瞞著她嘍。」

我覺得很過意不去，「抱歉，讓妳難做人了。要是她從別人那裡得知今晚的聚會，妳要怎麼解釋？」

「妳不用擔心，要是蕭蕭來了，八成又會把氣氛搞得很僵。」美苓姊打趣道，「爲了避免看到她的臭臉，大家應該都會很有默契地選擇保密的。」

我這才稍微放下心來。

「對了，念荷，」美苓姊把手中的水果酒放回桌上，看向我的目光帶著幾分疑惑，「妳怎麼到現在都還叫愷子『宋學長』？難道是不好意思叫他的名字？」

我支支吾吾，「不是那樣……」

「那是因爲『他』嗎？那個和愷子同名同姓的男孩，是不是因爲他的緣故，妳才會沒辦法叫愷子『宋任愷』？」

我被問得猝不及防，一時愣住了。

美苓姊朝我貼近，她身上濃郁的玫瑰香氣也撲天蓋地而來。

「念荷，妳若是眞的喜歡愷子，就該放下這個無謂的堅持，妳懂爲什麼吧？」

「妳認爲宋學長會不高興?」我訕訕地反問。

美苓姊點頭。

我連忙解釋：「可是他沒說過這樣有什麼不好，而且宋學長也明白我——」

「他沒有表現出來，並不代表他不在意。」她神態嚴肅地打斷我的話，「妳想想，有哪個男人可以接受女友心裡一直有個念念不忘的人，還爲此連自己的名字都不肯叫?或許愷子現在還願意體諒，但是久了以後，難道他不會懷疑是否在妳心中，自己遠不及『另一個宋任愷』來得重要?畢竟妳是因爲還放不下那個人，才沒辦法對著他叫出那個名字，不是嗎?」

美苓姊這番話過於一針見血，我完全無法反駁，只能慌亂地辯解：「我是眞的喜歡宋學長!」

「我知道，可是愷子不會光聽妳這句話就安心，他終究還是會介意、會嫉妒。妳必須用行動讓他相信，比起妳曾經喜歡過的另一個宋任愷，現在妳更在乎的是他，否則總有一天他必然會對妳失望，說不定還會認爲，妳只是把他當作另一個宋任愷的替身。」

她篤定的口吻，讓我陷入動搖。

「宋學長他……曾經跟妳說過什麼嗎?」

美苓姊先是一愣，隨即擺擺手，笑著解釋：「沒有，是我發現你們都交往一陣子了，妳卻還是叫他『宋學長』，便開玩笑問他，是不是你們覺得這樣比較有情趣?他說不是，是妳還沒想過要換個稱呼。我當時就問愷子，妳之所以這樣，會不會是因爲另一個宋任愷，他沒回答，卻也沒否認。」

我呆呆望著美苓姊的嘴唇一張一闔，心中一片茫然。

「念荷，愷子是不想強迫妳，才沒有對妳做出要求，那是他的體貼，但我希望妳能為了愷子，徹底忘掉另一個宋任愷。」她語重心長，「倘若妳眞的喜歡愷子，就別讓他失望。他第一次這麼重視一個女生，所以當初他才會為了妳果斷和蕭蕭分手，還跟我們保持距離。既然愷子都這麼對妳了，難道妳就不願意為他捨棄一些堅持，讓他知道妳也同樣重視他？」

我久久無法回答。

那天晚上，宋學長騎車送我到巷口，我摘下安全帽後，沒有跟他道別，只是瞅著他默不作聲。

他知道我有話想說，「怎麼了？」

儘管心下躊躇，我仍硬著頭皮開口：「你會因為我沒叫你宋任愷，而不開心嗎？」

宋學長很清楚我和宋任愷有著一段什麼樣的過去，而我們之間的進展也一直很順利，所以直到美苓姊出言提醒之前，我完全沒意識到他可能會為此介意。

宋學長靜靜望著我片刻，嘴角勾起，笑容一如既往。

這使我稍稍鬆了口氣，以為他下一秒就會用毫不在意的口吻，否定我的擔憂——

不料，他卻反問：「我看起來像是不開心嗎？」

我微微一愣。

「妳想怎麼叫我，就怎麼叫我，開心就好。」他捏捏我的臉頰，唇畔的笑意不減，「對了，妳打算怎麼跟妳家人說要去宜蘭？你爸媽還不知道我的事吧？」

我忽然覺得喉嚨莫名乾澀，「我想……可以先跟他們說，我是和同學或學姊一塊去宜蘭，這樣他們比較……」

「好吧。」宋學長狀似無所謂地點點頭，「那我走了，再見。」

我呆呆佇立在原地，望著他的身影消失在巷口。

週末，我和回到台北的艾亭見面，選在用餐空檔，鼓起勇氣向她坦白自己和宋學長已經展開交往。

艾亭非常詫異，連服務生送上茶點都沒察覺。

我緊張地留意她的臉色，「艾亭，我不是故意瞞妳，我是因爲……」

「沒、沒關係啦，我懂！」回過神後，她似是不知道該擺出什麼樣的表情，沒有立刻看我，「妳是因爲不敢跟我說，才會瞞著我吧？畢竟我一直叫妳離他遠一點……我萬萬沒想到妳會和他在一起。」

她靜默了一會兒才抬起頭，期期艾艾地說：「念荷，我知道不該這麼問，不過妳會喜歡上宋學長，有沒有可能……是因爲……」

早預料到她會有這種想法，我也不覺如何，平心靜氣地向她解釋：「艾亭，剛遇見宋學長時，我確實曾茫然迷惑過，但現在在我心中，宋任愷是宋任愷，宋學長是宋學長，他們是兩個完全不同的人。我不是因爲對宋任愷還抱有遺憾或眷戀，才決定與宋學長交往。」

說著說著，我的眼眶倏地一熱。

艾亭看著我的目光轉爲柔和，輕輕握住我的手，「我知道了，我相信妳。那妳和學長在一起開心嗎？他對妳好不好？」

我點點頭。

她神情一鬆，終於笑了，「那就好，透過妳的描述，我也算是對那個宋學長徹底改觀了。他知道妳和宋任愷的過去，卻毫不介懷，表示他是眞的很愛妳，對不對？」

那一刻，我因爲艾亭最後那幾句話，笑容凝結在唇角。

我想起宋學長那晚的回答。

「我看起來像是不開心嗎？」

當時的他，雖然臉上是笑著的，卻沒有否認。他並沒有說自己不會在意。

然而眼下能得到艾亭的理解與祝福，已實屬不易，我不想讓她再添疑慮，於是選擇把宋學長的異常反應留在心中，不去徵詢她的意見。

「妳爸媽知道妳和學長在交往嗎？」

我搖搖頭。

「妳不打算告訴他們？」艾亭遲疑地問。

「其實……我最近想找個機會跟他們說。如果能好好說清楚，我相信我爸媽不會反對。」

關於美苓姊的勸誡，我想了很久，也想了很多。

加上宋學長那晚的反應，讓我不得不意識到，或許他確實希望我能爲他做些什麼，無論是更進一步表露我對他的重視，還是讓爸媽知道他的存在。

如果我不能爲他多付出些，或是捨棄部分的自我堅持，有沒有可能他會開始懷疑我對他的感情並不純粹？

我不敢百分之百肯定那一天不會到來。

所幸這次和艾亭聊過之後，讓我更堅定了要向爸媽坦白的想法。他們必定也會有與艾亭一樣的質疑，但只要我努力說服，並透過行動和時間來證明，我相信他們終究會明白的。

我相信，他們終究會願意接受「宋任愷」。

✦

「荷包妹，下課了沒？」

下課返家的途中，我接起手機，在聽到這個稱呼時，著實愣了一下。

「Darren……先生？」我停下腳步，「怎麼了嗎？」

「要不要一起吃飯？我請妳。」

我瞠大眼睛，「爲什麼？」

「沒空？妳有約了？」

「對，不、不過，我不是這個意思，我是問你爲什麼要找我吃飯？而且你怎麼會知道我的電話？」

「妳和妳爸媽不是約好今晚要一起去外面吃飯？今天一個大客戶臨時來公司拜訪妳爸，說好晚上一起用餐，還要妳媽陪同出席。我自告奮勇說要通知妳，妳爸就把妳的電話號碼給我了。」

我目瞪口呆，不明白他到底是怎麼想的。

他接著又說：「記得上次妳開車載我過去的那間火鍋店吧？我在那裡等妳。」

我半信半疑，馬上打電話跟爸爸確認，才確信這男人所言非虛。

姑且不論他爲何要找我吃飯，他是爸爸的好朋友，要是我無緣無故放他鴿子，爸媽一定會怪我失了禮數。

我只得硬著頭皮去到那間火鍋店，進到店裡的時候，正值晚餐時間，店內的空桌所剩無幾，看來生意不錯。

那位Darren先生就坐在牆邊，身旁有兩個約莫五、六歲的小女孩，兩張小臉長得一模一樣，其中一個還坐在他的懷裡。

我一走近，兩個女孩立即朝我看來，我在她們好奇的注視下尷尬入座。

「她是荷包姊姊，說荷包姊姊好。」他說。

「荷包姊姊好。」兩個女孩乖巧地齊聲覆誦，站著的那個還咯咯笑出聲來，似乎也覺得這個稱呼很滑稽。

我忍不住對他投去抗議的目光，他視若無睹，只悠悠地說：「告訴荷包姊姊妳們叫什麼名字。」

「我叫蔣郁，我是姊姊！」站著的女孩毫不怕生地大聲應答。

而坐在他懷裡的女孩則扭扭捏捏地說：「我叫蔣熙……我是妹妹。」

說完，蔣熙害羞地將臉埋進Darren先生的胸口，姊妹倆的個性明顯不同。

我正納悶這對可愛的雙胞胎跟Darren先生是什麼關係，一個穿著圍裙的圓臉男人滿臉堆笑地走到桌邊。我很快認出，他就是上次被Darren先生往肚子痛揍一拳的那個胖男人，看來他應該是這間火鍋店的老闆。

「歡迎歡迎，我們店裡的每一種火鍋都很好吃，特別推薦麻辣鍋和牛奶鍋！」他十分熱情地招呼，隨即吩咐兩個女孩：「蔣小郁、蔣小熙，咕咕雞叔叔和大姊姊要吃飯了，妳們去樓上找阿嬤。」

「咕咕雞叔叔再見。」雙胞胎依依不捨地向Darren先生道別，慢吞吞地走上通往二樓的樓梯。

咕咕雞叔叔？

我看著眼前這個男人，覺得自己臉上的表情一定很古怪。

「荷包妹，點菜吧。」飛快點完餐，他將菜單和筆遞給我。

我低頭瀏覽菜單，「她們叫你『咕咕雞叔叔』？」

「嗯。」

「為什麼？」

「那傢伙用我姓氏的諧音取的綽號，加上我屬雞，就變成咕咕雞了。」他簡單解釋完，拄著下巴看我，「選好要點什麼了沒？我肚子快餓扁了。」

我在菜單上打了個勾，「好了，咕咕雞先生。」

他挑了挑眉，眼中閃過一抹奇異的光。

我訕訕地說：「你不也幫我取了奇怪的綽號？那我叫你咕咕雞先生，應該也沒什麼不可以吧？」

我的本意是想讓他將心比心，別再用那種戲謔意味濃厚的稱呼叫我，想不到他微微掀動唇角，似笑非笑地回：「可以，妳叫吧。」

我登時啞口無言。

胖男人親自送上小火鍋後，不僅沒有離開，還逕自拉了張椅子在旁邊坐下。

「請問你們兩位的關係是……」他語氣透露出八卦的興味。

「朋友。」咕咕雞先生泰然自若地夾起肉片，淡定答道。

朋友？我還不習慣自己和他是朋友……

「只是朋友？」胖男人滿臉狐疑，「咕咕雞，你別騙我喔，我開店至今，從沒見你特地帶哪個女生來光顧過，快點老實招來！」

「那個，我們其實才剛認識不久，咕咕雞先生是我爸爸的同事。」我連忙解釋，並又補上一句，「而且我已經有男朋友了。」

聞言，那兩個男人不約而同向我看來，胖男人輕咳一聲，若無其事地轉移話題：「哈哈，原來是這樣。妳還是大學生吧？這間火鍋店是我和我老婆開的，歡迎妳下次帶男友或同學一起過來，或者跟咕咕雞一起來也行。這是我店裡的名片，妳叫我安哥就好，我和這傢伙從國中就認識——」

「蔣大老爺，」一個穿著同款圍裙的年輕女人，火冒三丈地出現在胖男人身後，打斷他的滔滔不絕。「你沒看到店裡有多忙嗎？還有時間閒聊？上次拿裝修店裡的錢去買股票，現在連店也不想顧了，真的打算關門不做生意了是吧？」

「沒啦，老婆，我只是和咕咕雞的朋友聊幾句。」胖男人向老婆陪笑臉，「不要在別人面前說這個啦。」

「你還會怕丟臉？你最好別忘了，當初要不是Darren資助，你哪能開得了這間店？你再不振作一點，我隨時會找Darren告狀，讓他再過來痛扁你一頓！」

胖男人被妻子不留情面地揪著走入廚房，我也大致明白了這三個人之間的關係。

我拿起筷子，準備大快朵頤，卻注意到咕咕雞先生始終盯著我看。

「唐大哥知道妳有男友嗎？」他問。

我愣了一下才意識到，他指的是爸爸，於是我搖搖頭。

「妳媽媽呢？」

我再次搖頭。

「不準備告訴他們？」

雖然不明白他為何關心起這件事，我仍老實答道：「我打算最近跟他們說。」

「男友是好人嗎？」

「嗯。」

「那就好。」他的目光從我臉上移開，「早點跟妳爸媽說吧，他們會很高興的。」

我不禁多看了他幾眼。他這只是一般客套話，還是另有涵義？

於此同時，我想起另一件事，「咕咕雞先生，上次……我送你回家的時候，你要我好好孝順爸媽，這句話是不是有什麼特別的意思？」

他放下餐具，定定地看著我，「有，我希望妳能珍惜妳爸媽，因為他們是這世上為妳付出最多的人。」

「為什麼……這麼說？」我有些困惑。

「唐大哥曾告訴我妳高中時經歷過的那些事，他每次去香港出差，都會跟我聊起妳。」他拿起杯子喝了一口水，「唐大哥雖然時常應酬，但只有在非常高興或非常難過時，才會讓自己喝醉。事情剛發生的那年，他變得很常喝醉，一喝醉就哭，他覺得都是自己的錯，才會讓妳碰上那麼殘酷的事，並陷在痛苦的回憶裡走不出來。」

我愣住了，我想不到一向堅強的爸爸竟會有哭泣的時候，更想不到爸爸爲了我如此自責。

「妳爸爸的性格比較壓抑，又很疼妳，發生那樣的事，他內心的煎熬不會比妳少，只是他無法在妳和妳媽媽面前表露出來。雖然妳爸沒說，但我知道他一直對妳抱有很深的罪惡感。」

他看著我的眼神多了幾分柔和，像是試圖透過目光撫慰我。

「荷包妹，我跟妳說這些，不是想增加妳的心理負擔。妳能平安健康地陪伴在妳爸媽身邊，對他們而言就已經足夠。我只是希望妳能明白妳爸爸的心情，好好照顧自己，過得幸福快樂，不讓妳爸媽操心。」

我看著他誠摯的笑容，久久答不出話，眼睛湧上一股酸澀的熱意。

一個小時後，我們步出火鍋店，在分開之前，我叫住他。

「我有男友這件事……你能不能先別告訴我爸爸？」

「當然，妳不是打算自己告訴他嗎？我不會多嘴的。」他爽快地應允，接著又笑，「今天抱歉了，突然找妳來吃火鍋。妳爸之前很常跟我提起妳，也給我看過妳的照片，所以雖然才跟妳見過幾次面，我卻不覺得陌生。過去我受了妳爸很多照顧，以後如果有需要幫忙的地方，請妳只管開口，不用客氣。」

我心中微微一動，他其實是個很好的人，也很溫柔。

向他道謝後，我坐上捷運，忍不住打了個冷顫，我很慶幸今晚能和咕咕雞先生有過這場交談，否則我不會察覺自己的單純和愚昧。

那年發生在宋任愷身上的慘劇，不僅折磨我的身心，爸媽也因此備受煎熬。他們承受了我所有的心碎與崩潰，媽媽每日每夜都守在我身邊，哭紅的眼睛沒有乾過，她爲此很不諒解爸爸，導致兩人之間的感情降至冰點。

儘管已經過去三年，那段如同煉獄般的日子，依舊歷歷在目。

明明那些回憶和傷痕都還不曾淡去，我怎麼會認爲，只要讓爸媽明白我有多麼喜歡宋學長，他們也能像艾亭一樣，欣然接受宋學長的存在。

我沒有考慮過爸媽的感受，更沒有想過「宋任愷」這三個字，對他們而言，是一道難以抹滅的傷，我還妄想在那道傷上戳刀，勾起他們最沉痛也最不願回顧的記憶。

尤其是爸爸。

雖然他不曾對我說過什麼，但當年那個宛如行屍走肉的我，必定令他非常痛苦，也非常自責，要是他知道我與另一個宋任愷交往，他會怎麼想？

這對他不啻是一種殘忍。

我怎麼會這麼天真？

無論如何，我都不願再見到爸媽因爲我而受傷。

於是我徹底打消了向爸媽坦白一切的念頭。

生日那個禮拜，我和宋學長按照原訂計畫前往宜蘭，而我向爸媽謊稱，自己是與系上同學一同出遊。雖然爸媽不疑有他，宋學長也待我一如以往，我卻仍感到無所適從。

幾日後，在一次聚會上，美苓姊笑著問起我和宋學長的宜蘭之旅是否愉快，我在心煩意亂之下，索性將心中的那些顧慮一五一十全盤托出。

「如果是我，我也不敢跟我爸媽提起他。」她嘆了口氣，溫柔地抱了抱我，「既然如此，妳不如老實跟愷子說吧，我相信他會理解妳的苦衷，也會體諒妳的。」

「可是，要是宋學長就像妳說的，嘴上說沒關係，心裡還是會在意，那該怎麼辦……」

美苓姊沉默片刻，最後提議：「不然這樣吧，我幫妳旁敲側擊，問問看他到底是怎麼想的。我和愷子認識很久了，說不定他會願意跟我透露一點心裡話。」

我又驚又喜，「眞的嗎？」

「嗯，不過要給我一點時間，那傢伙知道我和妳感情不錯，要是我探問得太過急切，他可能會起疑心。」她對我眨眨眼睛。

懸在我胸口的大石登時放下一半，我很感謝美苓姊的貼心細緻與處事周到，對她的依賴也逐日加深。

同時，我和茉莉學姊的距離卻似逐日拉開，隨著我和宋學長交往的時間愈長，我就愈難面對她，並下意識地逃避起她的關心。

只有在想到茉莉學姊的時候，我才會意識到自己的矛盾。

我希望她也能像艾亭一樣相信我，並得到她的認可和祝福，卻又不想讓她認爲我已經開始忘掉宋任愷。儘管我其實很清楚，溫柔的茉莉學姊永遠不會這麼質疑我。茉莉學姊對我的意義無人能比，我怎樣都不願讓還未能忘懷宋任愷的她，因爲我的新戀情而有一絲絲心痛，我不想讓她覺得我不僅拋下了宋任愷，還背叛了她。

我知道自己這麼想很自以爲是，卻還是無法克制，也抹滅不了那股莫名的罪惡感。

「念荷，我今天人在台北，晚上有空嗎？要不要一起吃飯？」

四月的某個中午，我在學校接到茉莉學姊打來的電話，握著手機怔了半晌，我吶吶地回：「抱、抱歉，今晚恐怕不行，我和朋友有約了。」

「是嗎？那沒關係，下次再約吧。」她停頓一下，「念荷，妳這幾天還是不太願意跟我視訊，是不是我太常打擾妳了？讓妳覺得不舒服？」

我心中一慌，隨口扯了個拙劣的謊話：「不是這樣，我是因爲……最近臉上長了顆大痘痘，心情有點鬱悶，不想讓妳看到。」

「不用擔心，妳就算長了痘痘還是很可愛。」茉莉學姊笑了起來，此時上課鐘響起，她像是也聽到了鐘聲，連忙道：「那妳去忙吧，知道妳沒什麼事我就放心了，等妳有空我們再約，拜拜。」

「茉莉學姊！」我叫住她，「我有件事想問妳……假如，妳想告訴某個重要的人一件事，可是那件事很有可能會傷害到對方，如果是妳，妳會選擇這麼做嗎？」

茉莉學姊靜默了一會兒才回答。

「如果我能百分之百確定，只要不說，就不會傷害到對方，那我就不會說。」接著她又補充，「不過，就算我不說，也不能保證對方就一定不會知道。如果有些痛苦是對方注定要遭遇的，那麼即使我阻止了這一次，也阻止不了下一次，沒有誰可以保護另一個人完全不受到任何傷害。因此，我唯一能做的，就是在對方受傷的時候守在她身邊，成爲她的依靠。」

我喉頭一哽，「可是……假如那個受傷的人是妳呢？而且傷害妳的人就是我，如果是這樣，妳還會理我嗎？」

「那也要我眞的覺得受傷了，傷害才能成立，即便如此，念荷妳對我的意義，也不會有任何改變。」她的嗓音篤定且溫柔，「相對的，如果有一天我傷害了妳，我也不會從妳身邊逃走。如果有些傷害無法避免，那麼，在妳摔得粉身碎骨之前，我會先接住妳，替妳承擔一切。」

我眼睛一熱，什麼話也說不出來。

晚上，我一個人在房間裡發呆，不時拿出手機查看，美苓姊遲遲沒有聯繫我，令我心神不寧。

此時媽媽喚我下樓，而咕咕雞先生竟坐在客廳和爸爸聊天，他似乎已經來了一段時間。

「念荷，妳去便利商店幫爸爸買幾罐啤酒，還有一包菸，順便再買些點心。」媽媽吩咐我。

咕咕雞先生旋即跟著說：「我也一起去吧，我正好想抽根菸，而且時間有點晚了，有人陪著她比較安全。」

「那就麻煩你嘍。」媽媽客氣道。

「不麻煩，我會好好護送你們的寶貝女兒的，放心吧。」

媽媽噗哧一笑，轉頭對爸爸說：「Darren眞體貼，要是念荷將來能找到像他這樣的對象就好了，是吧？」

「是啊。」爸竟像是深有同感。

我不由得有些尷尬，儘管沒有看向咕咕雞先生，卻能感覺得到他正在看我。

走在安靜的巷弄裡，我們誰也沒說話。

「妳還沒說嗎？」最後是他先打破沉默。

說也奇怪，明明他問得沒頭沒腦，我卻能知道他在問什麼。我搖搖頭。

「難怪，我本來以爲妳爸媽已經知道了，但剛才聽妳媽那樣說，感覺不像是那麼一回事。」他似是極爲意外，「都一個月了，怎麼還不說？」

「因爲……」我咬住下唇，「我想再考慮一下。」

他忽然俯下身，一雙黝黑的眼睛陡然朝我貼近，我瞬間屏住呼吸。

「荷包妹。」他目光如炬，「妳男友該不會有什麼不可告人的祕密吧？」

我傻愣幾秒才反應過來，「沒、沒有啦！」

「既然沒有，那有什麼好考慮的？妳沒把握妳爸媽會喜歡對方嗎？」

我被問得心煩意亂，也招架不住他那直勾勾的視線，只得低頭隨口回了句：「這跟咕咕雞先生沒有關係。」

他笑了起來，「是啊，不過若是真有難言之隱，妳不妨跟我說說看，或許我能提供一些意見。」

雖然他誠懇的態度確實讓我一度有些動搖，但很快就打消念頭。要和一個剛認識不久的男人商量這種事，實在很奇怪，而且就算我刻意隱去某些重點，還是極有可能被他看出端倪，畢竟他也知道我和宋任愷的那段過去。

我們一前一後走進便利商店。在櫃臺結帳的時候，咕咕雞先生從褲子口袋抽出皮夾，一張照片從裡頭掉出來，我蹲下拾起。

照片上是一個穿著西裝的中年男人，以及一名約莫十一、二歲的男孩。

中年男人站在男孩身後，雙手搭在他的肩上，笑容燦爛，而身著白襯衫黑短褲的男孩，左胸口別著紅色的畢業胸花。我立刻認出那男孩就是咕咕雞先生。

我把照片還給他。

「原來在口袋裡啊。」他低聲嘀咕，把照片塞進皮夾。

出了便利商店以後，我克制不住好奇，「照片裡的男人是你爸爸嗎？」

「對啊。」

「你們長得不太像。」

「當然不像，他是我繼父。」

我猛地扭頭朝他看去。

他神色自若地說：「我爸媽在我小學二年級時離婚，兩年後，我媽嫁給我繼父，那張照片是在我小學畢業典禮上拍的。昨晚我本來在整理相簿，臨時轉去做其他事，那張照片可能就是那時候被我順手塞進口袋。」

「你爸媽現在也住在香港嗎？」

「他們住在澳門，我是因爲工作才待在香港，我親生父親則一直留在台灣，他也很早就再婚了。」

「那你和他還有聯繫嗎？」

「有啊，只要回台灣，我都會去看看他，不過前幾年他搬去金門了，若要見他，還得另外跑一趟。」他覷了我一眼，「妳怎麼突然對我的事這麼感興趣？」

我深怕自己冒犯了他，連忙解釋：「因、因爲從照片裡看起來，感覺你和你繼父感情很好，才忍不住多問幾句，我沒別的意思。」

「沒事，妳想問就問。我和我繼父感情確實不錯，不過剛開始我很討厭他，但他一直將我視如己出，對我非常好，才慢慢對他改觀。」他眉毛一挑，「話說回來，不曉得是不是因爲妳父母跟我父母的個性有點像，總覺得跟你們家挺投緣的，而且妳爸很喜歡跟我聊起妳家裡的事，也包括了妳的糗事。」

「我的什麼糗事？」我傻眼了，有必要這麼出賣女兒嗎？

他壞心眼地故弄玄虛，「妳想先聽哪件事？要從妳在幼稚園尿濕褲子，哭著躲在櫃子裡不敢出來這件事開始說起嗎？」

我頓時雙頰一熱，幸好現在是晚上，他看不見我臉上的紅暈。

「我爸怎麼連這種事都跟你說？」我在心中埋怨爸爸的口無遮攔。

「再來是妳小學二年級——」

「停、停，不准講出來！」我羞窘難當，伸手想堵住他的嘴，卻被他輕巧閃過。

我不甘心地追著咕咕雞先生跑，耳邊迴盪著他乾淨爽朗的笑聲，原本一直壓在心頭上的沉重，在不知不覺間暫時被我遺忘。

幾天後，美苓姊約我見面，說她已經問出答案來了。

「他怎麼說？」我忐忑不安。

她捏捏我的手，「妳放心，那傢伙並沒有因爲妳不肯叫他的名字，就懷疑妳對他的感情。愷子告訴我，他知道妳是顧及妳爸媽的心情，才不敢馬上把他介紹給他們。」

「眞的嗎？」我又驚又喜。

「當然是眞的。」她臉色轉爲歉然，「都怪我之前胡亂猜測，害得妳那麼不安。不過，這一次我倒是對愷子另眼相看，他不僅很體貼妳，也很懂妳。」

我連日以來被提得高高的心，總算得以放下，「眞的很謝謝妳，美苓姊。」

「不用謝。」她親暱地摟著我的肩，「以後妳就全心全意相信愷子，不要再胡思亂想，要不然我會愧疚的，好嗎？」

我點點頭，發自內心地笑了。

只是我這顆好不容易平定下來的心，卻沒能安穩太久。

我以爲丟開那些莫須有的煩惱之後，一切就沒事了，然而我卻慢慢覺得不太對勁。

宋學長對待我的態度似乎有些變化。

過去最長能講一小時的電話，最近卻連十五分鐘都聊不到，甚至在兩人約會吃飯的時候，他也總是安靜盯著手機，極少主動與我交談，送我回到家後也是馬上就走。

他一天比一天寡言，雖不至於到冷漠的程度，卻不免令人在意。我問他是不是怎麼了，得到的卻只是「沒什麼」、「沒事」這種回答。

我憂心忡忡地將他的轉變告訴美苓姊，她聽完卻放聲大笑。

美苓姊說其實那才是宋學長眞正的性格，他是在認識我之後，才像是忽然變了一個人，他們那群朋友都爲此非常訝異。而我和宋學長交往時長已超過半年，他應該是認爲不需要繼續在我面前要帥裝酷了，於是做回最眞實的自己。

美苓姊還笑著打趣，宋學長能裝模作樣到現在，已經相當不簡單了。

「念荷，妳不是答應我不會再胡思亂想？是不是又想讓我有罪惡感呀？」她開玩笑地說。

我馬上否認：「當然不是，妳幫我那麼多，我感激都來不及了！」

「這才是乖女孩，妳聽我的，不要想太多。假如哪天他眞的做出什麼讓妳傷心的事，妳再跟我說，我一定幫妳主持公道！」

兩個月後，美苓姊的手機忽然再也打不通了。

美苓姊之前曾將我拉進一個LINE群組，成員都是平常會出現在聚會中的女生，大家幾乎每天都會在群組裡聊上幾句。然而就在最近這兩個月，群組裡的交流愈來愈冷清，有一次我問她們有沒有興趣一起去看一部剛上映的電影，明明所有人都已讀，卻無人回應，包括美苓姊。

與此同時，宋學長對我的態度變化也愈趨明顯。我們約會的次數大幅減少，不再每天通電話或傳訊息，每次跟他交談，我都能感覺到他的心不在焉。

我惶惶不安，不明白究竟是怎麼了。

過去我傳訊息給美苓姊，她都會馬上回應，如今卻拖到三天以上才有回音，但她總是能爲她的延遲回覆給出合情合理的說法。

是我想太多了嗎？我愈來愈迷茫了……

「親愛的，最近和宋學長還好嗎？我下禮拜會回台北，要不要一起去唱歌？」

在房裡收到艾亭的訊息，我一時不知該如何回應。我沒讓她知道我最近在爲何事煩心，我擔心她要是知道了，不免會認爲宋學長終究還是不適合我。

於是我只能選擇粉飾太平。

「我們很好呀。唱歌沒問題，那我就等妳回台北嘍。」

訊息發送出去後，我不由得感到一陣強烈的心酸。

等到手機再次響起，卻是來自另一個人的訊息。

「荷包妹，妳身體不舒服？」

是咕咕雞先生傳來的。

我先是訝異，隨即心生疑惑。

我很快回：「沒有，爲什麼這麼問？」

「我現在在妳家，妳爸請我過來吃晚飯，妳媽說妳沒什麼胃口，一回來就待在房裡，所以傳訊息關心妳一下。」

我正猶豫著該不該下樓跟他打聲招呼，他又丟來一則訊息。

「還是妳有什麼煩惱？」

不知怎地，有那麼一瞬間，我居然想將種種煩憂全都告訴這個男人，希望他能給我答案。

不過，我很快就打消這個念頭，回說自己沒有什麼煩惱。

他卻扔了一個懷疑的表情貼圖過來：「隔這麼久才回，反而讓人覺得有鬼喔。」

這個人還眞是不容易應付呢。

在與他一來一往的對話中，我竟感到內心稍稍放鬆了些，不再那麼沉重。

過了一陣子，他告訴我他要回家了。接著，我聽見發動車子引擎的聲音，便走到窗邊，拉開窗簾往樓下看。

站在車門旁的咕咕雞先生和媽媽交談了幾句，鬼使神差地抬頭，與站在二樓窗前的我四目相接，他對我微微一笑，彎身坐進爸爸的車裡。

等到車子駛離，我的手機又響了。

「早點睡，荷包妹。」

雖然他又叫我荷包妹，我卻不覺得生氣，反而有一點點惋惜。

剛才還是應該下樓一趟的。

宋學長的若即若離，以及其他人的刻意冷落愈來愈明顯，我已經許久沒有參與他們的聚會，也許久沒見到美苓姊了。

某個星期六，宋學長臨時取消與我的約會，晚上臉書卻出現他與那群朋友在夜店的合照，爲一位我也認識的朋友慶生，而照片裡居然也有美苓姊的身影。

這是怎麼回事？爲什麼沒有人通知我？爲什麼連他們兩個都沒有跟我說？

我顫抖著手指撥出電話，宋學長的手機一直無人接聽，美苓姊的手機也一樣。

茫然無措之下，我點開那個久未有新訊息的女生朋友群組，不料卻目睹更使我目瞪口呆的一幕。群組裡最後一則訊息是我上次問大家要不要去看電影，接下來則全是成員接連退出群組的通知。

這個群組裡只剩下我一個人。

我這才明白自己已經被她們全然排除在外。

那晚宋學長沒有回電，直到隔天才接起我打過去的電話。關於昨晚的慶生會爲何沒有約我，他給出的理由是時間太晚，加上地點是夜店，大家都覺得我應該無法出席。

「說謊！」我既憤怒又委屈，眼淚奪眶而出，「明明就不是這樣，爲什麼不對我說實話？我感覺得到你最近瞞著我很多事，也刻意在疏遠我。」

他沒有接話。

我再也按捺不住洶湧的情緒，一股腦將心裡的話全部宣洩出來：「我到底做錯什麼？爲什麼非得用這種方式對待我？你是不是氣我只肯叫你宋學長？認爲我直到現在仍無法忘懷『宋任愷』？雖然美苓姊跟我說不是這樣，但這是我唯一想得到的原因。」

他依然沒有作聲，像是默認。

「如果你眞的在意，爲什麼不說？爲什麼事到如今還在質疑我對你的感情？難道只要叫你『宋任愷』，你就肯相信我？」

「不必。」他冷淡答道，「妳不用勉強自己，反正活著的人，本來就贏不過死去的人。」

我很錯愕，「你是這麼想的？」

「對。妳不是告訴美苓，我的名字本身對妳爸媽就是一種傷害，所以妳不敢讓他們知道我的存在？我那時就懂了，無論是妳還是妳父母，『宋任愷』有那麼一個就夠了。坦白說，雖然能理解，可是我並不想在往後繼續背負那傢伙留下的爛攤子。妳之所以始終無法向我坦承，甚至痛苦到私下找美苓哭訴，讓她來跟我說這件事，不就表示妳還是忘不了他，才會沒辦法爲我站出來面對妳的父母？」

我恍如遭受雷擊。

美苓姊是這麼對他說的？

「愷子還告訴我，他知道妳是爲了顧及妳爸媽的心情，才不敢馬上把他介紹給他們。」

我哽咽道：「沒錯，我確實這麼說過，可是我想表達的意思並不是那樣，我不知道美苓姊爲什麼——」

「但妳也承認她轉述的這些是事實吧？」

我一時啞口無言，不知該如何爲自己辯解。

「我沒興趣陪你們一家人活在那個宋任愷的陰影裡，而且妳也該清醒了，死守著一個心裡根本沒有妳的人，到底有什麼意思？」

「你爲什麼這麼說？」我話聲微顫。

「就我看來，妳不過是被宋任愷利用，卻不願接受事實，一味自欺欺人。爲一個從未在乎過妳的人肝腸寸斷，那只是一種自作多情，沒有任何意義，包括妳爸媽也是。」

我氣得渾身發抖，「你憑什麼這樣說我爸媽？又憑什麼這樣指責宋任愷？你明明一點也不了解他！」

「那妳又眞的了解他多少？」他反問。

「至少我知道他絕不會對我說這種話，也不會像你這麼虛僞，表面上裝作懂我，實際上卻是瞧不起我！」我氣得口不擇言。

宋學長僅沉默了一瞬，便迅速切斷通話。

幾分鐘後，我下樓告訴爸媽要外出買東西，便拿起放在玄關的汽車鑰匙走出去。

我下意識踩著油門向前駛去，等回過神的時候，我已經把車子駛出老遠，並且停在一座公園附近。

我又打了一次電話給美苓姊，她沒有接。

我有預感，她不會再接我的電話了。

「難道只要叫你『宋任愷』，你就肯相信我？」

「妳不用勉強自己。」

我雙手緊握方向盤，不停將額頭一次一次往手背撞去，嘴裡反覆低喃那個名字。

「宋任愷，宋任愷，宋任愷……」

喚著喚著，我漸漸分不清楚自己喚的究竟是誰。

也不知道過了多久，手機鈴聲響起，有人用LINE打電話給我。

「荷包妹，方不方便開一下視訊？」

我腦袋一片渾沌，點下接受視訊的按鍵，手機螢幕裡跳出兩張一模一樣的面孔，我很快認出那對雙胞胎是火鍋店老闆的女兒。

她們對著鏡頭搖頭晃腦，模樣嬌憨可愛，性格開朗外向的姊姊蔣郁萃先大喊：「荷包姊姊，妳什麼時候再來我家吃火鍋？」

妹妹蔣熙也跟著嘰哩咕嚕說了一串話，內容和她姊姊說得差不多。想來應該是兩人本來說好要一起講話，不料妹妹慢了一步，兩人參差不齊的話聲撞在一起，我差點沒聽明白她們在說什麼。

接著，手機螢幕上的畫面換成了咕咕雞先生，他乾淨爽朗的笑聲也隨之響起。

「我在火鍋店，她們問起妳，所以就讓她們跟妳打聲招呼。」他似乎注意到我人在車內，「妳在外面？去哪玩了？」

「我……」我張口欲言，卻覺喉嚨乾澀無比，聲音也粗啞難聽。

眼前再度模糊一片，我不想被別人看見自己的失態，迅速中斷視訊。

咕咕雞先生很快又打了通電話過來。

「妳在哪裡？」

天空飄下毛毛細雨，擋風玻璃星星點點都是雨滴。

我呆呆地目視前方，直到有人敲擊右側的車窗。

咕咕雞先生坐上車後，隨手抹掉臉上的雨珠，「怎麼了？荷包妹？」

「你怎麼……眞的來了？」我難以置信地望著他。

「誰叫妳一副快哭出來的樣子，又突然掛我電話，我當然會擔心。」調整好坐姿，他雙手抱胸，彷彿準備耐心聽我述說，「好啦，是不是發生了什麼事，妳才會一個人開車在外頭亂繞？」

我默不作聲。

「跟男友吵架了？」他的語氣比平常更溫和沉穩，也更容易讓人卸下心防。

半晌，我緩慢地開口：「你之前勸我早點告訴爸媽我交了男朋友，是不是因爲你覺得這樣他們就能放心，不必老想著我是不是還放不下死去的那個人？」

「嗯。」

「那如果我男友也叫那個名字呢？」見他眼裡浮現疑惑，我顫抖著聲音繼續說：「過去我喜歡的那個男孩名叫『宋任愷』，而我的男友也叫『宋任愷』，這樣我還可以跟爸媽說嗎？」

聞言，他陷入沉默。

「咕咕雞先生，請你誠實告訴我，當你得知他們同名同姓時，你第一個想法，是不是認爲我是因爲無法忘懷死去的宋任愷，才會和跟他有著相同名字的人交往？」

他沒有回答。

我僵硬地扯動嘴角，視線回到前方，「果然還是會這麼想的對吧？坦白說，一開始會被我男友吸引，確實是因爲他的名字，加上當年也是因爲他，我才會與死去的宋任愷相遇。後來我漸漸真心喜歡上我男友，他知道我的那段過去，接受我只能叫他『宋學長』，也體諒我沒讓爸媽知道他的存在。」

雨勢漸大，擋風玻璃上的雨水一行行蜿蜒流下。

「然而，我發現他其實還是會在意，所以我打算告訴爸媽自己正在和他交往。我很天眞，以爲只要讓爸媽知道，我會喜歡他是因爲他這個人，而不是因爲他也叫宋任愷，爸媽終究會認同我的選擇。可是那天聽咕咕雞先生說起爸爸對我的歉疚之後，我就再也說不出口了，並且慶幸自己還沒有說出口。我到現在都還記得，爸媽當年爲了我是如何心力交瘁，我怎麼忍心讓他們回想起那段過去，將自己的幸福建立在他們的痛苦之上？我做不到……

「宋學長因此而質疑我對他的感情並不純粹……但我是眞的很喜歡他，爲了不讓別人認爲他不好，就算吵架，我也不敢告訴任何人。可是我的小心翼翼換來什麼？宋學長深信我心中還殘留著另一個宋任愷的影子，深信到讓我也忍不住懷疑，是不是他說的才是眞的？」

我的眼淚像是從心底深處不斷湧出，源源不絕，永遠不會有停歇的一刻。

「我不知道該怎麼辦，無論我怎麼證明自己有多喜歡他，只要我無法對著他叫出那個名字，無法正大光明向爸媽介紹他，一切就沒有意義。現在我說的話，已經沒有人會信，也沒有人肯聽……」

「我在聽。」

我淚眼婆娑地朝身旁的男人望去，望進那雙深邃安靜的眼眸裡。

他輕輕一笑，「鼻涕快流出來嘍。」

聽到這句話，我才稍稍從情緒裡抽離，想找面紙，卻發現車上的面紙盒已經空了。

「要不要我的衣服先借妳擦？」

我瞥了眼他身上的淺藍色襯衫，悶聲問了句：「怎麼擦？」

莫非他要把襯衫脫下來給我？

他沒回答，只是整個人向我靠近，伸臂將我的頭抵在他寬闊的肩膀上。

我頓時瞠大眼睛，幾乎忘了呼吸。

「就這樣擦吧。」他在我耳邊說：「這件衣服是妳的了，妳想怎麼哭就怎麼哭，想哭多久就哭多久。」

說完，他還摸摸我的頭，明顯是在安慰我。

也許是太過驚訝，我心中的悲傷被沖淡了些許，可是不知道爲什麼，眼淚卻依然不斷淌下，無法停止。

無聲的雨，淚水的味道，他懷中的溫度，是我這天晚上最鮮明的記憶。

✦

我與宋學長的冷戰一直持續到暑假。

冷靜過後，我主動打電話給他，希望能和他談談，他卻不肯接電話，傳訊息向他道歉，他也不予理會，這讓我十分傷心。

他是真的不打算理我了？還是說，他已經擅自決定結束這段感情？

在這樣惴惴不安的日子裡，我意外遇見一個許久不見的人。

蕭蕭學姊在街上叫住我，訕笑著說：「跟阿愷分手後，沒有傷心到再次崩潰住院吧？」

「我們沒有分手。」我出言反駁。

她眨眨眼，像是覺得很不可思議，「是嗎？那就怪了，怎麼跟我聽到的完全不一樣？妳不是早就被美苓從阿愷身邊趕走了嗎？」

「什麼？」我傻住了。

蕭蕭學姊定睛觀察我臉上的表情，忽然放聲大笑，「天呀，都已經這樣了，妳還不曉得鄭美苓那女人的眞面目？她蓄意破壞妳和阿愷之間的關係，再暗中孤立妳，就像當初對我那樣，妳居然到現在都對她的手段無知無覺？」

她在我震驚的目光下好不容易止住笑，從包包裡找出手機。

「好吧，妳就這樣死得不明不白也挺淒慘的，我就好心告訴妳眞相吧，讓妳看看當初阿愷爲了妳冷落我的時候，妳那位好姊妹是怎麼說妳的吧。」

她給我看的是LINE群組裡的對話，裡頭的成員全是過去與我相熟的那群女生。

她們不斷安慰蕭蕭學姊，同時用尖酸刻薄的字眼羞辱我，甚至拿我的過去嘲笑我，連美苓姊也加入討論，爲蕭蕭學姊抱不平。

我爲那些不堪的言論渾身發顫。

蕭蕭學姊冷笑道：「妳別看美苓口口聲聲說會站在我這邊，等到她發現阿愷決定跟我分手，轉去追求妳，她居然在私下支持他，並轉而汙衊我，說我一直強迫她做出傷害妳的舉動，讓阿愷一天比一天厭惡我，接著她再煽動其他人冷落我，不讓我參加任何聚會，慢慢把我摒除在外。」

確實，蕭蕭學姊在LINE群組裡的發言，漸漸無人理會，最後畫面上只剩下一連串的成員退出群組通知。

這一幕讓我不寒而慄。

蕭蕭學姊當時的遭遇，如今竟也如出一轍地降臨在我身上。

「後來我才知道，這一切全是美苓搞的鬼。我和阿愷交往一年，後期經常吵架，追根究柢也是她害的。她動不動就在我耳邊叨念，她覺得阿愷跟哪個女生有曖昧，讓我成天疑神疑鬼，老是對阿愷發脾氣。那女人表面上跟妳當好姊妹，私底下卻毫不留情地捅妳好幾刀，是標準的雙面人。」

我頓覺天旋地轉，艱難地問出一句：「爲什麼美苓姊要這樣？」

蕭蕭學姊嗤笑，「妳還不懂？當然是因爲那賤人從頭到尾都在打阿愷的主意，才會處心積慮除掉他身邊的女人。不過，就算她不從中介入，阿愷遲早都會把妳甩了，她其實沒必要多此一舉。」

我心中一凜，「這是什麼意思？」

她露出一個充滿惡意的微笑，「學妹，妳該不會以爲阿愷對妳是認眞的吧？我認識他這麼久，比你們都要了解他，像妳這種類型，從來就不是他的菜，他之所以對妳感興趣，完全是因爲另一個宋任愷的緣故，妳懂嗎？」

縱然我初始也曾有過類似的質疑，但我並不認爲這能構成他並非眞心與我交往的理由。我張口想要辯解，蕭蕭學姊卻抬手阻止我。

「剛開始，大家都以爲阿愷對妳只是一時興起，覺得逗逗妳很好玩，直到他爲了妳跟我分手，又跟妳交往了一段時間，大家才相信他是認眞的，美苓那女人也才著急起來。她很有心計，先是把我這個麻煩的前女友趕走，再使計除掉妳。」她瞥了我一眼，「不過，我反倒覺得阿愷其實只是在等待，等到妳心裡完全只有他，不再有別人影子的那一天，妳對他就失去了吸引力，他將會把妳一腳踢開；或者等他發現不管他怎麼做，妳始終無法爲了他放下初戀情人，他也會因爲覺得自己只是在白費力氣，果斷離妳而去。也就是說，不管妳會不會愛上阿愷，他最終都會跟妳分手。知道爲什麼嗎？」

我沒有答腔，只是愣愣地望著她那兩瓣抹著鮮豔唇彩的嘴唇一開一闔。

她慢悠悠地解釋：「那是因爲，阿愷眞正要的，是取代宋任愷在妳心裡的位置。這並非表示他喜歡妳，而是比起妳，他更在意那個和他同名同姓的學弟，而妳對學弟那無可撼動的痴情，挑起他的好勝心和挑戰欲。對他來說，比起得到妳的眞心，贏過那個宋任愷，更能讓他獲得滿足。」

我情急之下脫口而出：「這只是妳莫須有的臆測，完全沒有事實根據！」

「信不信由妳，事到如今，我沒必要說謊。我說了，我絕對比妳了解阿愷，包括他自私惡劣的一面，我可以向妳保證，他比妳想像中更冷酷無情。爲了達到目的，他能在妳面前變成另一個人，並且連其他人一併瞞過。」

這番話實在過於荒謬可怕，有那麼一瞬間，我想轉身逃開，不去聽她說的任何一個字，這樣我就不會懷疑，也不會動搖，更不會受傷……

但我的雙腳像是生了根一樣，一步都無法邁離。

「就算我和阿愷已經分手，也還是能聽到一些傳聞。妳還是沒能叫他『宋任愷』對吧？也沒能向妳父母介紹他對吧？他很久沒跟妳聯絡了對吧？妳以爲是妳傷了他的心，他才不理妳嗎？錯！其實是他沒耐心了，加上美苓從中挑撥離間，加深你們的嫌隙，必定讓阿愷更加確信自己不僅是在浪費時間，還淪爲別人的笑柄。他是那麼驕傲的人，妳讓他自尊受創，他還有可能再跟妳耗下去嗎？」

我咬緊牙根，再也抑制不了眼睛泛上一股酸意。

「要是妳還是不信，不妨直接拿這些話去問阿愷。」她的眼神毫無溫度，語氣冰冷，「我之前那麼厭惡妳，是因爲我以爲妳只是在阿愷身上找尋別人的影子，但現在我不這麼想了，要是妳眞的愛上他，我反倒會有點同情妳，要比狠心，妳贏不過阿愷；要比心機，妳也鬥不過鄭美苓。我能做的就只有讓妳死得明白些，妳自己好自爲之吧。」

說完，蕭蕭學姊頭也不回地離去。

我心中一片紊亂，茫然無助地走過一個又一個街頭，直到天色逐漸暗下，才因爲體力耗盡，坐在路邊的長椅上。

「但我還是不懂你今天到底爲什麼來找我？是想替女友跟我道歉？還是純粹是對當年和『另一個宋任愷』有關係的這個學妹感到好奇？」

「我也還在想理由。」

我開始打電話給宋學長，即使沒被接聽，我也沒有放棄，依然一次又一次撥出電話，就是要等到他的回應。

在第十通電話的時候，他終於接起，在背景嘈雜的音樂聲中，他的聲音顯得格外清冷，「喂？」

「宋任愷。」這是自交往以來，我第一次這麼叫他，「如果你眞的那麼生氣，氣到連話都不願意再跟我說，那麼請你老實回答我一個問題就好，以後我不會再煩你了。」

他沒有說話，像是不置可否。

「蕭蕭學姊告訴我，你和我交往，並不是因爲喜歡我，而是爲了贏過死去的宋任愷；一旦我心裡不再有他的影子，你就會立刻甩了我。她還說，你不理我也並不是因爲我的所作所爲讓你傷心，而是你在我面前演了這麼久的戲，我卻一直無法爲了你放下一切，讓你感到挫敗，有損你的尊嚴。眞的是這樣嗎？」

我想要聽見他氣憤塡膺的反駁，哪怕他大發雷霆，甚至痛斥我胡言亂語，我都還能覺得好過些，這樣我就能相信宋學長其實還是在乎著我的。

我想要證實蕭蕭學姊是出於報復，不想讓我和宋學長言歸於好，才會蓄意將宋學長描述成如此殘忍可怕的人。

然而宋學長卻默不作聲。

長達一分鐘的沉默，使我更是心慌，刺骨的涼意也蔓延至全身。

「你爲什麼不回答？」我控制不住話聲的顫抖，「你不說話，就表示你默認了……難道你連一點點解釋都不肯給我？」

我還是等不到他的回應，只等到另一個再熟悉不過的聲音。

「愷子，你好了嗎？大家要走了唷！」

聽見美苓姊甜美的嗓音透過手機傳來，我全身猛地一震，頓時淚如雨下。

彷彿全世界的烏雲都聚集在我的頭頂，我這才明白自己被蒙蔽在怎樣的黑暗裡。

「你們……」我握緊手機，淚流滿面，咬牙切齒地迸出一句：「全是混蛋！」

宋學長什麼也沒說就掛斷電話了。

心臟劇烈地跳動，我呼吸急促，漸漸喘不過氣。

上一次感受到這樣強烈的心悸，是在宋任愷死去的時候，如今我心中的難受，甚至比那時更甚。

明明在哭，卻覺得自己的哭聲聽起來像是在笑，我幾乎以爲自己是眞的在笑。

我失魂落魄地走在馬路上，一道喇叭聲突地從背後響起，我嚇了一大跳，在閃避中不慎拐到右腳，跌坐在地上。

「想死嗎妳？」

機車騎士咒罵了一聲就揚長而去，圍觀的路人只是對我投來好奇的目光，紛紛從我身邊繞過。

「念荷。」此時，有人拉住我的手，溫柔地將我扶起。

我怔愣地看著那人，以爲是自己的幻覺。

她注意到我踉蹌的步伐，「妳的腳受傷了？痛不痛？」

「茉莉學姊……」我痛哭失聲，而茉莉學姊用她溫暖的懷抱，承接我所有的眼淚。

我忍不住一遍又一遍地說「對不起」，她也一遍又一遍地回應我「沒關係」，像是她一直都明白我心裡的愧疚。

帶我到診所治療腳傷後，茉莉學姊便和我一起坐在公園的長椅上，聽我述說有關宋學長的一切。

茉莉學姊始終握著我的手，臉上不曾露出一絲震驚、憤怒，或是悲傷。

「茉莉學姊，我瞞了妳這麼久，妳會不會生我的氣？」我語帶哽咽。

「不會，因爲我能理解妳爲何這麼做。」她緩慢而堅定地搖頭，「而且我說過，無論發生什麼事，我永遠不會討厭妳，更不會生妳的氣。」

「妳爲什麼要對我這麼好？」

「在這世上，除了宋任愷，妳是我最重要的人，我永遠都會站在妳這邊。」

我的眼淚再次潰堤，哭了一陣，待情緒稍微平復後，我才疑惑地問：「茉莉學姊，妳怎麼會剛好在這裡？」

「我不是本來就神出鬼沒嗎？」她打趣道，伸手替我將黏在臉頰上的髮絲勾到耳後，「其實，我今天是專程來找妳的。原本打算到了妳家附近再聯絡妳，沒想到碰巧在半路就遇見妳。」

我被她的自嘲逗笑，並且因爲她的出現而感到安心。

「每次我爲『宋任愷』傷心難過，學姊妳總是能及時陪伴在我身邊，就像是守護神一樣。」我輕輕回握她的手，「茉莉學姊，謝謝妳爲我做的一切。雖然我們的熟識是構建在一段傷痛之上，但對我來說，能夠遇見妳，是最幸運的事。」

茉莉學姊眼裡閃過一抹像是悲傷的情緒。

那樣的眼神倏忽即逝，我以爲那或許只是我的錯覺。

「別這麼說。」她的聲音帶著幾分沙啞，「妳不用道謝，這些是我欠妳的。」

當時我不懂她這句話是什麼意思。

暑假的時候，茉莉學姊回到台北，我們見面的次數變多了，以往一、兩個月才能碰一次面，現在則是差不多每個星期都會相約。

有了茉莉學姊的陪伴，即使我依然每晚仍會爲宋學長以淚洗面，但我相信自己遲早能走出傷痛。

何況除了茉莉學姊，咕咕雞先生也不時給予我鼓勵，爲我打氣。

知道我和宋學長分手後，他什麼也沒說，只帶我去他朋友店裡吃火鍋，和那對天眞可愛的雙胞胎姊妹說說笑笑，讓我得以重展笑容。同時他開始固定在睡前傳訊息給我，於是我的每一天，都能在他溫暖的問候中結束。

我能感覺得到他很關心我，就像哥哥關心著妹妹一樣。但他並不知道，這段期間以來，只要面對他，我時常會陷入不知所措。

有一次他來家裡作客，身上穿的正好是借給我哭泣的那件淺藍色襯衫，他的態度一派自然，我卻尷尬得漲紅了臉，曾經被他擁抱的記憶一下子鮮明起來。

即便如此，我還是感激有他在我身邊，成爲支撐著我走出憂鬱泥沼的力量之一。

「荷包姊姊！」

一道稚嫩的聲音在路上叫住我。

看到火鍋店的老闆娘帶著雙胞胎在前方向我招手，我驚喜地快步走過去。

「妳們和媽媽出來玩嗎？爸爸呢？」我低頭問雙胞胎。

「安哥帶阿嬤去看腳了！」姊姊蔣郁說完，馬上被她母親訓斥：「什麼安哥？要叫爸爸！」

「但是爸爸說可以叫他安哥呀。」女孩嘟嘴。

我忍俊不禁。

老闆娘解釋：「今天店裡公休，我老公帶我婆婆去醫院看診，我也趁機來看牙醫，但又不能放她們兩個在家，就一起帶出來了。」

她身後就是一間牙醫診所，從透明門看進去，診間裡候診的人不少。

「已經看完診了嗎？」我問。

「還沒，不過就快輪到我了。只是兩個孩子已經等得不耐煩了，小熙還因爲想睡覺鬧脾氣，所以才想帶她們出來走一走。」

蔣熙兩隻手臂環抱著母親，一臉悶悶不樂。

「那輪到妳看診的時候怎麼辦？她們在旁邊坐得住嗎？」我又問。

「我也在煩惱這件事，小郁靜不下來，小熙又黏我，我很怕她們到時候哭鬧，也許只能請櫃台小姐幫忙了。」她嘆氣。

我想了想，決定自告奮勇，「不然把小郁、小熙交給我吧，我現在沒事，可以帶她們去速食店吃點心。」

老闆娘喜出望外，「謝謝妳，念荷。妳幫了我一個大忙，那就拜託妳了！」

我帶著雙胞胎來到附近一間速食店，爲她們各點了一客冰淇淋，兩人吃得津津有味，小臉上盡是心滿意足。

這時手機響起，茉莉學姊問我有沒有空，想找我去看電影。我二話不說便答應，並告訴她我正在幫朋友看顧小孩，請她先過來速食店找我。

結束通話後，雙胞胎也吃完冰淇淋了，蔣郁說：「荷包姊姊，我想要畫畫。」

「咦？可是姊姊沒有帶紙筆耶，怎麼辦？」面對突如其來的要求，我有些苦惱。

「我有帶！」她馬上卸下肩上的背包，拿出一本畫簿和一盒蠟筆，蔣熙見狀，也急急忙忙跟著拿出同樣的畫具，兩人立即投入在作畫中。

沒多久，茉莉學姊從身後輕拍了下我的肩膀。

注意到雙胞胎四隻眼睛都盯著茉莉學姊看，我笑嘻嘻地為她們介紹：「小郁、小熙，這位是茉莉姊姊，是我的朋友。」

蔣郁眼睛一亮，「茉莉公主嗎？」

聽到小郁以為茉莉學姊是迪士尼卡通裡的公主，我和茉莉學姊都笑了。

「是呀，我是茉莉，但不是公主喔。」茉莉學姊俏皮地眨眼，

我請茉莉學姊照料一下雙胞胎，起身前往洗手間。

上完廁所後，站在洗手台前，手機的訊息提示聲從口袋響起。

咕咕雞先生傳了一張照片給我，點開一看，竟是一張小女孩趴在泥坑裡嚎啕大哭的照片，緊接著又收到好幾張照片，清一色全是在我童年出糗時被拍下的，像是嘴邊沾了一圈巧克力冰淇淋、小裙子沒穿好而露出內褲……

我又羞又窘，連忙撥電話過去，劈頭就質問他：「你怎麼會有這些照片？」

「妳爸爸給我看的，因為實在太精采，就翻拍了幾張作為紀念。」他大笑不止。

「你很過分，故意嘲笑別人！」我的臉一路熱到耳根子。

「這不是嘲笑，我是眞心認為這些照片很可愛。」他的聲音帶著濃濃笑意，「好啦，不然下次我也給妳看我小時候的醜照，讓妳笑回來，怎麼樣？」

「沒問題，我一定會用力笑你的！」我忿忿地說完，還傳了一張生氣的貼圖過去，才回到座位上。

茉莉學姊好奇地打量我，「妳臉怎麼紅紅的？」

我輕拍了下發燙的臉頰，轉移話題：「沒什麼啦。茉莉學姊，妳要不要吃點什麼？我去幫妳買。」

「不用了，我不餓。我也去一下洗手間。」

「好。」

茉莉學姊剛離席，結束看診的老闆娘就過來接雙胞胎了。

蔣郁給了我一張摺成兩半的畫紙，「荷包姊姊，我們剛剛和茉莉姊姊一起畫茉莉公主，這張是茉莉姊姊畫的，妳要記得幫我拿給她喔！」

「好，我會記得的。」

老闆娘母女三人離開後，我隨手翻開畫紙。

「茉莉她什麼都會畫，是大畫家。」

我對著眼前的畫作發愣。

茉莉學姊回來，沒看到雙胞胎，便問：「小郁、小熙呢？」

「她、她們的媽媽，已經帶她們回去了。」我結結巴巴地說：「對了，小郁要我把妳的畫交給妳。」

她接過後沒有多看，從容地收進包包，「那我們也走吧。」

前往電影院的途中，我不時覷向她的側臉。

「茉莉學姊，妳有學過畫畫吧？」

她搖搖頭，「完全沒有，我沒有繪畫天分。」

「怎麼會呢？」我睜圓眼。

她笑了起來，「妳剛也看到了吧？那張畫已經是我竭力發揮的成果了。」

我傻住了，心中充滿困惑。

宋任愷的妹妹宋嘉玟，曾給我看過茉莉學姊為宋任愷畫的素描像，當時我為她栩栩如生的高超畫技所震撼，甚至跟著拿起畫筆，企圖用繪畫拉近和宋嘉玟之間的距離。

然而茉莉學姊方才那張畫，無論怎麼看都像出自不擅畫圖者之手……我一度以為茉莉學姊是為了配合雙胞胎，才故意畫成這樣，但聽她的回答，顯然並非如此。

茉莉學姊在說謊嗎？

可是我想不出她非要欺瞞我的理由。

這是怎麼一回事？

第十四章　孫一緯

我和楊於葳面對面坐在房間裡，她那雙靈動的雙眼，盛滿複雜的情緒。

她遲遲沒有說話，像是尚未從這意外的衝擊中回過神。

這也難怪。

她比誰都清楚我和翁可釩的關係有多尷尬，如今我們不僅相處融洽，甚至還同居，這種讓人跌破眼鏡的發展，換作任何一個人，都會為此感到震驚吧。

聽我說完事情的來龍去脈，楊於葳眨了眨眼，「你們在交往？」

「沒有，我們不是那種關係。」我否認。

楊於葳臉上神情未變，我看不出她是否相信。沉默了一會兒，她緩緩環顧屋子一圈，視線定在端放在膝上的雙手。

「……沒想到這段期間，孫一緯你經歷了這麼多事。」她微微勾起嘴角，「你好像真的有些變了呢。」

我沒去探究她這句話是否別有深意，平靜表示：「也許吧，畢竟都三年過去了。」

她沒有接話。

看著她低垂的眼眸，我主動提起：「妳特地跑來找我，是有什麼事嗎？」

「哦，對！」她彷彿這才想起今天過來找我的目的，嗓音立刻清亮幾分，「我是來向你賠罪的，謝謝你還願意理我。」

「我是看在圓圓姊的面子上，才決定不跟妳計較，妳若再這樣自行其是，以後就真的不必聯繫了。」

「我知道，再也不會了！」她信誓旦旦地做下保證後，稍稍斂起笑容，「孫一緯，你向圓圓姊要了我的手機號碼？」

我眉毛一挑，「不然我要從哪裡得知妳的聯絡方式？圓圓姊拜託我再給妳一次機會，我才傳訊息過去給妳，不可以嗎？」

我尖銳的反問嚇得她連連搖頭，卻又支支吾吾地問：「那……你是在哪裡傳簡訊的？」

「應該是醫院附近吧。當時我跟圓圓姊約在醫院附近的咖啡廳見面，出了店門口就順手傳訊息給妳。有什麼問題嗎？妳到底想說什麼？」我不動聲色地回。

「沒什麼，我只是很意外會收到你的簡訊嘛。」她慌亂地搖頭。

隱約感覺到她的心神不寧與無所適從，我主動退讓一步：「如果妳不喜歡，我不會再傳訊息給妳，由妳主動來找我，就跟從前一樣，反正我早就習慣這種相處模式了。」

楊於葳怔愣地望著我半晌，吶吶地問了句：「我還可以再來找你嗎？」

「別突然跑來就好，畢竟我現在不是一個人住，至少先打個電話。」我隨即想起另一件事，「不過，妳快回日本了吧？」

她臉上的憂慮一掃而空，笑逐顏開，「我可以時常回來看你呀！」

我斜睨她一眼，「神經病，妳錢很多嗎？」

忍不住吐槽楊於葳的這一刻，我似乎同時也找回了一些過去與她相處的感覺。

楊於葳離去後，我立刻打電話給圓圓姊，把事情經過一股腦告訴她。

聽完，圓圓姊陷入了沉默。

「楊於葳確實如妳先前所言，問起我是怎麼和她取得聯繫的，我含糊應付過去，她應該沒有起疑。妳上次說過，如果我和楊於葳順利和好，就要拜託我做一件事，是什麼？」

圓圓姊沒有馬上回答，而是反問：「剛才你見到於葳的時候，有沒有覺得她哪裡不對勁？」

我回想了一下。

她今天戴了頂帽子，穿著一件長版毛衣外套，以及一條長裙，除了臉色有些蒼白，並沒有特別的異狀。

「好像沒有，怎麼了嗎？」

「一緯，今後她可能會常去找你，請你盡量別拒絕見她，也請你留意她的身體狀況。比方說，她是否看起來沒什麼精神，一副很疲倦的樣子？或是反應是否變得有些遲鈍，還有身上是否有類似瘀青的痕跡？」

「瘀青？」

「對，你在她身上看過一兩次瘀青對吧？我想知道她身上是否依然存在著那些瘀青？並且數量是不是一次比一次多？」

我皺起眉頭，「圓圓姊，妳這話是什麼意思？難道有人對楊於葳施暴？還是她生了什麼病？」

「不是。」她連忙否認，語氣卻洩漏出一絲不安，「我的猜測尚未完全得到印證，不好現在就跟你說。你就先像平常一樣和她相處，千萬別讓她知道我私下拜託你的事。要是你發現於葳出現那些徵狀，請一定要立刻通知我。拜託你了，一緯。」

即便滿心困惑，我還是答應了圓圓姊的請求。

晚上回到家裡，翁可釩好奇問起了楊於葳。

「那女生是誰？難道是你的女朋友？」。

「普通朋友而已。」我簡單地回。

「大學同學？」

「不是，她和我們同一所高中，而且還是同屆。」

翁可釩有些意外，「眞的？可是我對她沒什麼印象。她叫什麼名字？哪一班啊？」

「她叫楊於葳，高三才從日本轉學過來。我不知道她是哪一班，她沒說，我也沒多問。」

她輕輕眨眼，「那你們是怎麼認識的？」

我一時不曉得該怎麼回答，總不能老實告訴翁可釩，我是在偷看她的時候，被楊於葳搭訕，兩人才認識的。

「就偶然認識的。」

感覺到我不想多說，她話鋒一轉：「難得有朋友上門找你，表示你們感情不錯吧？你沒讓她知道我們住在一起？她見到我時，好像相當震驚。」

「嗯，我也沒料到她會突然出現。高中畢業後，她返回日本和父親一同生活，之後就音訊全無，直到最近才又聯繫上。」

「那她一定誤會了吧。」她看著我，「她會不會喜歡你？」

「什麼？」我一愣。

「她今天看到我的時候，臉上的神情不像單純只是感到驚訝。」翁可釩淺淺一笑。

我傻了兩秒，立即否決她的臆測，「不是這樣。她會那麼震驚，其實是因爲妳。」

「因爲我？什麼意思？」

我居然不小心說溜了嘴。

在翁可釩灼灼的目光下，我只得坦言，楊於葳很清楚我們兩家的那些過往，而且還是我主動告訴她的。

翁可釩並未表現出不悅，理解地點點頭，「我懂，當年我也曾向好朋友傾訴。你的壓力和痛苦不比我少，自然也需要宣洩的出口。她一定是你非常信任的人吧？」

見我不置一詞，只是凝視著她，她疑惑地問：「怎麼了？」

我走到她身邊坐下，視線落向前方，「我只是沒想到會跟妳聊起她，心情有些微妙。當年我和她曾經因爲妳而經歷過一樁烏龍。」

「什麼烏龍？」她偏頭看我。

我輕描淡寫地說：「高三那年，我和楊於葳有一天撞見妳和男友在街上吵架，還被對方強行擄上車。由於擔心妳的安危，我們一路騎機車追著你們去到山上，幸好最後是虛驚一場。」

她目光怔愣，「你爲什麼會擔心我？照理來說，當時你應該對我恨之入骨才對，不是嗎？」

「我也不曉得。」我聳聳肩，「察覺妳可能有危險，我根本來不及多想，一心只想確保妳平安無事，還因此對妳爸發脾氣。或許我確實恨過妳，但我很清楚那不是妳的錯，所以無法眼睜睜看著妳陷入危險，卻袖手旁觀。」

「你對我爸發脾氣？」她的聲音聽不出情緒。

「嗯，妳被妳男友帶走之後，我要求妳爸聯繫妳母親，但他似乎是嚇傻了，沒能反應過來，我情急之下就罵了他一頓。」

「原來有過這樣的事。」翁可釩抱著膝蓋垂下頭，悶悶地說。

然後她就什麼也沒再問了。

那天深夜，我在睡夢中聽見一道微弱的啜泣聲。

睜開眼睛，發現身側那人在哭，我一愣，迅速坐起身。

「翁可釩，妳怎麼了？身體不舒服？」

未料會吵醒我，她停住哭聲，背對著我搖搖頭。

「我沒事。」她說話的聲音幾不可聞。

望著她蜷縮在床邊的身影，我已心裡有數。

「是因爲妳爸？」

「不是。」

既然她不想說，我也不再追問，默默躺下。

「孫一緯，能不能讓我牽一下你的手？」她忽然出聲，「只要一下子就好。」

我沒有立即答應。

在我沉默的期間，我聽見她輕輕翻過身，空氣裡彷彿瀰漫著她的等待。

我緩緩朝她伸出手，她細嫩的掌心很快就貼了過來。

我不知道兩人的手牽了多久，只知道在我睡著之前，翁可釩都沒有將手鬆開。

✦

「然後呢？」翌日在早餐店裡，蔣智安的眼珠子幾乎快要瞪出眼眶，「你們兩個就這樣牽著手一覺到天明，什麼事也沒發生？」

「廢話。」我附上一記白眼，「說了這麼多，你的重點只放在這種不正經的事情上？」

「不能怪我，是你們太奇怪了。孤男寡女同床共枕這麼久，就算對象是翁可釩，只要你不討厭她，性向也正常，總該發生點什麼吧？你怎麼忍得了啊？」他嘖嘖稱奇，無法想像有人可以嚴守界線到這種地步，「我以爲你們倆早就『不正經』了，居然還停留在蓋棉被純聊天的階段。雖然你們的同居本來就不尋常，但到現在還這麼規規矩矩，感覺更不尋常。啊，莫非是翁可釩不願意？」

「你知不知道你現在在說什麼？」

對上我鄙夷的目光，他無奈地攤手，「好好好，是我思想齷齪，我下流。我忘了你本來就是這種個性，你的自制力和觀念有別於一般男人，否則當初翁可釩也不會放心住過去。」

聽出他拐了彎在虧我不正常，我不置可否，喝完豆漿就要站起來離開，他連忙把我拉回座位。

「開玩笑的啦。言歸正傳，你是不是覺得，翁可釩之所以會哭，可能是因爲她老爸？不過，我倒覺得是因爲你耶。」

「爲什麼？」我很意外。

蔣智安看著我的目光，像是在看一個遲鈍的傻瓜一樣。

他大大地嘆了口氣：「你想想，你們有那樣的過去，翁可釩不可能不對你抱有愧疚，甚至認定你必然對她深惡痛絕。可是當你發現她遭逢危險，非但沒有置之不理，還第一時間衝去救她。我這個旁觀者都覺得感動了，更何況是翁可釩？如果我是她，也會因此熱淚盈眶。」

「是嗎？」我呆了呆，完全沒想過有這種可能性。

「而且當她差點流落街頭，也是你主動向她伸出援手。你三番兩次關心她、幫助她，她怎麼會不感動呢？」

待蔣智安振振有詞說完，我仍半信半疑，「你確定是這樣？難道不是因爲她爸當年在聽聞她陷入危險時，卻不聞不問，導致她黯然神傷？」

經我這麼一說，他遲疑了幾秒，才又說：「算了啦，不管翁可釩到底爲什麼哭，你都不必太在意，那都是過去的事了，也不是你的責任，不用一直放在心上。」

我點點頭。

這時蔣智安的手機響了，他接起電話不久，我也收到了一則訊息。

是那個男人傳來的，我簡短回覆了幾個字便放下手機。

蔣智安結束了通話後，一開口就是抱怨：「靠，我二哥居然要我週末去幫他女友搬家，有沒有搞錯？」

「你有哥哥？」之前沒聽他提過。

「有啊，兩個都大我八歲。大哥是高中老師，二哥是健身教練。」

「雙胞胎？」

「嗯，我爸也是，我們家族有雙胞胎的基因。我老早就決定，將來要生一對超級可愛的雙胞胎女兒，絕對不要兒子！我受夠了雙胞胎男生，我那兩個混蛋哥哥從小就一直欺負我！」

「你就這麼肯定你老婆會生雙胞胎？而且還兩個都是女兒？」

「就賭賭看啊，我連名字都想好了。一個叫蔣郁，一個叫蔣熙，快問我爲什麼。」

他一臉得意洋洋。

我啼笑皆非，「爲什麼？」

「因爲我暗戀過一個女生很長一段時間，她的名字就叫郁熙。怎麼樣？是不是覺得我很浪漫很痴情？」

「我只覺得你很變態。」說完，我撇下他離開。

幾天後的傍晚，爲了避免被翁可釩撞見，我刻意和那個男人約在一間離家稍遠的便利商店碰面，我直覺認定他找我是爲了翁可釩。

看見他時，我心裡有點吃驚。

和上次見面相比，他消瘦許多，頭髮幾近全白，黑眼圈深重，面容也蒼老不少。

「你是怎麼回事？」

他先是一愣，隨即反應過來，撓撓頭，露出一個憨傻的微笑：「沒事，大概是眞的老了，頭髮突然間白了一堆，我會找時間去染黑，讓自己看起來年輕點。」

我不置可否，只是定定地看著他。

他收斂起笑意，囁嚅問道：「……可釩她好嗎？她現在在上課嗎？」

「應該下課了，但她今晚要去打工，十點才會回來。」

男人眼神一黯，拿出一個牛皮紙信封袋放在桌上，輕輕推到我面前。

「這是什麼？」

「我的存摺和金融卡。」他慢吞吞說道：「我存了一點錢，多少夠可釩半年生活所需。以後我每個月會固定匯錢進去，看她要拿去繳學費，或是想另外租房子，都沒問題。金融卡的密碼也在信封裡，請你替我轉交。」

我沉吟片刻，「你不打算親自交給她？」

「……她應該不想再見到我。」他似是頗爲無措，十根粗糙乾裂的手指不安地交疊，眼中閃過沉痛與心疼，「兩個星期前，我過來你這兒附近，碰巧看見可釩，她像是剛下班，穿著一身店裡的制服，看起來很累，人也瘦了很多。」

聞言，我看了那男人一眼。他見到翁可釩應該不是什麼碰巧，而是刻意守在我住處樓下等她打工回來，他想知道她過得好不好吧。

「我萬萬沒想到，當年我的離開，竟逼得可釩不得不離家出走。是一緯你取代了我，關心她、收留她……我沒資格當她的父親，更沒臉面對你。都是我太懦弱無能，才害得你們有家歸不得，對不起。」男人乾啞的聲音裡充滿悔恨。

這個男人還是在乎翁可釩的吧，所以他暗中查出了她寄居我家的眞正原因，並且爲她準備了一筆堪稱豐厚的生活費。

見他不再當縮頭烏龜，親口坦承對翁可釩的虧欠，並且付諸實際行動，我開始對他有些改觀。

望著他花白的髮旋，我低聲道：「現在說這些都沒有意義了。我和翁可釩住在一起看似荒唐，至少日子過得比從前平靜。你也不是眞的那麼一無是處，這幾年你一直把我媽照顧得很好，給了她安定的生活。我沒辦法爲她做到的事，是你替我完成了。」

彷彿沒想到我會對他說這些，男人詫異之餘，眼眶也慢慢紅了一圈。

我收起那只信封袋，「我會交給她的，你早點回去吧。還有，注意身體，工作再忙，也要記得休息。」

我在他含淚的注視下步出便利商店。

翁可釩打工回來後，我把信封袋交給她。

聽完我的轉述，她拿著男人爲她準備的存摺和金融卡，淡然地問：「他是覺得我造成你的負擔，才給我這筆錢，希望我快點搬出去嗎？」

我微愣，「他不是這個意思。」

「我說笑的。」她勾勾唇，不動聲色地放下存摺。

「妳想跟他聯絡嗎？」我觀察她的臉色。

翁可釩沒回答，目光沉沉地對上我的眼睛，反問：「他到現在還時常跟你見面？」

我頓了頓，「偶爾。」

她不再多問，向我道謝後就收起信封袋，笑著邀我一起享用她買回來的宵夜。

我不知道翁可釩是否願意接受她父親的心意，也不知道她是否還介意他對我的特別關心，在那之後，她不曾改變對待我的態度，也不再提起她父親。

過沒幾天，楊於葳再次來找我了。她沒有貿然上門，而是打電話約我吃晚餐。儘管我早已知道她的手機號碼，她卻仍堅持設定為隱藏來電顯示。更弔詭的是，我站在校門口等她，明明已格外留意周遭，她還是能搶先一步從身後輕拍我的肩膀。

一見到她，我忍不住盯著她瞧。

她雙手捧頰，眨眨眼說：「怎麼？才幾天不見，孫一緯你就被我的美貌震懾住了嗎？」

她還是老樣子，輕而易舉說出這種自戀之詞。

「白痴喔。」我下意識吐槽，然而心裡某處卻微微一動，僅僅幾句對話，好似就拉近了我和她三年來的距離。

不知楊於葳是否也有相同的感覺，即便被我回嗆，她依然相當開心，還提議去附近的夜市吃陽春麵。

我沒有忘記圓圓姊拜託我的事。

吃完晚餐後，我們並肩走在夜市裡，我一直在暗中窺探她，卻沒有什麼發現。

楊於葳穿著長袖長褲，又裹著圍巾，無法確認她身上是否有瘀青的痕跡，不過她精神看起來不錯，並不像圓圓姊先前擔心的那樣，出現疲勞、反應遲鈍等徵狀。

只有一點很奇怪，她三不五時會與路人擦撞。

夜市人多擁擠沒錯，但她與路人迎面撞上的次數也著實太高，有時話說到一半，她就忽然不見蹤影。等我四處張望之際，才見她手忙腳亂地從人群中冒出來，說自己剛才被人推擠到後方。

「妳會不會太誇張？」我只覺匪夷所思。

「不能怪我呀，是那些人走路不看路，好討厭！」她抬手整理被擠亂的頭髮，對我嘿嘿一笑，「不如我抓著你的手臂？這樣應該就不會再撞到人了。」

想得美。

我原本要這麼回，但她那張略顯狼狽的笑臉讓我有些於心不忍，於是改口：「隨妳吧。」

她立刻像隻章魚扒了上來，緊緊纏住我的手臂不放。

「喂，妳抓得太緊了！」

「這樣我們才不會走散呀。」她興高采烈地說，繼續走了一段路後，她忽然吞吞吐吐起來，「那個，孫一緯，你……」

「幹麼？有話就說啊。」我斜睨她一眼。

「就是……我一直很想問你，對於『圖書館女孩』的突然消失，你會不會難過？」

我沉默了一會兒，面不改色道：「我早就忘記這件事了。」

楊於葳小小聲說：「對不起喔。」

「幹麼道歉？」

「當初是我強迫你和她通信的，而且我很清楚，你願意與她持續通信那麼長一段時間，絕對不僅是習慣或責任感使然。倘若你因爲圖書館女孩的爽約與消失而感到難過的話，我眞的覺得很抱歉。」

「想太多，我已經不在乎了，妳用不著介意。」語畢，迎上的卻是一雙探究的眼睛，我低低嘆了一口氣，「可以別提這件事了嗎？」

後來楊於葳便不再問了。

夜色漸濃，我和她在捷運站入口道別，見她的圍巾有些鬆脫，我伸手幫她重新圍好。

趁著爲她整理圍巾時，我仔細留意她白皙的脖頸，依然沒有發現任何不對勁。

「孫一緯，你變得更貼心、更會照顧女生了，莫非是因爲和翁可釩一起生活的緣故？」楊於葳莞爾。

她問得我無言以對，索性話鋒一轉，「妳還會留在台灣多久？」

「我也不知道。」她看著我，「如果我說，我有可能回台灣定居，你會怎麼樣？」

「妳要回來了？」我很意外。

「我是說如果啦，如果我眞的搬回台灣，並且像這樣偶爾約你出來見面，你會不會覺得討厭？」

我又想起圓圓姊說的話。

「今後她可能會常去找你，請你盡量別拒絕見她。」

我若無其事地答：「不會啊。」

「真的？太好了。」她笑得很開心，「我會努力不再像之前那樣消失那麼久，所以你不要忘記我喔，拜拜！」

我還來不及多問，她的身影便已迅速淹沒在捷運站的人潮裡。

一進家門，坐在電視前的翁可釩問我要不要吃宵夜。

「不了，我剛在夜市吃過了。」我放下背包。

「哦？和蔣智安一起嗎？」

「不，是和楊於葳。」

她轉頭看我，「你們約好的？」

「算吧，她今天臨時找我吃晚飯。」

「對了，孫一緯，我今天打掃房間的時候，在櫃子上看見一樣東西。」翁可釩走到我面前，手上拿著一個小方盒，「就是這個，裡頭是一條藍色的編織手環，上面還有個時鐘的吊墜，很漂亮，你有在戴嗎？」

我目光停在那個小方盒上，立即認出那是圖書館女孩回送我的耶誕禮物。

「沒有。」

「是嗎？難怪盒子上已經有些灰塵。如果你不想要了，可以給我嗎？我想——」

「不可以。」

我冷硬的回應讓兩人之間的空氣霎時凝結。

從驚愕的翁可釩手中取回盒子，我稍稍放柔了聲音說：「……這是朋友送我的禮物，所以沒辦法給妳，抱歉。」

「沒、沒關係，該道歉的是我。」她收起臉上的錯愕。

這是我第一次這麼不客氣地對翁可釩講話，儘管我們後來的互動一如往常，氣氛卻仍有些尷尬。

熄燈不久，我主動釋出善意。

「妳打工回來還要打掃，會不會很累？」

「還好。」隔了一會兒，她問：「那條藍色手環，是楊於葳送你的嗎？」

「不是。」

「對方應該是你很重要的人吧？感覺你很看重那條手環。」

「對於圖書館女孩的突然消失，你會不會難過？」

我靜靜凝視著眼前的漆黑。

「睡吧。」我翻過身，直接結束這段對話。

「不能告訴我嗎？」她用輕軟的嗓音探問。

「這不關妳的事。」

翁可釩沉默了。

隔天，我將手環藏到誰都找不到的地方。

即使不去回顧，不曾提起，有些過往的痛楚還是存在，不會輕易痊癒。

每想起一次，就像是提醒自己被傷得有多深。

最後只能眼睜睜看著那兩年的回憶，變成誰也無法觸碰的傷痕。

過了兩天，我又收到男人的訊息。

翁可釩將存摺和金融卡原封不動寄還給他。

雖然早料到她不會接受，我還是忍不住開口勸她：「也許留著對妳會比較好。」

正在摺衣服的她動作一停，抬眼望來，「爲什麼？」

「妳現在是自己養活自己，他擔心妳兼顧學業和工作太辛苦，才會爲妳存一筆錢，想要減輕妳的負擔。」

「你不也是自己養活自己嗎？」

「是沒錯，但實際上，我除了打工賺取的生活費，還有我爸留下來的保險理賠金，當然，我不想仰賴那筆錢，只限於緊急情況才能動用。相較之下，妳沒有其他金援，壓力比我大上許多，所以我希望妳別太勉強自己。」

翁可釩的眼神毫無波瀾，「你這麼乾脆地要我接受我爸的援助，難道你原諒他了？」

我不意外她會這麼以爲。

「這是兩件事。但我懂妳的心情，以前我的想法和妳一樣，不過現在我不認爲妳接受他的錢，就等於是原諒他；在經歷過這麼多事情，看盡各種人情冷暖後，我媽讓我明白，沒有什麼比好好活下去更重要。妳大可把這一切當作是他對妳的虧欠，無關乎是否原諒，而是妳有權利讓他補償妳。」

翁可釩久久不語，視線落向遠方。

「謝謝你，孫一緯。」她話音飄忽，「只可惜，我沒你這麼豁達。對我而言，我爸就和送你藍色手環的那個人一樣，不是三言兩語就能說明白的，也不是他人可以輕易探究的。」

她的意有所指令我無話可說。

自那天起，我隱隱感覺翁可釩有些變了，她嘴裡說出的話和臉上的表情一天比一天減少。

她愈來愈晚歸，以前打完工，她會直接回家，但最近她時常藉口和朋友聚會，甚至多次在我入睡後才返家，我不得不懷疑她是否在躲我。

某天又收到她報備晚歸的訊息，跑來我家串門的蔣智安大概是看我面色凝重，好奇地問：「怎麼了？」

「總覺得翁可釩有點奇怪。」我說。

他湊過來看那則訊息，不以爲然道：「不就是會晚一點回家嗎？她還問你宵夜想吃什麼，很正常啊，哪裡怪？你什麼時候變得跟老媽子一樣疑神疑鬼了？」

我懶得說明原委，索性先去洗澡，卻被他在浴室前攔下，「等等啦，你不是說楊於葳回來了嗎？什麼時候約她出來讓我見見她？」

今天我和圓圓姊通電話，說起楊於葳，好巧不巧被蔣智安聽見，便纏著我討要楊於葳的聯絡方式，見我堅決不給，於是吵著讓我約她出來。

「你見她幹麼啦？她又不一定記得你。而且她這陣子都沒跟我聯絡，搞不好已經回日本了！」我企圖從他手中奪回浴巾，他東躲西閃就是不肯還我。

「直接打電話問不就知道了？你很不夠意思，明知道我想見她，她回來也不通知一聲，你一個人貪心地『左擁右抱』對嗎？」蔣智安又開始胡攪蠻纏，「我來幫你確認她還在不在台灣，只要我稍微自我介紹一下，她肯定會想起我這個人。你要是不告訴我她的手機號碼，就休想踏進浴室一步！」

我的耐性終於被磨光，一時忘了圓圓姊之前說過的話，將手機解鎖後丟給他，飛快逃進浴室。

洗完澡後，卻見蔣智安一臉古怪地盯著我。

「欸，一緯，這是怎麼回事？」

他給我看手機幾分鐘前的通話紀錄，「我直接用你的手機打過去，接電話的卻是一個中年男人，對方說這是他的手機號碼，他不認識什麼楊於葳。」

「爲什麼不能直接打電話給她？」

「因爲如果直接打過去，接聽的很有可能會是別人。」

回想起圓圓姊先前所言，我不由得一愣。

「眞的嗎？」

蔣智安擰眉道：「當然是眞的啊，我再三跟對方確認過，他說他使用這個門號已經二十幾年，從來沒換過。而且他還說，以前也有人打這支電話說要找楊於葳，弄得他很煩，還罵了我一頓。你是不是記錯號碼啦？」

我沒有答腔，從他手中拿回手機再次確認。

那天我一將傳給楊於葳的簡訊發送出去，就把號碼存進電話簿，而楊於葳也確實收到我的簡訊，不可能會弄錯。

初聽聞圓圓姊那番不合常理的言論時，我表面上沒說什麼，心中卻始終存疑，只是她都那麼愼重其事地交代了，我不便拂她的意，只得依照她的指示在醫院附近傳訊息給楊於葳。

直到蔣智安今天這通電話才讓我驚覺，圓圓姊所言，很有可能全是眞的。

怎麼會有這麼莫名其妙的事？

我暫時把翁可釩近日的異常拋在腦後，將注意力移到楊於葳身上。

我愈來愈想弄清楚楊於葳身上的謎團，然而自從夜市一別後，她便音訊全無，而圓圓姊之前拜託我留意的事也毫無進展，若是在這種情況下去問圓圓姊，只怕她也不會給我答案。

沒有別的辦法，我只能靜靜等待楊於葳再度出現。

不料，還未等到楊於葳出現，翁可釩就先出狀況了。

週末家教課結束，我一踏進家門，就看見她背對著我蹲在陽台上，不曉得在做什麼。

客廳桌上歪歪斜斜的盡是空啤酒罐，我驚覺不對勁，立刻上前探看，赫然發現她在燒東西。

認出她腳邊的紙箱，我震驚地往火堆裡望去，被熊熊火焰吞噬的正是我從前和楊於葳一起創作的小說，以及圖書館女孩寫給我的所有信件。

「翁可釩！」我大吼，迅速將喝得醉醺醺的她拉開，卻已經來不及了，稿紙與信件全數付之一炬，化為灰燼。

我不可置信地瞪向翁可釩，她卻噗哧一聲笑了出來。

「我第一次看到你這麼生氣。」她滿臉通紅，笑個不停，「送你藍色手環的，就是寫這些信的人嗎？她已經不在你身邊了吧？你被拋棄了對吧？但是因為你放不下她，所以始終不肯丟掉這些信，對吧？」

滿腔的憤怒使我幾乎失去理智，我高高舉起手，就要朝她臉上用力搧下，然而她眼裡不斷湧出的淚水，卻讓我瞬間停下動作。

她臉上涕淚縱橫，哭得上氣不接下氣。

「我一直以爲你和我一樣都被拋棄了……」她抽抽噎噎地說，「原來眞正被拋棄的人只有我。你還有我爸，我爸把他的關愛全給了你，能給我的就只剩下責任。我還在原地，你們每一個人卻都已經走得那麼遠。」

翁可釩淚流滿面，傷心欲絕，「爲什麼……不管是我媽，我爸，還是你，我所在乎的人，都不願意回頭看看我？爲什麼最終只有我一無所有？爲什麼只有我一個人還陷在痛苦裡？我究竟做錯什麼？爲什麼到頭來是我失去得最多？」

她的含淚控訴，讓我懸在半空中的手緩緩放下。

那天晚上，我到蔣智安那兒借宿。

儘管了解翁可釩心中長久以來的委屈與疼痛，我卻什麼也無法對她說。

爲了不讓她感覺尷尬，也爲了給她平復心情的時間，我認爲兩人暫時分開一陣，是最正確的選擇。

過了兩天，那個男人忽然傳訊邀我喝酒。

我覺得不太尋常，於是決定赴約，來到曾經和那個男人一起吃過陽春麵的夜市小吃攤。

男人將冰涼的啤酒倒進酒杯，我皺眉問：「你明天不用上班？」

「只喝一點，不礙事。」他笑容滿面，隨即想到什麼似地說：「對了，一緯，明天下午你外婆和舅舅會過來，你如果有空，就回來一趟吧，讓他們看看你。」

我一愣，「眞的？」

「你媽媽親口說的，我這次絕對沒騙你。」他眉開眼笑。

「不了，我還有課。」事隔多年，聽到外婆願意和媽媽恢復往來，我既意外又欣慰，「你今天約我喝酒就是爲了這件事？」

「這個……我可能眞的是老糊塗了，哈哈哈！本來只是想傳訊通知你這件事，不知怎地居然變成找你出來喝酒。」他眼裡的光彩消失了，「也許是因爲我很替你媽媽高興，便迫不及待通知你，可是一想到你，同時也想起被我害得無家可歸的可釩，愈想愈難過，就想喝點酒了。」

他一口飲盡杯中的啤酒，立即又倒了一杯，神色沮喪且自責。

我不認爲將翁可釩內心深處的想法告訴他，兩人的父女關係就能有所好轉。翁可釩之於他，就像媽媽之於我，傷害已經造成，那樣的裂痕不是簡單一句道歉或幾滴眼淚就能彌補。

我自己都會因爲害怕受到媽的冷眼相待，盡可能不回去那個家，那我又有何立場要求男人，去做連我自己都辦不到的事？

思及此，我的喉嚨驀地有些乾澀，什麼話也說不出來，索性也拿起酒瓶，往杯中倒去。

「你爸爸出事那一天，正好是我被公司裁員的第二個月。」男人突然迸出這句話。

我倒酒的手停了下來，抬眼望著他。

「我始終不敢告訴我太太，求職也處處碰壁，每天依舊假裝出門上班，其實都在外頭喝悶酒。後來我太太還是知道了，那個晚上，我們又起了口角，我跑出去買醉。你爸爸巡邏經過，恰巧發現醉倒在路邊的我，他堅持開車送我回家，我卻不願回去面對現實，一時情緒失控，導致無可挽回的悲劇。」

我下意識握緊酒杯，沒有說話。

「你爸爸是學生時代唯一對我好的人。我長得醜醜矮矮的，功課很差，被同學霸凌，連老師也看不起我，只有你爸每次都會挺身而出，替我教訓那些壞同學。他從以前就不苟言笑，個性一板一眼，不知變通，即使出自於關心，說出口的話聽起來也像是在訓斥，但只有他願意在我遭遇困難時，向我伸出援手。」說到這裡，男人看著我的眼神，參雜著懷念與悲傷。「我可以在你身上，看到你爸爸擁有的所有美德。你爸爸比任何人都正直善良，他唯一的缺點，就是面對愈在乎的人，愈是不知道如何表達情感，時常因此產生誤解或爆發衝突。一緯，我希望你能試著理解他，不要懷疑你爸爸對你的愛，他自始至終都是以你為傲的。」

他的酒杯再度見底，「可釩或許會不齒有我這個父親，我卻不願你也這麼想。你爸爸和我不一樣，我這輩子一事無成，從沒做過任何能讓可釩感到驕傲的事，還讓她們母女因爲我而蒙羞，吃盡苦頭。如果是你爸爸，絕對不會讓你們母子陷入這樣的困境。」

男人遲遲沒有再倒第三杯啤酒，我問他：「不喝了？」

他露齒一笑，「是啊，不喝了。我已經『改過自新』，之前在你爸爸靈堂前發過誓，絕不再喝醉，就算眞要喝，也不會超過三杯。」

直至這時，我才將杯中的酒一飲而盡，失去冰涼感的啤酒只餘下苦澀。

步出小吃攤時，男人臉上的神色較之前愉悅不少，「和一緯你一起喝酒，就像是在跟自己兒子喝一樣，感覺特別好喝呢！」對上我的視線，他馬上改口，「開玩笑的，跟我這種人喝，你怎麼可能會覺得酒好喝呢？哈哈哈。」

我只是看著他，「你沒想過有一天讓翁可釩陪你喝？」

他一時呆住了，彷彿從不敢想像會有那麼一天。

我這一問似乎提醒了他，他從外套口袋取出一個似曾相識的牛皮紙信封袋，裡頭裝著他的存摺和提款卡。

「一緯，不好意思，請你替可釩保管這個好嗎？如果可釩需要用錢，或是你們兩個有什麼額外的開銷，隨時可以動用這筆錢。」

我沉吟片刻，點點頭，「知道了。」

「一緯，謝謝。」男人笑得眼角的皺紋更深了，雖是笑著，卻更像是快要哭出來，「眞的很謝謝你爲可釩所做的一切，我一定會努力用一輩子來彌補你媽媽，還有你和可釩，我不會再讓你們失望了！」

我忘不了他那時的表情。

而那是我最後一次看見他那樣的笑容。

兩個星期後，一條客運司機捨己救人的新聞登上各大媒體版面。一輛南下的客運，於行駛國道途中，緊急臨停休息站。客運司機疑似心肌梗塞發作，一察覺到身體不適，苦撐著最後一口氣，將車緩緩停靠至休息站後，便癱臥在方向盤上，不省人事。

司機即刻被送往醫院，經過四小時的搶救，最終仍因心肺衰竭而宣告不治。由於司機的堅持，客車安全駛離國道，車上二十幾名乘客全都平安無事。這名司機的英勇作為，引來眾人的交口稱讚，並深為其感動。而那些受恩於他的乘客，也紛紛親至靈堂致意，表達對他的感激。

「我這輩子一事無成，從沒做過任何能讓可釩驕傲的事。」

回到屋裡，翁可釩正坐在客廳，目光透過窗外落向遠處，我們已經好一陣子沒見面了。

聽到開門的聲響，她扭過頭，「你回來了。」

我走到她身邊坐下，觀察她的氣色，「妳還好吧？妳是今天回來的？」

「嗯。」

「妳媽還好嗎？」

她眨眨浮腫的雙眼，帶著微微的鼻音說：「有她男友陪著，應該沒有大礙。你媽媽呢？」

「還好，她的反應還算平靜，不過我還是不太放心，幸好我外婆主動說要過來陪她住幾個禮拜，幫忙照看她。」

男人離開後的這一個月，我怕媽一個人無法承受，每天都會回去看她，而翁可釩也在事發之後暫時返回家裡，協助處理後事。

縱使心中忐忑，我仍勉力拉近和母親之間的距離。

每次回去，我都會找話題和她聊聊，儘管無法恢復過往的親近，然而隨著一天天過去，她對我的問候與關心，也漸漸不再置若罔聞，偶爾會給予簡短的回應。

「我爸的保險業務員看到新聞後，前幾天聯繫我，要我記得向保險公司申請理賠。我爸生前買了幾份保險，受益人全寫我的名字。」翁可釩神色平靜，「直到聽聞這件事，我才稍微有了點眞實感，原來警察說的都是眞的。」

在釐清男人死因的過程中，警方發現他有疑似過勞的跡象。

客運公司卻再三澄清，從未強迫男人超時工作，反倒是男人經常主動要求加班。一個與男人交情不錯的同事也表示，曾勸過他不要這般拚命，男人當時笑著回答：想多掙些錢，給女兒過好日子。

我絲毫不意外那個男人會這麼做。

他很擔心翁可釩，不想女兒生活過得那麼辛苦，於是比過去更賣力工作，希望能減輕她在經濟上的負擔。

「你知道嗎？我對你的感覺一直很複雜。」她緩緩地說：「因為我爸的關係，我為你失去父親而愧疚，也為你不計前嫌幫助我而感動。我們兩個都是回不了家的人，我便認為只有你能理解我，不知不覺變得依賴你，那種依賴甚至變成了執著，希望你能一直把我放在心上。可是，同時我又嫉妒你，我爸這幾年來是那樣關心你，卻對我不聞不問……我為此感到非常痛苦，以為自己在他心裡可有可無，我漸漸開始憎恨你，卻又無法真的討厭你……」

「我明白。」我低聲應道。

伸手將臉上的兩行眼淚抹去，她深吸一口氣，「不管你收留我的理由是什麼，我都不會忘記你為我做的一切。我曾經想，如果我們不是以這種方式相遇就好了，但我還是不後悔認識你，即使你不見得有同樣的想法……」

「我也是。」我發自肺腑由衷道：「我不後悔遇見妳。」

翁可釩抿緊雙唇，強忍著不讓自己哭出聲音，眼角的淚水不斷滑落。

「孫一緯，我要搬出去了。」淚流滿面的她努力扯出一抹微笑，「我今天回來就是跟你說這件事，謝謝你一直以來的照顧，也抱歉給你添了不少麻煩。」

「妳要搬回家裡嗎？」

她搖頭，「我在學校附近找了間套房，環境不錯，也已經簽約了。我這幾個月打工存下一小筆積蓄，加上我爸留給我的，足夠我獨立生活。我明天會著手整理行李，週末就搬過去。」

聽到這裡，我不再多言，「好，那天我會把時間空下來，幫妳搬家。」

翁可釩搬走之後，我再度回到一個人獨居的日子。

不知爲何，我總是莫名在午夜醒來，無法一覺到天明。

數不清是第幾個夜晚，當我再次在那個男人的聲音裡睁開眼睛，腦海同時浮現一張憨厚的笑臉。

「既然是一緯你選的，那一定非常好吃。」

那個人的聲音一消失在黑暗裡，緊接而來的，是鋪天蓋地的寂靜。

✦

「你還好吧？」蔣智安一臉憂心忡忡，「看過醫生沒？」

我睡眼惺忪地看著他，喉嚨的疼痛使我不願出聲，站在門口隨意點個頭，便側過身讓他進屋。

「眞的？怎麼感覺還是很嚴重的樣子？」他也不客氣，不僅飛快進到屋裡，還擅自打開冰箱查看。

我沒力氣理會他，回到床上躺下，用低啞難聽的聲音說：「我剛吃過藥了，再睡一會就沒事。你回去吧，免得被我傳染。」

蔣智安不停碎念：「你啊，光會勸別人，自己卻愛逞強。家裡沒半點吃的東西，等你睡醒肚子餓，八成也沒力氣出門覓食。你先睡啦，我去幫你買點存糧回來！」

他取走我的鑰匙出門，沒多久，我便因爲藥效發揮，陷入昏睡。

再次睜開眼睛時，我瞥見床邊坐著一個熟悉的身影。

當那個人的側臉在我眼中逐漸清晰，我差點以爲自己因爲高燒而產生了幻覺。

「楊於葳？」

正在看電視的她，聞聲馬上轉過頭，湊近我身前，「你醒了？有沒有好一點？」

她的雙眼清澈晶亮，細長的睫毛根根分明。

「妳怎麼會在這裡？」

「喔，我打電話給你，但你一直沒接，索性直接過來你家看看，是蔣智安幫我開門的，想不到他還記得我。他說你病得很厲害，可能是最近發生太多事，累垮了。我跟他說我可以留下來照顧你，所以他幫你把買來的食物歸位後就離開了。」

我稍微坐起身，楊於葳遞來一杯溫開水，問我餓不餓，我搖搖頭。不曉得是醫生開的處方藥效太強，還是身體眞的太疲倦，明明已經睡了好幾個小時，仍然感到意識昏沉。

「我以爲妳回日本了。」

「嗯，我是去了日本一趟，處理一些事情。」她微笑，「我跟我爸說好要搬回台灣，今後我就留在這裡不走了，也能時常來看你。」

我忽然間不知道該不該相信她的話。

自從蔣智安打電話給她，卻是陌生人接聽後，對於她所說的每字每句，我都會忍不住懷疑其眞實性。

她究竟隱瞞了我什麼？

只是此刻深沉的疲憊如千斤重，壓得我毫無思考的氣力。

察覺到我的困乏，她勸道：「你再接著睡吧。冰箱裡有蔣智安買來的壽司和水果，睡醒記得吃一點。不吵你了，我下次再——」

「等等，」我下意識抓住就要起身的她，「再陪我說一會兒話，說什麼都行，總之先別走。」

她定睛看著我，蹙眉問：「孫一緯，你是不是又『聽不見』了？」

我無力再硬撐，咬牙點頭。

一直以爲自己已經克服了這個陰影，然而那個男人的驟逝，加上感冒來勢洶洶，身心交瘁下，面對過去那令我窒息的死寂，所有的防線不戰而潰。我時時刻刻都處在快被沉默吞噬的恐懼裡，害怕入睡，也害怕夜晚的來臨。

楊於葳將她冰冷柔軟的手放在我攥緊的拳頭上，「你說說話吧，我會聽的。」

「我不知道要說什麼。」

「想到什麼就說什麼呀。比方說，當你意識到自己『聽不見』的時候，你心裡是怎麼想的？把你那時的想法都說出來吧。」

在她溫暖的目光下，我的喉嚨像被什麼堵住。

「……我在想自己是不是搞砸了什麼。」我艱澀地開口，「雖然我知道自己沒有過問別人家務事的義務。但是，要是我能讓翁可釩早點了解她爸對她的感情和付出，結果有沒有可能不一樣？如果我沒有因爲瞻前顧後而裹足不前，如果我能多做些什麼，讓翁可釩明白她爸有多愛她，那個男人是不是就不至於這樣離開？我恨那個男人讓我永遠無法與我父親和好，但那與我對翁可釩造成的傷害，又有什麼不同？」

「孫一緯，你還記得以前我第一次拜託你回信給圖書館女孩時，你在信裡寫了什麼嗎？」楊於葳的語氣緩慢且平靜，「你當時寫下，我們無法知道自己正在做的事是不是正確的，唯一能做的，就只有當下認爲最正確的事。而你也這麼做了，但這不代表你做錯了什麼，我們本來就無法預知明天會發生什麼事，就算你能改變過去，也不保證未來就會跟著改變，不是嗎？」

我一陣茫然。

她握緊我的手，「你寫給圖書館女孩的這段話，不僅幫助了她，也幫助了我，現在我把這句話還給你。你已經盡力了，也做得夠多了。我相信不管是翁可釩，還是她的父親，直到最後都是感激你的。」

「一緯，謝謝。眞的謝謝你爲可釩所做的一切。」

眼淚瞬間湧上，我的視線模糊一片。

事發至今，我依然沒有那個男人已然離去的眞實感。

他彷彿隨時都會帶著憨傻的笑容出現在我面前，對我噓寒問暖，關懷備至。

想起他的笑臉，以及這些年他對媽無微不至的照顧……我再也抑制不住洶湧的情緒，淚如雨下。

「我還沒能……」我話音破碎，顫抖不止，「還沒能來得及對那傢伙說一句謝謝……」

楊於葳默默抱住哭到不能自已的我。

我不曾想過自己會有這樣爲他哭泣的一天。

「只要能讓你和你媽媽幸福，要我做什麼都可以。」

這是他一直以來的願望。

男人的喪禮過後，我依舊每天抽空回家看看媽。

我會陪她吃飯，陪她看電視，或是幫她做些家事，等到她回房間休息後，我才會放心離開。

儘管她還是很少回應我，但某天吃晚飯的時候，我終於鼓起勇氣問她，能否搬回來和她一起住。

她沒有回答，卻也沒有表露出拒絕的跡象。

我並不著急，只是繼續等待媽主動開口的那一天。

就像那個男人從不放棄等我回家一樣。

✦

某個週末下午，我沒有家教課，利用空檔稍微清掃了下租屋處，打算晚上回家一趟。

打開書桌抽屜，一抹潔白靜靜躺在雜物之中，那麼顯眼。

是圓圓姊送我的壓花書籤。

我拿出書籤輕輕嗅了嗅，茉莉花的香味早已散逸，我驀地想起有好一段時間沒跟圓圓姊聯繫了。

正想傳訊息問候她，放在桌上的手機響了。

一個小時後，我來到離家不遠的文創園區。

這天風恬日朗，明明剛進入春季，氣溫卻如初夏，遊客熙來攘往，爲避開人潮和略嫌刺目的陽光，我來到園區入口附近的店家屋簷下等候，不時注意來往的人群中，是否有那人的身影。

眼看約定的時間到了，卻仍不見她到來。

十五分鐘過去，我拿出手機，查看是否有她傳來的訊息或未接來電，卻什麼都沒有。這傢伙很少遲到這麼久，我不免有些擔心。

這時，我突然想起與圓圓姊的那段對話。

「如果你想找到於葳，就在腦中一邊想著她，一邊默念那朵花的花名五遍以上，也許就有機會了。」

「默念花名？爲什麼？」

「以前我想找某個人時，用過類似的方法，結果眞的成功了。」

索性試一試吧。

我閉上眼，一面想著楊於葳的臉孔，一面默念。

茉莉。茉莉。茉莉。茉莉。茉莉。

張開眼後，我爲自己荒謬的舉動感到啼笑皆非。

但當我看向園區的入口處，奇怪的事發生了，我在一群陌生人裡，看到一張熟悉的臉。

她神色微慌，在入口處不停四處張望，像是在找人。

等我回過神來，我已經奔到她身邊，一把抓住她的手。

她全身一震，錯愕地扭頭與我對望，眼裡的震驚絲毫不亞於我。

「孫一緯？」

我回過神，同時鬆開手，「妳現在才到？」

「沒、沒有呀，我十幾分鐘前就到了，可是一直沒看見你。」

「那妳幹麼不打電話給我？」

「因爲……我手機忘在家裡了。」楊於葳吞吞吐吐，問了一句聽起來有點莫名其妙的話，「你爲什麼找得到我？」

我腦袋一時轉不過來，含糊答道：「……我也不知道，忽然間就看見妳了。」

說完，兩人各自揣著心思陷入靜默。

楊於葳率先一笑，化解這突如其來的尷尬，「那我們快進去吧，聽說裡面有小型園遊會和花卉展。」

我無心欣賞周邊景致，只一路跟在楊於葳身後邁開步伐。

與她相識至今，這是我第一次搶在她之前認出對方。

我並未爲此感到興奮，只覺萬分困惑。倘若楊於葳沒說謊，早在入口處等我，爲何這十來分鐘我都沒看到人，卻在嘗試圓圓姊教授的方法之後，一眼就看見她？

這純粹是湊巧嗎？

圓圓姊曾對我說過許多關於楊於葳的事，那些乍聽之下不合常理的事，如今竟一一得到印證。

「孫一緯，你又在發呆了！」

聽到楊於葳的抱怨，我猛地抬頭望去。

她站在色彩絢麗的花田前，興奮地向我揮手，「你快過來，這裡超級漂亮的！你要不要拍幾張照片給你媽媽看？她一定也會覺得很美！」

一整片盛開的花朵如同鮮豔的地毯，確實很美。

我拿出手機，拍了幾張照片，準備晚上回家展示給媽看，順便作為聊天的話題。

此時的楊於葳正凝視著一隻停在花朵上的蝴蝶，陽光照在她的側臉，更顯肌膚淨白透明。她神情專注，襯著身後這片花海，唯美得如同一幅畫。

我忍不住將鏡頭轉向她。

細微的快門聲令她若有所覺，轉過頭來，見我拿著手機對著她，嚇了一跳，「你幹麼？孫一緯。」

「幫妳拍照啊。」

「不行！」她驚慌地朝我撲來，「不可以拍，快刪掉！」

「幹麼刪？我又沒把妳拍得很醜。」我舉高手機。

「總之不許拍啦，孫一緯你趕快刪掉！」她用力拉扯我的衣服，伸長手企圖搆到手機。

「好啦，我等一下就刪。」我無奈應允。

「不能等，我要親眼看著你現在就刪！」

儘管心中納悶，卻拗不過她的堅持，我只得當著她的面把那張其實照得很不錯的照片刪除。

楊於葳不放心地再三確認，「眞的都刪了？沒有其他照片了吧？」

「就這張了。妳幹麼反應這麼大？臉色都變了。」我沒料到她會這麼排斥拍照。

「因、因爲，」她眼神閃爍，「聽說如果歲數是單數，經常拍照會短命。我會怕嘛！」

「這種瞎到爆的鬼話妳是從哪聽來的？」我白眼翻到天邊。

「寧可信其有，不可信其無啊！我想活得久一點，這樣才可以待在你身邊更長一段時間。」

以往聽到她這種肉麻話，我通常都會立刻吐槽回去，這次我卻不發一語地盯著她看。

「怎麼了？你這樣看我，我會臉紅心跳耶。」她捧著雙頰，故作嬌羞狀。

「沒事。」我轉身走向另一區的花田。

楊於葳連忙追上，「孫一緯，你是不是想說什麼？」

「沒有。」

「你就跟我說嘛，你這樣我很不習慣。」見我仍無動於衷，她叫嚷起來，「啊，我突然好懷念在我懷中哭得像個孩子似的你，那時候的你坦率可愛得不得了呢。」

我羞惱地回頭瞪她，「楊於葳！」

「誰叫你不理我。」她噗哧一笑，故意張開雙臂，「要是你哪天還想哭，我的懷抱可以再借給你喲。」

就在我被她鬧得說不出話時，一群青少年嘻嘻哈哈地跑過我們身邊，撞倒了還大張著手臂的楊於葳。

我嚇得立刻蹲到她身邊，同時扭頭對那群撞了人就跑的莽撞小鬼大吼：「喂！」

「沒關係啦，算了。」楊於葳阻止我。

「什麼算了？以妳的個性，不是應該跳起來討公道嗎？而且妳明明看到他們衝過來，幹麼還傻站在原地不動？」

「這個……我一時來不及反應嘛。」她嘿嘿傻笑，正要起身，眉頭卻微微蹙起。

我低頭看去，發現她的一雙手掌都破了皮，微微滲出血來。

我向園區的工作人員要了消毒棉片和OK繃，帶著楊於葳到一處角落擦藥。

「我看妳以後別再去人多的地方了，以免動不動就被別人撞到。」爲她貼上OK繃後，我問：「還痛嗎？」

「痛。」

「那也沒辦法，妳就忍忍吧。」

「你幫我呼呼就不痛了。」

「什麼呼呼？」

她賊兮兮地笑，「孫一緯，你只要肯抱抱我，摸摸我的頭，對我說『不痛，不痛，痛痛飛走了』，我就不會痛嘍！」

「都受傷了還不能正經一點？我怎麼可能像妳一樣，隨口就能說出這種蠢話？」我無奈嘆氣。

眞是敗給她了。

「那抱抱的話就可以？」她抓住我的語病，在我開罵前，使出撒嬌攻勢，「你難過的時候，我可是陪在你身邊安慰你，難道你就不能看在我受傷的分上，抱我一下？」

我猶豫不決。

眼見機不可失，她瞬間撲抱住我，所幸附近沒什麼人經過，否則這一幕被人看在眼裡，我簡直都想罵髒話了。

拿她沒轍，索性任由她去，我也沒掙脫她的懷抱，只涼涼地說：「吃別人的豆腐是妳的嗜好？」

「我也只吃你的豆腐呀。」她笑嘻嘻地答道，毫不羞赧。

不知怎麼地，我忽然覺得她提出這種要求，也許另有原因。

「妳是不是怎麼了？」

「沒有，我只是想在你這裡得到力量。」她依然摟著我，「像是現在，在孫一緯你的懷裡，我就有種任何事都不足畏的感覺，所有的煩惱與不安都能暫時煙消雲散。」

我一陣彆扭，「這些話妳應該對妳喜歡的人說吧？」

「我就是在對喜歡的人說呀。」

我愣住。

「我一直很喜歡你。」她的語調溫柔悅耳，「從第一眼見到你，我的目光就再也離不開你，每天都會想著你。」

我全身僵硬，不敢相信自己的耳朵。

楊於葳抬頭看我，「如果我這麼跟你說，你會怎麼樣？」

我瞪大眼睛，「妳在耍我？」

「哪有？人家明明是認眞的。」她笑個不停。

「妳這種態度我會相信才有鬼！」我推開她，不再陪她胡鬧，掉頭就走。

明知是被戲弄，我仍爲此耿耿於懷。

楊於葳說出喜歡我時，那誠懇眞摯的口吻，讓我差點信以爲眞，一度心跳加快。

她眞的只是在開玩笑？

她身上的謎團已經夠多了，這番眞假不明的告白更是令我如墜十里迷霧，愈加心煩意亂。

「你和楊於葳去看花卉展？怎麼不找我一起？」

蔣智安來我家吃宵夜，聽到我前幾天和楊於葳去文創園區看花卉展，激動得眼睛都要瞪出來了。

「臨時約的，而且我哪知道你有沒有空？」我回得意興闌珊。

「你不會打電話問我喔？自從上次在你家見過她一面，就再沒機會見到她。你根本就是見色忘友！」他一副氣憤難平的樣子，「你們兩個出去玩有拍照吧？傳給我！」

「你要我們的照片幹麼？」

「誰要你的啦！我要的是楊於葳的照片，既然見不到本人，天天看著她的照片也好。」

原來他打的是這種歪主意。

「你可以再變態一點。」我自顧自地對著筆電上網，看都不看他一眼，「本來是有，不過刪了，楊於葳堅持不肯拍照。」

「為什麼不肯？沒關係，我知道怎麼復原照片，包在我身上！」

蔣智安一把搶過我放在桌上的手機，雙手飛快操作，嘴裡還哼著歌。

沒過多久，他咦了一聲，「孫一緯，楊於葳的照片在哪？已刪除的照片裡沒有她啊。」

「就是背景為花田的那張，還有一隻蝴蝶恰巧停在花上。」

「我有看到那張，但畫面裡沒有人啊？」

我無奈地接過手機，看到他調出來的那張照片，登時一愣。

那天我確實拍下了楊於葳站在花田前，欣賞美麗蝴蝶的側影。但在那張被復原的照片中，花田與蝴蝶依舊，卻不見楊於葳的身影。

「你動了什麼手腳嗎？」我問。

「沒有啊。」蔣智安一臉莫名其妙。

「那還是我的手機有問題？所以只能恢復照片的背景？」

蔣智安大笑，「你在講什麼？怎麼可能啊，你沒事吧？」

我錯愕地望著這張詭異至極的照片，腦中一片空白。

此時手機鈴聲大作，我緩緩接起。

「孫一緯，好久不見，你好嗎？」另一頭傳來翁可釩久違的聲音。

「我很好，妳呢？最近在忙什麼？」

「我這陣子在準備證照考試，生活過得還算不錯。」

「那就好，記得保重身體。如果有需要幫忙的地方，儘管開口。」我由衷道。

「謝謝你。」她語帶笑意，「對了，我今天打給你，其實是有件奇怪的事想跟你說。」

「奇怪的事？」

「嗯，昨天我和幾個高中同學回學校看班導，聊天的時候，我忽然想起楊於葳，便隨口問老師記不記得當年有個從日本來的轉學生，她卻說她一點印象也沒有。」

「會不會是老師不記得了？」我直覺回道。

「我也是這麼想，可是老師還去問了其他同事，居然沒人聽說過楊於葳，畢業紀念冊裡也沒有她，這太奇怪了，我實在想不通這是怎麼回事。」

我呆呆地說不出話來，這通電話沒能得到任何結論就結束了。

「你高中的畢業紀念冊還在嗎？」過了一會兒，我忍不住問蔣智安。

他思索片刻，「應該在吧，我好像沒寄回台南，大概被我塞到哪個角落了。幹麼？」

「你回去找出來借我，或者我現在去你家拿。」

與楊於葳初相識時，她始終不肯告訴我她是哪一班的，習慣她不按牌理出牌的處事作風後，我也不再探究。待高中畢業，她是哪班的學生也不重要了，我完全沒有想過要從畢業紀念冊裡找答案。

帶著隱隱的不安，我在蔣智安家中翻開畢冊，細細察看每個班級的學生名單與大頭照。

而楊於葳眞的沒有出現在畢冊裡。

整件事愈來愈不對勁，於是隔天一早，我直接打電話到母校進行最後的確認，卻得到更驚人的結果。

我們學校從來就沒有名叫楊於葳的學生。

握著手機，我陷入前所未有的茫然。

比起向楊於葳求證，我現在更想打電話給圓圓姊，我有預感，她會是最清楚事實真相的人。

然而電話接通之後，我得到的卻是圓圓姊再度住院的消息。

「抱歉，沒有在第一時間通知你。」坐在醫院附設的咖啡廳，穿著病人服的圓圓姊對我微笑，「我是三天前入院的。這次問題不大，病情也已經穩定下來，很快就能出院了，所以不想讓你擔心。」

「那就好。」我鬆了口氣。

「昨晚你在電話裡說，想問問我有關於葳的事，你是不是發現了什麼不對勁的地方？」

圓圓姊的態度出乎意料地乾脆，我一時千頭萬緒，不知該從何說起。

整理了下思緒，我慢慢將楊於葳身上的種種怪異之處娓娓道來，包括撥她的電話，卻是一個陌生男人接聽，以及只是默念「茉莉」這個花名，就忽然能在人群裡找到她，尤其這些事圓圓姊都曾若有似無地提示過我。

而最讓我毛骨悚然的，是她的影像莫名其妙地消失在照片裡，以及她從來就不是我們學校的學生，卻佯裝成轉學生接近我。

「圓圓姊，妳知道這是怎麼回事，對不對？」

「在回答你之前，一緯，你能不能先告訴我，當你發現於葳從照片上消失，你是怎麼想的？」

「就……很詭異，好像靈異事件眞實上演。」我喉嚨發乾，「我從來沒遇過這種事，簡直就像楊於葳根本不存在一樣。」

圓圓姊從提袋裡取出兩樣東西放到桌上。

我很快認出那是我曾在圓圓姊病房裡見過的陌生男人畫像，以及那張圓圓姊坐在右邊病床上，左邊只有一張空椅子的照片。

「一緯，你曾經問過我，這張照片是不是拍壞了？我當時否認，你是不是覺得很奇怪？我還告訴你，這張素描畫上的男人，是我的朋友，以前常來探望我，記得嗎？」

我點點頭，不明白圓圓姊忽然提起此事的用意。

「這個男人，名叫魏揚。」她淡淡一笑，「這張照片其實是我和他的合照。」

「合照？」

「對，拍下這張照片時，他就坐在這裡。」

圓圓姊指向照片中的空椅子，我腦子一懵，那裡明明什麼人都沒有。

「你現在一定認爲我在胡言亂語，但我之所以會提起魏揚，是因爲他和於葳來自同一個地方。」

我一頭霧水，「什麼意思？」

「接下來我所說的一切，對你來說可能會很匪夷所思，但是，既然你已經察覺到於葳身上那些不合常理之處，或許也能試著相信我。我承諾過有一天會讓你知道眞相，而此刻，就是告訴你所有事情的時候了。」圓圓姊深吸一口氣，認眞地看著我的眼睛，「一緯，其實於葳不是這個世界的人。」

「什麼？」我不懂圓圓姊最後一句話是什麼意思。

「更準確地說，我們所認識的那個於葳，並不存在於這個時空。」她眼中沒有半分玩笑的意味，「你聽過平行時空吧？」

我腦中很快閃過某些科幻電影和小說裡的情節，「是聽過，可是……」

「我的朋友魏揚，和於葳來自同一個時空。」她繼續解釋，「你在照片裡看不見魏揚，是因爲他每次來到這個時空，只能停留十二個小時，這段時間他拍下的任何影像，都會在他離開的十二個小時後消失。這張照片不是拍壞了，而是照片裡的他消失不見了。」

我聽得目瞪口呆。

圓圓姊雙手交疊，語氣異常平靜：「一緯，你回想一下，打從你與於葳相識以來，她是不是每次都是突然跑去找你，從來不會和你明確約定在哪一天見面？這是因爲她雖然可以來到這個時空，卻無法決定到來的日期，而她最久只能停留十二個小時，所以她不會這麼做，也不敢冒這個險。」

儘管圓圓姊所說的每一個字，都超乎我的認知範圍，我卻無法反駁，回顧過去和楊於葳相處的每個片段，都與圓圓姊所言相符。

我很難形容此刻心中的感覺，「所以楊於葳才會那麼排斥我幫她照相，還堅持要我刪掉照片？」

「對，我相信她也不曾主動要求與你合影，否則你看到照片裡只剩下你一個人，怎麼可能不被嚇壞？」

雖然乍聽之下荒謬，但圓圓姊每一句話都有憑有據，讓我幾乎就要相信這宛若科幻電影情節般的發展全是眞的。

我的視線落在那張素描畫像上，「……這個叫魏揚的男人，後來就沒再出現了？」

「對，他在我十七歲時來到這裡，兩年後突然不再出現，後來我遇見於葳，發現她和魏揚很有可能來自同一個時空，便拜託她幫忙尋找他的下落。」

我有些好奇，「結果呢？有找到嗎？」

「『曾經』找到過，而後於葳卻又說那是她認錯人了。不過。我認爲她沒有認錯人，只是選擇不告訴我眞相。」

「爲什麼？」

圓圓姊沉默了一會兒，臉上雖然掛著微笑，眼眶卻泛出一抹淡淡的紅，「我猜，於葳找到魏揚時，他已經不在人世，於葳怕我傷心，所以才不跟我說。」

我一時不知道該怎麼安慰圓圓姊，只好將話題繞回楊於葳身上。

「這麼說，我所了解的關於楊於葳的一切，都是她編造出來的？假若她眞是來自另一個時空，她爲什麼要來到我們這個時空？又爲什麼要接近我？」

「於葳不僅僅是來到『這個時空』而已。」她高深莫測地說：「她出現在你身邊，是爲了某一個人；而她之所以來到這裡，則是爲了尋找另一個人，而且她要找的那個人，你也知道喔。」

在我困惑的目光下，圓圓姊拿出一本陳舊的藍色筆記簿，指著寫在封面上的名字。

「就是他。」

我先是覺得這個名字十分眼熟，隨即驚詫地睜大眼睛。

宋任愷？

我皺緊眉頭，「等等，這個人是……」

「於葳當年跟你說過一個故事，這是那個男主角的名字對吧？」圓圓姊替我把話說完，「於葳來到這裡，就是爲了找他。而這本筆記簿，則是『這個時空』的宋任愷，留給於葳的遺物。」

「原來眞有宋任愷這個人？」

「對，『這個時空』的宋任愷，在去年因病過世了。」

在去年因病過世？

我的思緒再次打結，「不、不對啊，按照楊於葳三年前所說的故事情節，宋任愷明明是死於自殺。」

「我知道，但自殺身亡的，其實是在另一個時空的宋任愷。」

我聽得瞠目結舌。

圓圓姊莞爾，「訊息太多，你一時之間無法釐清也是正常的。你先喝口茶，我們慢慢來，我會從頭到尾說給你聽。」

兩個小時後，我步出醫院。

天空轉晴爲陰，遠方的雲層隱約有陣陣電光閃爍，伴隨雷聲悶悶作響。我來到醫院附近的補習班大樓，也就是之前我傳訊息給楊於葳的地方。

等到第一滴雨落在鼻尖，我才稍稍回過神來。

圓圓姊告訴我，楊於葳和那個叫魏揚的男人，是透過這間補習班的某間教室，來到這個時空。

而這間補習班的經營者，正是宋任愷的父親，宋任愷去世時才十六歲，是高一生。

我在大門前站了許久，才下定決心走進去。

一樓櫃台有兩名行政人員，其中較爲年長的女子詢問我的來意，我謊稱有人推薦我弟弟到這間補習班上課，所以我想先來參觀環境。

女子笑著問：「是我們的學生推薦的嗎？」

我想了想，「他叫宋任愷，聽說這間補習班是他父親開的。」

女子臉上的神情立即轉爲詫異，並帶有幾分激動，「任愷推薦的？眞的嗎？」

我心念一動，便又說：「對，他是我弟弟的好朋友，但我弟弟因搬家而轉學，兩人斷了聯繫。今年我們舉家搬回這座城市，我弟弟很希望能跟宋任愷重新聯絡上，我能順便打聽一下他的消息嗎？」

女子眼中浮現哀傷，「很遺憾，任愷他已經過世了。」

我佯裝錯愕，「是什麼時候的事？能請問是什麼原因嗎？」

「任愷患有先天性心臟病，去年病情惡化，在七月一日過世了。」

聽到這個日期，我心中微微一凜。

我想起了圖書館女孩，她也是從去年的這一天起，從此音訊全無。

我問那女子能不能帶我參觀教室，想藉機從她口中探聽更多宋任愷的事。女子二話不說便答應了。

「那孩子真的很貼心，也很懂事，每天放學來到補習班，都會笑咪咪地跟我打招呼。」她的語氣充滿懷念與悲傷，「這麼乖的一個孩子，居然就這麼走了。」

我不時附和，同時留意著周遭的環境。

這棟大樓一共有五層，每層有兩間教室，此時正逢上課時間，女子帶著我放輕腳步從走廊經過。

來到四樓的時候，女子表示參觀行程到此結束，因爲五樓的教室暫時關閉，預計今年七月才會重新開放使用，原因與宋任愷有關。

「不知道爲什麼，任愷特別喜歡待在五樓的一間教室。他爸爸很疼他，在他病情愈來愈嚴重後，索性把五樓那兩間教室一併空出來，僅供他一個人使用。後來任愷去世，他爸爸悲慟之餘，便決定在接下來一年內，都不開放五樓的教室作其他用途，用這種方式來懷念任愷。」

我的心重重一跳，立刻拜託對方讓我去那間教室看看。

女子大方應允，領著我走上五樓，掏出鑰匙打開那間教室的門，並按下牆上的室內燈開關。

我站在門邊，仔細打量這片空間。

巨大的白板，整齊的桌椅，乍看之下並無特殊之處，就是一間再普通不過的教室。

這時女子的手機響起，她接起說了幾句話，歉然地表示有急事要處理，暫時失陪，待我參觀過後，再自行把燈和門關上就行了。

我鄭重向她道謝，在對方離開後，信步走到窗邊。

外頭的雨勢已經變大，天空不時出現閃電，雷聲隆隆。

透過雨簾，我模模糊糊看見對面醫院病房裡的燈光，若是天氣好，想必能一眼望進病房內吧。

我不確定楊於葳是否真是從這間教室「穿越」而來，也不知道她是怎麼「穿越」的，但圓圓姊說過，若要傳信息給楊於葳，離這裡愈近，她收到的機率愈大，顯然這棟大樓就是連結兩個時空的重要樞紐。

那麼如果在這裡打電話給楊於葳呢？如此一來是否有可能突破時空的限制，成功傳遞信號給她？

這個念頭一起，我忍不住拿出手機，撥了楊於葳的號碼。

第十五章　唐念荷

一樓傳來熱鬧的談笑聲。

我分辨出其中一人的聲音後，腳步微頓，站在原地片刻才繼續步下樓梯。坐在客廳的三個人往我看來，媽媽招手喚我過去，「妳來得正好。過來一起和Darren聊聊吧。」

我在咕咕雞先生對面的沙發坐下，他忽然轉頭對爸爸說：「唐大哥，不然讓念荷去吧？」

讓我去？去哪裡？

爸爸笑嘻嘻地對我說：「念荷，客戶送了爸爸一張溫泉旅館雙人住宿券，使用期限到這個月底，我和妳媽媽最近行程滿檔，妳找朋友去吧。」

「是啊，妳找艾亭一起去，趁開學前好好玩一玩。」媽媽附和道。

我沒有多想，順從地接過住宿券。

過沒幾分鐘，媽媽起身到廚房回沖茶葉，爸爸也去了洗手間。

咕咕雞先生問我：「妳想好跟誰去了嗎？」

當我發現自己又情不自禁想起宋學長，心中不禁一陣絞痛。

我垂下目光，怕眼神會洩露自己的情緒，話鋒一轉：「咕咕雞先生沒興趣嗎？」

「我很想去啊，只是我和你爸爸一樣被工作綁架了，分身乏術。不過妳這麼問我，還以爲妳是想約我一起去呢。」

我大窘，「我才沒有這個意思。」

他發出低沉的笑聲，「到時候拍幾張照片讓我看看吧。這幾天沒有一直悶在家裡吧？有沒有跟朋友出去散散心？」

也許是因爲咕咕雞先生很清楚我的遭遇，並始終爲我加油打氣，面對他誠摯的關心，我很快放下防備。

「有，我一個高中學姊時常約我出去。」我坦言，「她應該是想轉移我的注意力，不讓我沉浸在悲傷裡。」

他的嘴角浮現笑意，「那就好，身邊能有一個這樣爲妳著想的好朋友，妳一定很快能恢復元氣。」

我笑而不答，靜靜地看著他喝完最後一口茶。

「對了，之前說好要給妳看我小時候的醜照，我今天帶過來了。」他從包包找出一張照片。

照片裡的他穿著國中制服，與看似是他繼父的中年男子合影，背景是一間餐館，桌上擺滿小菜和啤酒瓶。

那名中年男子將領帶綁在頭上，笑得興高采烈，雙手各拿一枝筷子作勢打鼓；咕咕雞先生玩得更瘋，居然將筷子插入鼻孔，對著鏡頭吐舌扮鬼臉。兩人看起來都像是已經喝醉了。

「國二那年，有一次補習班下課，繼父接我去吃宵夜，基於好玩，我跟著他喝了不少酒，路上還遭警察關切，回家以後吐得死去活來，被我媽痛罵一頓。」他笑吟吟地說：「這照片夠有誠意了吧？」

我能從這張照片感受到他和繼父的感情有多融洽，也有些意外向來沉穩的他竟有這一面。

照片裡的他模樣實在太過滑稽，我忍不住笑出聲音。

「怎麼？很好笑嗎？」他挑眉。

「非常好笑。」我笑得停不下來。

「那就盡情笑吧。這張照片送妳，不開心的時候，拿出來看一看，笑完心情自然就會好了。」

這幾句話彷彿輕風拂過湖面，引起漣漪陣陣，令我心中微微一動。

我忽然發現，和這個男人說話時，心情總是能不知不覺放鬆，有種不可思議的安心感。

從他的話裡，也讓我再次體認到茉莉學姊對我有多好，如果我能做些什麼回報她就好了。

我很快想到爸爸剛剛給我的旅館住宿券。

如果說要與最重要的朋友共享這張要價不菲的住宿券，茉莉學姊絕對是我心中的不二人選。

當天晚上，我立即傳LINE問她，卻過了三天才等到她的電話。

「要在溫泉旅館住一個晚上？」茉莉學姊問。

「對呀，到月底都可以憑券免費住宿，我眞的很希望能跟妳一起去！」

茉莉學姊遲疑了一下，「可是過夜的話……恐怕有點困難，而且我也無法確定哪一天有空，對不起。」

「是嗎？好吧。那就沒辦法了……」

大概是我的語氣難掩失落，於是學姊提議：「這樣吧，我試著努力喬時間，如果妳不介意在我聯繫妳的那天，即刻出發，那應該就沒問題。當然，也要那天旅館還有空房才行。」

我喜出望外地答應。

只是當優惠券的使用限期逐漸逼近，茉莉學姊卻遲遲未聯繫我。

就在這個月即將結束的前一天，下午五點左右，我終於接到茉莉學姊的電話，在確認過旅館還有空房後，約好在捷運站旁的旅館接駁車站牌下碰面。

這間溫泉旅館座落於郊區，辦好入住手續並進房放下行李後，我們前往餐廳用餐，先吃飽喝足，才悠閒地參觀旅館內的各式設施。

「這裡有桌球設備耶，我們來打一場吧？」我眼睛一亮。

「好啊，但我恐怕打不贏妳喔。」茉莉學姊笑了笑。

「怎麼可能？我們開始吧！」

我以爲茉莉學姊只是自謙，畢竟她曾入選桌球校隊，球技必然有一定水準，想不到在比賽過程中，茉莉學姊不斷漏接球，失誤連連。

我起初認爲她也許是故意放水，但後來我注意到，不管是球拍的握法或打球的姿勢，她似乎都顯得有些生疏，而且動作頗爲遲緩。

過了一會兒，學姊明顯流露出疲倦，呼吸也略微紊亂。

我放下桌球拍，「茉莉學姊，妳還好嗎？」

「沒事，大概是最近運動量不足，體力變差了。」她自嘲一笑，隨即興致勃勃地提議，「我們去逛逛禮品店如何？」

方才她臉上的倦意已然消失，彷彿那只是我的錯覺。

晚上九點多回到房間，我和茉莉學姊不約而同撲倒在鬆軟的床上，發出滿足的嘆息。

學姊說要去洗澡，我問她要不要一起泡溫泉，她拒絕了。

「我生理期來了，不方便泡溫泉，等我洗完澡，妳再自己泡吧。」

當我獨自浸泡在熱氣蒸騰的溫泉裡，回顧今天與茉莉學姊共處的點點滴滴，忽然忐忑不安起來。

我穿著浴袍步出浴室，茉莉學姊已經躺在床上，閉起眼睛。

「茉莉學姊，妳睡著了嗎？」我輕聲問。

她輕輕一顫，奮力撐開眼皮，隻手扶著床沿緩緩坐起，「哎呀，還好妳叫醒我，不然就來不及送禮物了。」

「什麼禮物？」

她拿出兩個同款的手機殼，一個是紫色花樣，另一個是紅色花樣。

「我剛剛在禮品店看到，覺得很漂亮，就買下來了，妳選一個吧。」

「這是妳特地買給我的？」我很驚訝。

「嗯，是謝禮，謝謝妳招待我來玩，也算是為這次出遊留個紀念。」

我為茉莉學姊的細心而深受感動，選了紅色花樣的手機殼，和學姊一同為手機換上。

「對了，我們要不要拍張照片？認識這麼久，一直都還沒跟妳合照過！」我平時不會特別想要拍照，但今晚是例外，我很想為這一刻留下紀念。

茉莉學姊頓了頓，苦笑道：「可是念荷，我不太喜歡拍照。」

我愣住了，舉著手機的手停在半空中。

「對不起，讓妳掃興了。」茉莉學姊滿臉歉意。

「我沒這麼想！」我連忙澄清，「我是擔心自己是不是一直在勉強妳，總覺得妳今天似乎很疲倦，而我卻只顧著自己享樂。」

「沒這回事，該說抱歉的是我，讓妳等了這麼久才成行。」

「我本來就知道妳的時間比較難安排，這又沒什麼，重點是能和妳在一起。」我由衷道。

茉莉學姊靜靜看著我半晌，忽然問：「念荷，妳現在仍然會爲宋學長感到心痛嗎？」

一提到那個人，我的胸口再次隱隱作痛，卻也不想遮掩，「嗯，畢竟我是眞心喜歡他。如果我眞的把他當作宋任愷的替身，或許就不會這麼痛苦了。不過我沒事，我會慢慢走出來的。那茉莉學姊呢？妳還是一直喜歡著宋任愷嗎？除了他，沒有誰能走進妳的心裡嗎？」

「我還是喜歡著他。」她的目光驀地變得悠遠，「可是在我心裡，有一個人的地位，似乎慢慢追上他了。」

我的好奇心被勾起。

「我死去的表姊曾對我說，即使被全世界的人討厭，也不會比被那個人討厭還要可怕。起初我不以爲然，但後來我才親身體會到，被那個人冷眼相待有多麼可怕，我完全不敢想像要是他哪天跟我絕交，我會有多絕望。」她像是餘悸猶存般再次強調，「被他討厭，眞的很可怕！」

我仔細推敲茉莉學姊方才那番話，「妳和妳表姊在意的是同一個人？」

她想了想，「算是吧，我自己也很驚訝，畢竟我們從小到大，喜歡的東西都不一樣。」

「妳表姊叫什麼名字？」

「楊於葳。」

「這名字很好聽耶。」

「是呀，外婆取的，不像我的名字，不僅無趣，也很不吉利。」茉莉學姊癟了癟嘴，神態委曲。

「爲什麼會不吉利？」我不懂。

「因爲〈茉莉花〉這首歌呀！最後一句歌詞是『讓我來將你摘下，送給別人家』，好像我隨時會被送走似的，所以我並不喜歡這個名字。」

我很意外茉莉學姊會這麼想，「我不這麼認爲耶，這個名字很好聽啊，那對雙胞胎姊妹不是說妳是茉莉公主嗎？第一次見到妳的時候，我眞的覺得妳就像是公主一樣。」

學姊笑彎了眼睛，「謝謝，聽妳這麼說我挺高興的。」

和學姊又繼續聊了一會兒，我聽見手機響起訊息提示聲，於是下床去拿放在桌上充電的手機。

我直覺是咕咕雞先生傳來訊息，果然不出所料，他收到我傳送過去的風景照片了。

「很乖，有記得交作業。玩得開心嗎？」

「開心呀。」打出這三個字後，我忽然心生一念，問他：「你在幹麼？」

「剛和同事聚餐結束，正在回家的路上。妳知道這麼晚了問對方『你在幹麼』，通常代表什麼意思嗎？」

「不知道。」

「代表妳在跟對方說『我想你了』。」

我登時僵住了，莫名臉上一熱。

他隨即傳來大笑的貼圖，我立刻回傳作勢揍人的貼圖。他又在戲弄我了。

「明天起我會出國兩個禮拜，記得從溫泉旅館帶點紀念品給我，回來以後我會去找妳要。以後有機會也一起去踏踏青吧，爬山怎麼樣？」

我專注地讀著這段話，手指不自覺在螢幕上輕點。

給出同意的回覆後，我回頭看向茉莉學姊，她已經側身睡著了。

我輕手輕腳爬上床，將室內燈調暗，正想替茉莉學姊蓋好被子，卻注意到她胸前有一塊淡淡的紫紅色痕跡。

掙扎了一會兒，我忍不住稍微拉開她胸口處的浴袍，卻發現露出的肌膚還有好幾塊瘀青。

我猶豫半晌，毅然決定掀開棉被，小心翼翼解開茉莉學姊綁在浴袍腰際的結，輕輕一拉，眼前所見令我倒抽口氣，差點驚叫出聲。

茉莉學姊身上從胸口到小腿處，竟然布滿大大小小、深淺不一的瘀青和傷痕，背部也是青紅一片。

我難以置信地看著這觸目驚心的景象，全身顫抖不止。

這是怎麼回事？爲什麼茉莉學姊會全身傷痕累累？

我巴不得立即問清楚眞相，但她倦極熟睡的模樣，讓我不忍吵醒她。

我下定決心明早一定要問個明白，然而等到隔天醒來，茉莉學姊已經不見了。我瞬間睡意全消，下床四處尋找，最後在桌上發現她留下的字條。

念荷，對不起，家裡發生急事，我必須先回去處理，我會盡快再與妳聯絡。

讀完字條，我想起昨晚的發現，內心湧現出一股強烈的不安。

再次見到學姊，已經是開學後的第一個週末，我們約了吃下午茶。坐在她對面，我才注意到過去被我忽略的異常。

即使是在夏天，茉莉學姊也穿著長袖上衣與長褲，幾乎不露出頸部以下的肌膚，明顯是爲了遮掩身上的瘀傷。

「學姊，妳一直穿著長袖，難道不熱嗎？」我盡量讓自己的語氣聽起來自然。

「不會，這樣穿可以防曬，現在的紫外線多可怕呀。」她笑著給出無懈可擊的回答。

怎麼辦？我該不該讓她知道我已經看見她身上的那些傷？又該如何開口？

自從在溫泉旅館發現茉莉學姊身上的傷痕後，我非常慌亂，卻不知道能找誰商量，咕咕雞先生剛好人在國外出差，也不方便打擾。

茉莉學姊或許遭到了暴力對待，否則不可能會傷得那麼嚴重。

倘若我直接問茉莉學姊，她會坦白告訴我嗎？還是從此避不見面？但難道我要一直裝作若無其事，坐視她繼續處在暴力威脅之下？

心中的天人交戰一路持續到兩人道別的時候，我問了她接下來的行程，茉莉學姊表示會先去見個朋友，再搭車返回台中。

於是我暗自做下一個決定。

在與學姊分開後，我悄悄尾隨其後。

這些年來，我從未想過要深入探究茉莉學姊的生活，我感覺得到有些事她不願多說，爲了不讓她覺得冒犯或不快，我多半都是點到爲止，也一直尊重這樣的相處模式，卻也因此對她的許多事一無所知。比如她的家庭關係，比如平常除了上課、來找我之外，她究竟在忙些什麼？又是與什麼樣的人往來？

如果不是意外發現她身上的傷，或許我永遠都不會想去挖掘她刻意隱藏起來的祕密。

隨著她穿過一條又一條街，我心中愈來愈納悶。每次經過稍微有點人潮的區域，便不時有人迎面撞上茉莉學姊，有一兩次她還被撞得站立不穩，差點跌倒，那些人卻彷彿完全沒看見她似的。

最後她走進一條地下道。

地下道的其中一側是一整排的算命攤，放眼望去，各種中西式占卜應有盡有，茉莉學姊在一個算命攤前坐下。

這裡的攤位之間雖然緊密相鄰，不過幸而不是每個攤位都有營業，隔著那個算命攤一小段距離的某個攤位恰好鐵門拉下，於是我躲在那裡，偷偷探頭觀察。

雖然聽不清茉莉學姊和算命師在說些什麼，但比起算命，她更像是在和對方聊天，而且兩人似乎是非常熟的朋友。

此刻的茉莉學姊，陌生得讓我驚訝。她整個人變得很活潑，不僅說話的語速和口氣變了，也會豪邁地開懷大笑，與平常溫柔嫻靜的她很不一樣。

這是我第一次看見她這一面，心下不禁一陣恍惚，等到回過神來，才驚覺茉莉學姊已經離開。我趕忙衝出地下道，卻已不見她的人影。

回到地下道，我在茉莉學姊方才坐下的算命攤前躊躇徘徊。

坐在裡面的算命師阿姨年約四十幾歲，有著一雙鳳眼，看到我神情猶豫地駐足在一旁，便開口問我要不要算命。

我緊咬下唇，上前坐下。

她問我想算什麼，我吶吶回：「我想向您打聽剛才和您說話的那個女生，請問您是她的朋友嗎？」

「妳是說哪個女生？」她反問。

「就是穿著深灰色上衣、藍色牛仔褲，綁著馬尾的女生。」

她忽然定定地看著我，「妳認識她嗎？」

「我是她的學妹，其實我是偷偷跟著她過來的。您和她似乎很熟，可以請問您是她的什麼人嗎？」

「妳為什麼想知道？」她又問。

事關茉莉學姊的安危，儘管對方身分未明，我也顧不了這麼多了，便據實以告：「前陣子我看到她身上有些很嚴重的傷，覺得她可能遭遇到什麼不好的事，但我沒有勇氣問她，也怕她不願意跟我說。她對您的態度很不一樣，似乎跟您很親近，也很信任您，不曉得您是否知道些什麼？」

算命師阿姨不發一語，目光始終緊盯著我。

我以為她是因為我打擾到她做生意，心裡不高興，連忙又說：「我不會白問的，只要您回答我這個問題，我會請您替我算命。拜託您幫幫我，好嗎？」

聞言，她的眼神多了幾分深意，「妳叫什麼名字？」

「我叫唐念荷。」

過了好一會兒，她才將視線從我臉上移開，落在自己交疊的雙手上。

「妹妹，我沒辦法透露，這些事得由她親口跟妳說。」捕捉到我失望的神色，她輕推眼鏡，「但我可以給妳一個忠告，如果妳不希望她出事，接下來就得這麼做。」

我心跳加快，「我要怎麼做？」

「想辦法讓她告訴妳一切的眞相，然後，阻止她現在正在做的事。」

「這是什麼意思？」

「她在玩命。」她面色肅穆，每一個字都重重落在我的心上，「再這樣下去，妳學姊很快就會沒命。」

✦

聽到身後傳來叫喚，我一回頭就對上一雙含笑的眼睛。

「荷包妹，怎麼魂不守舍的？」

我愣了幾秒才能反應，「你、你怎麼會在這裡？」

「我來找你爸拿點東西，走進客廳就發現妳坐在這兒發呆。」咕咕雞先生順口問：「今天沒和妳學姊出去？」

「……沒有。」

他似乎察覺到我不是很有精神，伸手摸了摸我的頭，像是在安慰我，這樣溫柔的舉動，使我眼眶驀地一熱。這時爸爸從二樓下來，將一個牛皮紙袋交給他，兩人一塊出去了。

我一直記掛著算命師阿姨那番話，一整個星期都在恐懼與擔憂中度過。

在那之後，我主動傳訊息給學姊，問她什麼時候能再見面，其他沒有多提，以免打草驚蛇。

我一直等待她的回應，手機不離身。

時間從早上到下午一分一秒過去，茉莉學姊卻依然無消無息，我蜷縮起身子，將額頭抵在膝蓋上，緊緊抱住自己。

手機的來電鈴聲忽然響起，茉莉學姊終於打來了，我接起電話時差點喜極而泣，用盡全身力氣才能維持聲音的平穩，我們約好一個小時後在上次那間咖啡廳碰面。

我心急如焚，一結束通話就出門了，只花二十分鐘便抵達約定地點。

我忐忑不安地站在餐廳門口等候，思索等會該用何種方式向茉莉學姊探問。此時，有兩名年輕女生從咖啡廳走出來，其中個子較高的女生，居然叫出了我的名字。

經由對方提醒，我才認出她們是茉莉學姊當年在高中最要好的朋友，與我有過幾面之緣。

她們問我要不要去隔壁的便利商店坐下來聊幾句，我想了想，距離和茉莉學姊約好的時間還有半個小時，於是點頭答應。

「還能再見到學妹，實在太好了。」高個子學姊臉上有著欣慰的笑容，「我們偶爾還是會聊起妳，沒想到今天就碰巧遇見了。」

另一位長頭髮的學姊也莞爾附和：「是呀，眞的很開心能見到妳。」

兩位學姊由衷的關心，爲我帶來一股暖意。

高個子學姊溫聲道：「希望這麼說不會影響到學妹妳的心情，但看到妳過得好好的，我想茉莉或許也能放心了。」

「咦？」我眨眨眼。

長髮學姊也認眞說：「妳和茉莉都因爲當年那件事傷得很重，雖然我們在茉莉面前避而不談，但我們都曉得她多少會在意妳。要是能知道妳已經走出來了，相信茉莉會覺得很安慰。」

我愈聽愈疑惑，忍不住開口：「請問這是什麼意思？妳們見過茉莉學姊了？」

我一直以爲她早就和過去的朋友斷了聯繫。

長髮學姊點頭，「茉莉轉學後依然與我們保持聯絡，這個暑假我們還特地飛去英國找她玩。」

「英國？」我瞠目結舌。

「對呀，茉莉現在在倫敦念書，啊，給妳看看照片吧。」

長髮學姊把自己的手機遞給我，我傻愣愣地接過。

首先映入眼簾的是張貼在Instagram上的照片，兩位學姊和茉莉學姊三個人在陽光燦爛的戶外咖啡座上微笑，背景是一整排充滿異國風情的建築。剪了一頭俏麗短髮的茉莉學姊，笑容明媚動人，模樣不僅變得更加成熟，也更加美麗。

我震驚地一張一張照片看過去，最後是一個影音檔，負責錄影的長髮學姊一邊說話，一邊將鏡頭帶到茉莉學姊身上，正在喝飲料的茉莉學姊對鏡頭揮揮手，發出銀鈴般清脆的笑聲。

我用力捏了下大腿，會疼，證明這一切並不是幻覺。

怎麼會有這麼奇怪的事？茉莉學姊不是一直都在台灣嗎？

但是照片和影片中的那個女孩明明就是茉莉學姊……

「去英國念書後，茉、茉莉學姊有回來過台灣嗎？」我勉強找回自己的聲音。

高個子學姊搖搖頭，「如果她有回來，一定會通知我們。對茉莉來說，要提起勇氣回到這裡，應該還需要一段時間吧。」

我再也發不出聲音。

兩位學姊離開後，我去到咖啡廳和「茉莉學姊」會合。

她一如往常綁著長馬尾，脂粉未施的清秀模樣，與「另一個」帶著成熟美的茉莉學姊有著顯著的不同。

我這才猛然意識到，這個坐在我面前的茉莉學姊，樣貌與高二時的她相差無幾，並未隨著時間過去而有任何變化。

「念荷，怎麼不吃呢？」

不敢讓她察覺有異，我只得勉強吞下幾口蛋糕，然而在見到茉莉學姊優雅地將雞蛋卷一口一口送進嘴裡後，我突覺一陣反胃，連忙摀著嘴巴站起。

「怎麼了？」她嚇一跳。

「我、我肚子有點痛，去一下洗手間。」

逃進洗手間，我迅速鎖上門，在洗手台前連連作嘔，卻什麼也吐不出來。

我顫巍巍地抬頭，從鏡子裡看到一張毫無血色的臉，以及不斷發抖的身軀。

直到現在，我才將那些怪異之處串連在一起。

自小對雞蛋有強烈陰影的茉莉學姊，如今卻毫無顧忌地大啖雞蛋製品；畫技高超的她，忽然間變得完全不會畫畫；明明曾經是桌球校隊，技巧卻顯得頗爲生疏……

一股強烈的寒意流竄全身，我雙腿發軟，慢慢蹲在地上用力抱住自己。

倘若眞如那兩位學姊所言，茉莉學姊自移民國外後，就未曾回來過，而我在影片中看到的那個女孩，其實才是眞正的茉莉學姊……

那一直以來陪伴在我身邊的這個人，是誰？

「妳剛剛眞的嚇壞我了，快點回家休息，知道嗎？」

在道別之前，茉莉學姊又溫柔叮囑我一遍，才轉身離開。

原本打算藉著這次碰面，迂迴向她探聽一些事，我卻因爲過於驚懼，一句話都問不出口，儘管如此，我沒有從她身邊逃開，反而再次跟蹤她。

這次她換了行走路線，不像是要去算命師所在的那條地下道，反倒熟門熟路地鑽進人煙較少的小巷。

深怕會再像上次那樣不小心跟丟，我緊跟著茉莉學姊的腳步，一刻也不敢放鬆。

由於一心只專注於尾隨她前進，我渾然不覺沿途景色愈來愈熟悉，等到看見紅色的校門，才赫然發現茉莉學姊居然來到我們以前的高中。

等她走入校園裡一幢白色的建築物，我突地停下腳步。

這是那棟校方早已棄置不用，並嚴禁學生進入的廢棄校舍，宋任愷還說過這裡疑似鬧鬼。

廢棄校舍四周拉起了「施工危險，請勿靠近」的黃色封鎖線，從貼在柱子上的告示牌可以得知，這幢校舍即將重新翻修，近期就會動工。

茉莉學姊來這個地方做什麼？

我躊躇不前，不曉得該不該跟進去，無意間仰頭瞥見二樓的某間教室倏地出現亮光，然後立即熄滅。

我睜大眼睛仔細打量，再不見任何異狀，整排教室的燈都是暗的。

此時夕陽西斜，整棟校舍沐浴在餘暉之中，方才那抹亮光其實並不明顯，但我覺得自己應該沒看錯，剛才那一幕，很像是教室裡頭本來亮著的燈，正好被關掉。

思索片刻，我決定踏進廢棄校舍查看。

所幸天色未暗，即使獨自走在這處寂然無聲的空蕩空間，氣氛也不至於陰森可怖，不過畢竟是初次踏入這傳聞中的是非之地，一顆心難免七上八下。

戰戰兢兢地從每一間教室門前走過，沒有發現任何異狀，卻並未見到茉莉學姊的人影。

她去哪了？難道在我上樓巡視教室的過程中，她恰巧離開了嗎？

我一籌莫展地回到二樓，目光不經意地瞟向最靠近樓梯口的科學教室，想起剛才那一閃而逝的光亮，從位置判斷，應該就是來自這間教室。

推門而入，走到窗邊看出去，視線落在不遠處的圖書館大樓，一時萬千思緒湧上心頭，我眼角濕潤，忍不住在心裡詢問那個始終愛著茉莉學姊的男孩：

宋任愷，茉莉學姊究竟在哪裡？

一道音樂聲冷不防響起，嚇得我瞬間停住眼淚，心臟更是重重一跳。

過了三秒，我才意識到這應該是手機來電鈴聲，聲音似是來自講台的方向。

驚魂未定地循聲走過去，打開講桌抽屜，果然有支手機在裡頭，手機殼上的紫色花朵圖案，讓我一眼認出這是茉莉學姊的手機。

爲什麼她的手機會被放在講桌抽屜？她剛剛來過這裡嗎？如果答案是肯定的，那她去哪兒了？爲什麼像是憑空消失了一樣？

鈴聲持續響個不停，沒有顯示來電號碼。

雖然不知道是誰打來的，但或許可以從來電者身上找到些許蛛絲馬跡，於是我決定接起。

「喂？」

一道低沉的男聲清晰地傳了過來，而我同時也呆住了。

「喂？」他不確定地問：「楊於葳，是妳嗎？」

咕咕雞先生？

打電話給茉莉學姊的這個人，嗓音竟與咕咕雞先生極爲相似，難道眞的是他？

他剛剛口中喚的是「楊於葳」嗎？這好像是茉莉學姊的表姊的名字？

「喂？聽得到嗎？」

震驚不已的我，勉強擠出一絲聲音，「喂？」

對方聽見了，卻也發現我不是他要找的人，「請問妳是誰？」

「我、我是……」我一時慌了手腳，沒多想便報出自己的姓名，「我叫唐念荷。」

「唐念荷？」他沉默了幾秒鐘，才錯愕地重複了一遍我的名字。

「對，請問你是哪位？」

「我叫孫一緯。」他口氣略顯激動，「妳剛剛說妳——」

手機這時出現微弱的雜訊，我聽不清楚男人的聲音。

「喂？喂？」通話彷彿隨時都會中斷，我緊張地提高音量。

我有好多問題想問他，像是他爲何撥打茉莉學姊的電話，卻叫她「楊於葳」？學姊的表姊不是早就去世了？他認識茉莉學姊嗎？

過了一會兒，我好不容易從那片雜訊中重新找到他的聲音。

「喂？妳說什麼？」那男人的聲音裡也同樣有著焦急。

不知怎麼地，方才徘徊在嘴邊的那些問題，悉數被我嚥下，腦中不斷迴盪著算命師阿姨給我的忠告。

「阻止她現在正在做的事。」

「再這樣下去，妳學姊很快就會沒命。」

我心急如焚喊道：「不管你是誰，拜託，救救茉莉學姊！」

我在手機裡聽見一道響亮的雷聲，緊接著就陷入安靜的死寂。

通話斷了。

等了一陣子，對方沒再打來，而我最後把茉莉學姊的手機放回講桌抽屜。

我有預感她還會出現在這裡。

那天晚上我傳訊給她，裡頭只有一句話，乍看莫名其妙，但我知道她看到一定能明白。

「茉莉學姊，妳是茉莉學姊嗎？」

同時，我不斷想著電話裡的那個男生。

初聽到他嗓音的那一刻，我眞的以爲對方就是咕咕雞先生，直到他說自己姓孫。而當初去接機時，爸爸跟我說過咕咕雞先生名叫Darren Gu，從拼音來判斷，他應該是姓顧或古，於是我才打消懷疑的念頭，說服自己應該只是兩人聲音相像而已。

我一直等候著茉莉學姊的回應。

她終於回訊息的那天，我蹺掉最後一堂課，在夕陽西下時來到河堤，也就是我和「這個」茉莉學姊第一次見面的地方。

「念荷。」

落日餘暉將茉莉學姊的微笑染上一片溫暖的顏色。

當年她在這裡找到被困在對宋任愷的思念裡的我，陪我一起哭，陪我一起走過那段悲傷艱辛的日子。

坐在河堤邊，她開門見山問：「妳知道多少了？」

面對她的坦蕩，我有些意外，這表示她並不否認自己身上有著不為人知的祕密，而且不打算繼續隱瞞。

我顫抖著嗓音，將所察覺到的異狀一一列出。

包括她身上的傷、算命師給出的警告、「另一個」茉莉學姊的存在，以及跟蹤她走進那幢鬧鬼校舍，卻意外發現她的手機出現在科學教室的講桌抽屜裡。

「這到底是怎麼回事？」我幾乎快哭出來了，「妳是茉莉學姊，沒錯吧？」

「對，我是茉莉。」她眸光平靜，「但我不是妳這個世界的茉莉。這個世界的茉莉，是正在國外念書的那一個。」

我傻愣愣地看著她，不明白她這是什麼意思。

她從草地上撿來三顆小石頭，在地上排成橫列，從左至右，將這三顆石頭分別以A、B、C代稱。

「用這種方式說明，可能會比較清楚。」她首先指著左邊的石頭，再指向中間的石頭，「假如我所在的時空是A，那麼念荷妳這裡，就是B。換句話說，我們身處於不同的時空，這樣妳能理解嗎？」

我結結巴巴地回：「難、難道……妳是說，像是平行時空那樣？」

「妳要這麼說也可以，總之現在在妳面前的，就是從A時空跑來的余茉莉，我第一次穿越時空是十七歲，現在也還是十七歲。」她莞爾。

我萬萬沒料到會聽到這種答案，乍聽之下還以爲她也許是在開玩笑，然而愈是深想，竟愈是覺得這似乎是唯一可能的解釋。

我看向第三顆石頭，「那……C呢？莫非還有第三個時空？」

「沒錯，我可以穿越到B時空和C時空。而且除了我之外，也有其他的穿越者，但他們似乎只能穿越至另一個時空，不像我能穿越至另外兩個時空。」

我愈聽愈驚奇，「那在其他兩個時空裡也有我嗎？妳見過嗎？」

「在我的時空裡還沒有，但就算A時空眞的有唐念荷，我應該也來不及遇到了。」她眼裡閃過一抹淡淡的落寞，隨即又笑，「但C時空的妳，我見過了。」

「眞的？」我大吃一驚。

「是呀。C時空的唐念荷，是個冷靜寡言，不容易敞開心扉，讓人完全猜不透心思的女孩。如果她能像妳一樣，想笑就笑，想哭就哭，心中想什麼全寫在臉上，我就不用這麼辛苦了。」她淺淺一笑。

雖然不懂這番話是什麼意思，也還想繼續追問下去，但目前我更想知道的是別的，「妳是怎麼『穿越時空』的？又爲什麼要特地跑去另外兩個時空？」

茉莉學姊定定地凝視我，突然問：「今天是二十八號，對不對？」

我不明所以地點頭，「對呀，怎麼了？」

她的眼眶漸漸紅了，緊緊咬住下唇，像是在強忍著某種情緒。

「念荷，我接下來說的話，也許會嚇到妳，希望妳別害怕。」她吸吸鼻子，些微哽咽，「其實妳本來應該在三天前，也就是二十五號這一天死去。」

一股冷意流竄過我的全身，「爲、爲什麼？」

「妳在宋任愷自殺後，始終走不出陰影，最後在今年的九月二十五號，選擇和他一樣在家中上吊自殺。」她在我驚愕的目光下往下說，「爲了救妳，我來到這個時空，在悲劇還來得及挽回之前來到妳身邊……無論如何，我一定要扭轉這個結局，彌補我對妳犯下的大錯。」

我呆若木雞，「這是什麼意思？」

「在B時空，讓宋任愷選擇自殺的人，是同在B時空的余茉莉；可是害妳跟著走上絕路的人，卻是A時空的余茉莉，也就是我。」她含淚望著我，「妳還記得妳撿到的那枝斷水的原子筆嗎？其實那枝筆不是宋任愷的，也不是宋學長的，而是我的。是我爲了讓妳和宋任愷有繼續接觸的機會，才設計讓那枝筆出現在妳面前，結果卻間接導致了妳的死亡。」

「爲什麼……妳要這麼做？」過了好一會兒，我才勉強問出聲。

「因爲我想救宋任愷。」她閉了閉眼睛，「不管是A時空、B時空，還是C時空的他，都活不過十八歲，他們的死因不盡相同，但是都跟『余茉莉』有關，我希望至少能救回一個。起初我以為，只要讓妳去到他身邊，B時空的宋任愷就有機會活下來。」

「為什麼三個時空的宋任愷都會死？」我顫聲問。

她深吸一口氣，「我會從C時空的宋任愷開始說起，因為我第一個認識的宋任愷是他，那時我才九歲。」

「可是，學姊妳不是說妳第一次穿越時空是在十七歲時，那怎麼會在九歲就遇到C時空的宋……」我止住口，慢慢瞪大眼睛，「難、難道，該不會……」

「我剛剛不是說了，除了我，還有別的穿越者嗎？目前我所知道的穿越者就有兩個。一個是跟我一樣來自A時空，名叫魏揚的男人，另一個則是C時空的宋任愷。」

我驚愕得說不出話來。

「這個宋任愷在我九歲的時候，來到我的時空，然後遇見了我。之後我去C時空，就是為了找他。」茉莉學姊抹掉眼角的淚，轉頭望著夕陽，「他是所有一切的開端。」

第十六章　孫一緯

我拿著手機，呆立在補習班教室的窗邊。

白光劃破夜空的剎那，一道轟然雷聲隨之響起，然後我再也聽不見那個女孩的聲音了。

電話斷了。

原本想試試看能否在這裡聯繫上楊於葳，沒料到電話接通之後，竟會是另一個女孩接起，而且那個女孩還說了自己是「唐念荷」。

我馬上再打過去，這次通話不再有雜訊干擾，接聽者卻換成一個中年男人。

我問他是否認識楊於葳或唐念荷，對方不但矢口否認，還不耐煩地罵了句髒話就逕自掛斷電話，看來之前蔣智安打過去，也是這個人接的。

這讓我更加確定，方才我確實成功撥通了楊於葳的電話，只是不知爲何接聽的不是她，而是唐念荷。

很有可能，這個唐念荷就是楊於葳三年前口述故事中的那個學妹。認知到這一點，讓我心跳如鼓，激動難平。

電話中雜訊干擾太過，我沒能聽清她說了什麼，只勉強聽見最後六個字。

「救救茉莉學姊。」

我鎮定了下心神，從背包裡取出圓圓姊下午交給我的筆記簿，那本屬於宋任愷的藍色筆記簿。

她告訴我她所知道的一切後，便把這本筆記簿交給我。離開醫院前，我約略翻閱了一下內容，忍不住直接跑來補習班。

我翻開筆記簿的第一頁。

圓圓姊說這是宋任愷留給楊於葳的遺物，然而他在第一頁寫下的，卻是另一個名字，也是我在電話裡聽到的名字。

嗨，茉莉：

我是在妳九歲時，穿越到妳的世界的宋任愷。

沒想到妳還記得我，也沒想到有一天妳會來到我的時空，讓我還能跟妳說聲好久不見。（雖然我已經沒辦法再見到妳了）

妳知道嗎？我很開心妳還平安地活著。

希望妳別被我這句話嚇到，在解釋之前，我想先跟妳說一件事。

這間補習班的老闆是我爸爸，我媽媽也是這裡的老師。

在我十三歲的時候，有一天這間教室的白板上（也就是妳現在找到這本筆記簿的地方），突然被人留下奇怪的訊息。

那是某個人寫給我的留言，並註明了自己的名字。

但當時我根本不認識對方，也不知道這個人爲何要留言給我？我爸媽最後認定這應該是學生的惡作劇，於是不了了之，我很快淡忘了這件事。

一年後的某一天，我在這間教室旁聽媽媽上課，並等待她下班一起回家。

教室後面有個連接五樓兩間教室的茶水間，茶水間有兩扇門，分別通往兩間教室，平時爲了不妨礙上課，那兩扇門一定都是關著的。課堂中間，我輕手輕腳走進茶水間想裝水喝，離開時忘了關燈，在推門走出茶水間的那一刻，驟然來到一處陌生的地方。

坐滿學生的教室竟憑空消失，而我獨自站在空蕩蕩的長廊上，一旁是幾處像是辦公室的空間。回頭望去，原來的茶水間，也變成了像是休憩室的場所。

後來我才知道，這是一所社區活動中心，當時我所在的二樓是行政辦公區，一樓則是開放給民眾使用的活動區。

沒錯，這是我第一次穿越。

我就這樣莫名其妙穿越了，我從悶熱的夏夜，驀地來到嚴寒的冬日午後，就在我又冷又惶然無措的時候，茉莉妳出現了。

當時九歲的妳，陪妳爺爺來活動中心辦事。妳見我凍得全身發抖，好心跑去向爺爺借了外套給我穿，接著問我是誰，從哪裡來的？我在驚懼之下沒多想便實話實說了，妳那時的表情非常有趣，像是看到怪人似的，我現在回想起來依然忍不住微笑。

多虧妳的幫忙，我不僅順利找到方法回去原來的時空，也確定自己是眞的穿越時空了。

這個茶水間，就是通往另一個時空的入口。

只要打開茶水間的燈，然後走出茶水間，就能去到妳的時空，若在離開茶水間前先關燈，出去後便仍處於我原本的時空；至於要如何從妳的時空回到我原本的時空，只要走進休憩室，然後關掉休憩室的燈再走出來就行了。（依循這個邏輯，妳應該是開了休憩室的燈，才能過來對吧？）

我很慶幸自己當初忘記關上茶水間的燈就走出來，否則我就不會遇見妳了。

更不可思議的是，隨著不斷穿越與重複試驗，我發現自己可以選擇去到妳那個時空的過去或未來。

前面說過這間茶水間有兩扇門，從其中一扇門出去，會通往妳那個時空的未來，而從另一扇門出去，則會通往妳那個時空的過去。

通往未來的門，我稱之爲「前門」；另一扇通往過去的門，則稱之爲「後門」。若說我第一次穿越遇見妳的時間是「現在」，之後每次從前門出去，都是到達「現在」以後的時間，但只要回到茶水間，再從後門出去，就能再回到之前的日子。

很難相信有這樣的事吧？

後來我常常穿越時空去找妳聊天，聽妳訴說煩惱，那是很開心的一段時光。

我不知道當妳看到這本筆記簿時，已經穿越了多少次？是否也明白了其中的「規則」與「限制」？

但不管妳知道多少，我都要解釋清楚，當年我不告而別突然消失的原因。

那是因爲，雖然我可以自由地穿越至妳那個時空的未來和過去，卻無法選擇確切的日期。

我無法控制當我走出通往未來的前門，會去到未來的哪一天，很有可能再見妳時，妳那邊才過了一天，但也有可能一下子就跳到好幾年後，回到過去也是一樣。

在這之中，我不小心犯了大忌。

我生日那天，我想去找妳，卻來到我們認識那年的七年後。

我立刻想要返回我的時空，沒注意到休憩室裡剛好有人走出來，我與對方迎面撞上，並且四目相對。

這就是我犯下的錯誤，我在這天與這個時空的人產生交集，時間軸因此發生了變化。

從此之後，即使我再想從「後門」回到與妳相識的那一年，卻永遠只能回到我犯錯的那一天，再也無法回到那一天之前。

穿越是自由的，但這自由卻有很大的限制：不要被任何人發現。

透過多次的穿越經驗可以得知，穿越者其實就跟隱形人沒有兩樣。只要穿越者不出聲，不製造其他聲音被別人聽到，不跟另一個時空的人有肢體碰觸，不近距離與對方面對面，即使近在身側，對方也不會察覺到自己的存在。所以穿越者如果不小心跑到太久遠以後的時間，只要沒被任何人發現，就有機會再回到過去。

因爲我的疏忽，我再也見不到九歲的妳，也因爲不知道妳的住址，我只能在我們每次見面的活動中心等待，卻始終等不到長大後的妳。

我想，杳無音訊的七年過去，妳一定早就將我忘得一乾二淨了。

就在我爲此失落難過的時候，竟巧遇妳爺爺，我從他口中迂迴打探出妳所就讀的高中，並去到妳的學校碰碰運氣，希望能見到妳。

然後我眞的見到妳了。

成群走出校門的學生中，我一眼就認出了妳，妳變得非常漂亮，我深深被妳吸引。妳看到這裡，一定覺得很可笑，依舊還是十四歲的我，對十六歲的妳一見鍾情。

但也因爲如此，我反而不敢出現在妳面前，只能默默跟在妳身邊看著妳。

我發現妳在學校雖然受人矚目，卻始終獨來獨往，沒有要好的朋友。

妳像是被孤立了，但妳從不因此保持緘默，會爲了對的事和老師、同學起衝突。面對別人的惡意與欺凌，妳從不示弱，總是勇敢地反擊回去。

我常爲妳捏一把冷汗，因爲妳的不低頭而緊張擔心，相對的，我也爲妳的抬頭挺胸感到驕傲，不自覺更喜歡妳了。

穿越時空守護在妳身旁，是我當時生活的意義。

那段日子，我也意外找到另一個時空的「我」。

最初聽到有人提及我的名字，我嚇了一跳，後來才意識到他們討論的，是學校公布欄上的球類競賽得獎公告，上面有「宋任愷」的名字和照片，他的五官和我一模一樣，只是眉宇之間成熟了幾分。

這個時空也有個「宋任愷」，而且還是妳的學長，我爲此很興奮，同時也很羨慕他可以跟妳生活在同一個時空裡。

我很想見見他本人，然而不知道爲什麼，我繞遍整座校園，甚至巡視過全校每一間教室，卻怎樣都找不到他。

這眞的很詭異，現在回想起來，好像冥冥之中有什麼力量阻止我與他相見。

直到有一天，學校廣播招喚宋任愷到導師室，我也興沖沖地跟著來到導師室，誰知就在進門的那一瞬間，我眼前一片黑，下一秒整個人像是坐上雲霄飛車，狠狠被甩飛出去，等我再睜開眼睛，卻發現自己倒在補習班教室的茶水間。

我就這樣回到了原本的時空。

我想到一種可能，若我強行要與另一個時空的「我」見面，就會被強制遣返，於是我開始避開和「宋任愷」有關的人事物，小心翼翼不要和他有所接觸。

但這並不是我最後一次被強制遣返。

我永遠忘不了那一天，我來到了妳那個時空的一年後，卻聽到妳出事的消息。據說妳在深夜外出，遭一群惡煞攻擊，在逃脫時從橋上摔落，不幸傷重不治。

驚愕傷痛之下，我無論如何都想改變妳的命運。

但我不知道該怎麼做，難道要突然現身，告訴妳一切？妳早就不記得我了，一定會認爲我滿口胡言，把我當成瘋子。可是我沒有別的辦法了，我決意孤注一擲。

再次穿越至妳的時空，那天是妳出事的半年前，恰逢週末，我去妳家找妳，妳不在，我便在門口等妳，最後妳猜猜發生了什麼事？

沒錯，我又被強制遣返了。

我是早上八點過來的，在晚上八點被強制遣返，那是我第一次在妳的時空待這麼久，原來超過十二小時也會被趕回去。

我不肯死心，又去到妳出事的三個月前，時間是晚上九點。

這次妳依然不在家，妳家人也不願意告訴我妳在哪，我只好留在門口繼續等。（妳可能會問，我爲什麼不試著重新穿越一次，非要在原地等候，這點我會再說明）

直到天亮都沒能等到妳回家，我只得前往妳的學校，卻也撲了個空，妳連課都沒去上。

眼看時間所剩無幾，我不知道該不該再去妳家找妳，只能徬徨無助地在校園裡胡亂打轉，不知不覺來到了「宋任愷」的教室，而教室裡空無一人。

站在課表前看了下，原來這節是體育課，我現在之所以能安然待在這間教室，很有可能就是因爲他剛好不在，否則只怕我一靠近這間教室，又會被強制遣返。

這時我腦中閃過一個念頭：儘管無法與這個時空的宋任愷相見，但說不定我可以讓他代替我救妳。

我打算寫信給他。

我一個一個座位找過去，很快找到他的位子，從他抽屜翻出紙筆振筆疾書，由於時間緊迫，我只能簡略寫個大概。

我也曾想過是不是要寫信警告妳，但倘若妳早就不記得我了，看到我在信中的署名，應該會直覺認爲是這個時空裡的宋任愷，而若是妳去找他求證，他必定矢口否認，最後妳大概只會把這封信視爲無聊的惡作劇。

更重要的是，我想相信一次「自己」，把全部希望賭在他身上。

才剛把信放入他的抽屜，上午九點的下課鐘恰好敲響，我回到了原來的時空。

我心急如焚，不知道「宋任愷」看完信會有什麼反應？也不知道他能不能成功拯救妳？

就在我想要穿越至妳的時空進行確認時，卻發現不管打開茶水間的前門或後門走出去，我依然置身補習班的教室裡。

我猜測這可能與我被強制遣返三次有關。

但不管原因爲何，總之，我再也見不到妳了，永遠無法知道另一個時空的宋任愷看完信的反應，更無法知道妳最後是否有逃過一劫？

儘管我穿越時空的經歷只維持了短短兩個月，但那兩個月是我人生中最不可取代，也最具意義的時光。

我一直很想念妳，即使不能再穿越了，依然時常過來這間教室待著，有時在這裡看書，有時寫寫功課，有時則是呆坐在椅子上，沉浸在與妳有關的回憶裡。

升上國三，我的健康情況每況愈下，經常出入醫院，久久才能過來一次。

爸爸知道我特別喜歡待在這裡，便答應了我任性的請求，暫時關閉五樓的兩間教室，只供我一個人使用。我想大概是因爲他也感覺得到我來日不多了吧。

寫到這裡，我才想起還沒告訴妳，我有嚴重的心臟病。

在五樓的教室尚未關閉之前，我看著其他進出茶水間的學生，不免好奇他們之中有沒有誰也碰上了這種不可思議的事？然而每個走出茶水間的人，表情看來都沒什麼變化，不像是剛經歷過一場奇遇。

於是我忍不住反覆揣想，爲什麼只有我能透過茶水間穿越？我和其他人有什麼不一樣的地方嗎？

我唯一想得到的不同之處，就只有我的生命可能比他們都短。

醫生曾經預言我可能活不過十八歲。

爲了不讓身邊的人擔心，我始終表現得很堅強樂觀，不敢讓別人知道我其實很害怕，也很痛苦。

初次穿越那天，我坐在這裡，看著其他學生認眞上課，想到他們將來會考上高中、考上大學，而我卻連能不能迎來明天都不知道。

他們爲未來奮鬥的樣子刺痛了我的心，也讓我覺得茫然，不知道自己的人生有何意義，甚至覺得即使現在死去也無所謂。

直到遇見了妳，我的想法才產生轉變。

回到我最初說的那件事吧。

在我十三歲時，有人在這間教室的白板上留言給我。

教室關閉後，有天我坐在這裡，看著白板，不知怎地想起了這件早已塵封在記憶深處的往事，也想起了寫在留言最後的那個名字，當時我震驚得從座位上跳起來。

留言給我的那個人就是妳，茉莉。

在我停止穿越時空之後，妳找到了穿越時空的方法，來到我十三歲那天，並留下訊息給我。

妳會想起我，甚至來找我，就表示妳那個時空的宋任愷確實看到了我的信，也告訴妳信件的內容，並且順利挽救妳的性命。

我開心得不得了，只是在開心之餘，更多的卻是不安，這也是我決定在筆記簿寫下這封長信的主因。

我衷心盼望妳看到這本筆記簿的時候，只是妳的第二次穿越，同時也會是最後一次。

前面說過，穿越者去到另一個時空時，與隱形人沒有兩樣，這點乍看之下很不錯，讓我可以不著痕跡地待在妳身邊，但也讓我容易發生意外。

穿越者只是不易被旁人發現，而非不存在，所以隨時都可能被別人撞上，因此跌倒受傷都是家常便飯；更可怕的是路上的車子，我被腳踏車從後方撞上過，也多次遭機車或汽車擦撞。就算再怎麼小心提防，只要在另一個時空活動，這種事就很難完全避免。

而且，穿越時空會帶來副作用。

我身體本來就不好，隨著幾次穿越，健康情況明顯更糟了，不僅免疫力下降，發燒的次數也更頻繁（但也有可能是我在另一個時空受傷，傷口發炎所致），偶爾還會莫名暈眩，反胃想吐。

我第一次被強制遣返時，倒在茶水間裡連站都站不起來，被家人送進醫院住了快兩個禮拜才能下床，從那之後，我的身體反應開始變得遲鈍，四肢動不動就發麻，容易疲倦，一睡下去就很難醒來。

體驗過被強制遣返的殺傷力，我不敢再讓自己經歷一次，卻仍避不過。

被第二次強制遣返後，那些症狀變得更嚴重了，若是在這樣的情況下繼續穿越，無疑是雪上加霜，極有可能在面臨危險之際閃躲不及，釀成大禍。

所以即便最後一次穿越過去找妳時已屆深夜，我也不敢冒險再次穿越，只是安分地守在妳家門口。

偶爾我會想，如果我仍能繼續穿越時空，不曉得會怎麼樣？說不定有一天我會在妳的時空死去吧。

三次強制遣返所帶來的後遺症很劇烈，我更常出入醫院了。

我本來就活不長，但妳不一樣，我不想看到妳的身體也因爲穿越時空而受到損害，更不想妳在我的時空遭遇危險，所以我希望在還來得及的時候阻止妳。

留下筆記簿給妳的這天，是我最後一次過來這間教室。

請妳別再來找我，我也不會讓妳找到我。就算妳忘了我也沒關係，只要妳在妳原本的時空好好活著，我就沒有遺憾了。

說到遺憾，在道別之前，我想再跟妳分享一件事。

和妳的這段緣分，我只告訴過一個人。

她和我同年，在我停止穿越後的一個月，轉學到我的隔壁班。

她的親戚和我媽媽是舊識，媽媽告訴我，她和妳一樣曾經遭受同學的惡意欺凌，漸漸變得不願再對誰敞開心扉，而且她的父母似乎也對她漠不關心。很巧的是，妳們的名字裡同樣都有花，妳是茉莉花，她是荷花。

也許是因爲她的遭遇讓我想起了妳，我忍不住想幫她重拾笑容，就像我希望妳能過得開心快樂。

我聽說她常去某間位於市區的圖書館，於是我也跟著過去，並主動向她搭話，幾次之後，我們慢慢成爲了朋友。

我告訴她，自己曾經穿越時空，沒想到她居然輕易地接受我的說法，還問我想不想再見到妳。我老實回答她，我當然想再見到妳，但是我已經沒辦法再穿越，除非換妳穿越過來才有可能碰面，不過那就代表妳隨時會陷入危險，那太可怕了，如果是這樣，我寧可不見妳。

雖然見不到妳很寂寞，可是我不孤單，因爲我身邊還有她陪伴。

然而我一想到，等我死後，她又會變回孤伶伶一個人，我就覺得很心疼。我希望在我離開之後，還會有另一個人來到她身邊，不讓她孤單。

我把放著這本筆記簿的密碼盒留在白板的筆槽處，並在密碼盒外貼著一張大大的字條，妳若是過來，應該一定會發現。我也拜託我爸，在密碼盒不見（被妳帶走）之前，都不要重新開放這間教室作其他用途。

雖然很可惜沒能在我的時空與妳相遇，但爲了妳的安危著想，我寧可我們不再見面。

等妳讀完筆記簿上的內容，請幫忙撕毀這本筆記簿，絕對不要留在原處，更不要帶回妳的時空，因爲這是屬於這個時空的東西，要是妳帶回去，十二個小時過後，筆記簿就會消失不見，即便拍下照片，畫面也會是一片空白。

另外還有一點，雖然還未能證實，但我總覺得，筆記簿若是從妳的時空消失，或許會在未來某一天再次出現在這間教室裡，倘若眞是如此，說不定會被我爸媽看見，那樣就不好了，所以請妳一定要替我毀掉筆記簿，這樣我才能眞正放心。

好，這次眞的要說再見了。

茉莉，謝謝妳來找我。

還有，請妳一定要替我謝謝在妳時空的宋任愷，他救了妳，我會感激他一輩子。

我知道妳之所以會來，應該是想找我問清楚事情的眞相，所以我把我知道的統統寫在筆記簿裡。

雖然我不會再回到這間教室，但我還是會繼續看著這裡想著妳，直到我離開這個世界。

再見，我最喜歡的茉莉。

妳一定要過得幸福喔。

讀完筆記簿後，我立刻看向位於教室後方的茶水間，並緩步推門而入。乍看之下，這只是一間再普通不過的茶水間。

我打開牆上的燈，鼓起勇氣踏出門外，結果什麼事也沒發生，眼前所見依然是同樣的教室。

按照這位宋任愷所言，當楊於葳從另一個時空穿越過來，應該就是站在這裡。

今天和圓圓姊在醫院附設的咖啡廳碰面時，我就已經從她口中聽到大致的經過，現在再參照宋任愷親筆寫下的詳述，我原本還有些想不通的地方，現在也全都明白了。

✦

「所以，妳當時才要我留意楊於葳有沒有出現妳提到的那些徵狀？」

坐在醫院附設的咖啡廳裡，聽圓圓姊說完來龍去脈後，我忍不住問。

她點頭，「魏揚後來也和這位宋任愷一樣，身上出現瘀青和傷痕，身體反應變得遲緩、時常莫名感到疲倦，只要睡著就很難叫醒。當初聽到你說於葳也有類似的徵狀，我便懷疑，也許穿越時空對她和魏揚造成了身體上的損傷，而魏揚的消失，也可能與此有關。」

圓圓姊的猜測確實有幾分道理，我也開始替楊於葳的安危感到憂心。

「其實我算是在利用你逼迫於葳坦白一切。我相信如果你知道事情的眞相，也會跟這位宋任愷一樣，爲了阻止她繼續穿越，決定再也不見她，而這是於葳最不願接受的結果。所以當她察覺我在透過你打探眞相，她便主動將這本筆記簿交給我，不想讓你攪和進來。」圓圓姊斂下眼簾，「看過筆記簿後，也間接證明我的猜測沒錯，魏揚很有可能在穿越時發生了意外，而於葳也早就知道自己會陷入危險。」

「那『楊於葳』究竟是誰？」

即使圓圓姊說了這麼多，她依然沒有說清楚這件事。

「妳剛剛告訴我，真正的楊於葳其實是她的表姊，那她到底是誰？叫什麼名字？」我鍥而不捨地追問。

「答案已經呼之欲出了，等你看完這本筆記簿就會明白。只要她願意再見你，不，她一定會去見你，到那時，你再親自問她。由你去問，對她別具意義。」

見圓圓姊不願坦白相告，我忽然靈光一閃，決定換個方式問：「那我再問一個問題，妳曾經教我如何在人群中找到楊於葳，那麼妳以前找尋魏揚時，也是在心裡默念他的名字嗎？」

圓圓姊看著我微微一笑，「一緯，你果然很聰明。」

✦

我把藍色筆記簿收進背包，走下樓梯，返回補習班一樓大廳，方才招待我的女子笑道：「參觀完了？我正好要上去找你。」

「嗯，真的很謝謝妳。」我點頭致意。接著又問：「請問，過去是不是曾經有不明人士在五樓教室的白板上留言給宋任愷？」

女子顯然一頭霧水，想不到路過的一名男性工作人員聞言卻突然停下腳步，「你不會是說尋找任愷的那個留言吧？你怎麼會知道那件事？」

「宋任愷以前跟我弟弟提過，我弟是他好朋友。」我連忙說。

男子不疑有他，表示當年宋任愷的父母一開始本來懷疑是同行惡意騷擾，差點向警察備案，還是他負責拍照存證的。

在我的請求下，男子從電腦調出四年前的照片。

照片裡的白板上，清楚寫著兩行巨大的文字。

宋任愷，我是余茉莉。

你在哪裡？

第十七章　余茉莉

九歲那年，我有了一段不可思議的際遇。

那年冬天，我陪爺爺到離家不遠的活動中心找朋友，爺爺和朋友聊天聊得正起勁，我覺得無聊，閒晃到二樓，一個看起來沒大我幾歲的小哥哥，忽然怯生生地叫住我。

在這樣寒冷的天氣裡，他居然只穿著單薄的短袖，臉色慘白，冷得直發抖。他用快要哭出來的聲音，問我這是哪裡。

我看他可憐，便到樓下向爺爺借了外套，暫時讓他穿上禦寒。

我陪爺爺來過活動中心很多次，但從沒見過這個人，他穿著乾淨整齊，不像是因爲家境貧困而缺乏保暖的冬衣，我好奇問他是怎麼回事，他說他上一秒還在補習班的茶水間裡，一出門就突然來到這個地方，而補習班的茶水間也變成了活動中心的休憩室。

儘管心中懷疑，我仍跟著他進入休憩室察看，裡頭的擺設一如往常，沒有任何異狀。最後我說我爺爺對這裡很熟，建議他有問題等一下可以問爺爺，他點點頭，便和我一起待在休憩室看電視，等爺爺過來找我。

他突然指著電視上一位正在受訪的知名男星，震驚地大喊：「這個人不是死了嗎？」

那位男星家喻戶曉，媽媽特別喜歡看他主演的電視劇。

「亂講，他哪有死啊？」我馬上反駁。

「可、可是我記得他已經死了，他三十五歲時，在拍片過程中意外身亡，當時新聞報得超大。為什麼他說自己剛過完四十歲生日，還接演了新的連續劇？」

他滿口胡言亂語，我不由得暗自心想，這個哥哥的腦袋好像不太正常啊。

好不容易總算聽見爺爺在門外喊我，我關掉電視，從後門走出去，回頭吩咐隨後出來的他：「你還沒有關燈！」

於是他匆匆回去關燈，燈光熄滅的下一秒，他在我面前憑空消失。

我衝入休憩室，確定他是真的不見了，嚇得放聲大哭。

爺爺以為我遇到不乾淨的東西，趕緊帶我去廟裡收驚；媽媽卻認為我是因為弄丟爺爺最喜歡的外套，怕挨罵才裝神弄鬼，瞎扯出如此荒唐的謊言，不但不安慰我，還罰我不准吃晚飯。

之後有好一陣子我都不敢再到活動中心，即使陪著爺爺過去，也不願意登上二樓，直到某天我在一樓再次遇上那個奇怪的哥哥。

他遠遠朝我跑來，神情激動雀躍，「妳叫茉莉對不對？上次我聽到妳爺爺這麼叫妳……」

我害怕地想要逃跑，他連忙澄清自己不是鬼，還讓我觸碰他帶著溫度的手。

我雖然不再懼怕他，但仍畏懼他身上發生的怪事，擔心自己也會像他一樣，莫名其妙就消失了。他告訴我，他「似乎」是從另一個時空過來的。可能因為當時年紀小，加上我親眼目睹他消失的過程，我竟也傻乎乎地信了。我向他討回爺爺的外套，他歉然地表示，他「回去」之後，隔天外套就不見了，怎麼也找不到。

後來我甚至按照他的說法，跑到休憩室做試驗，但電燈開開關關無數次，我眼前的世界依然毫無變化。

那個不可思議的哥哥說自己名叫宋任愷，讓我喊他宋哥哥。

宋哥哥沒辦法知道自己何時會出現，因此我只要經過活動中心，都會繞進去看一看，偶爾遇到了，我們就會坐在一樓的花臺上聊天。

「妳的臉怎麼受傷了？」

有一次他指著貼在我右額的紗布，關心地問。

「我哥哥打的，昨天我跟他搶電視，明明是我贏了，他不卻讓我看。我罵他是豬，他很生氣，就拿遙控器敲我的頭，然後就流血了。」我邊答邊吃著洋芋片。

「打破妳的頭也太過分了吧？妳爸爸媽媽沒有責罵他嗎？」他很驚訝。

「我媽媽眼中只有哥哥，就算哥哥打我，她也認定是我的錯，她罵我不該跟哥哥搶電視，又罰我三天不能吃晚飯，我只好拿爺爺給我的零用錢買零食吃，要不然會餓肚子。我爸爸更不會管我，他很少在家，就只有爺爺和於葳表姊對我最好。」想到昨天那場架，我得意地笑了出來，「嘻嘻，我昨天用力咬了我哥哥的手，他叫得超大聲。明天張大星他們再笑我，我也要這樣咬回去，痛死他們！」

「張大星是誰？他爲什麼要笑妳？」

「他是我同學，住在我家隔壁。每次媽媽發脾氣，她都會對我說：『早知道就把妳送去給別人家！』張大星聽到，就常在學校和其他男生一起對我唱〈茉莉花〉。」

「爲什麼要唱〈茉莉花〉？」宋哥哥一臉不解。

「因爲這首歌的最後一句，不就是要把茉莉花摘下送給別人家嗎？」

他愣住了，像是不知道該怎麼安慰我，最後他輕輕拍了拍我的頭。

宋哥哥是個很溫柔的人，願意聽我說心事，知道我不得父母歡心，又和班上同學不合，擔心我和人起衝突，容易吃虧掛彩，於是提出一個讓我不必跟對方硬碰硬，也能發洩情緒的方法。

他要我在生氣或傷心難過的時候，就將心中的不平與委屈寫在紙上，然後把紙摺好，藏在休憩室的電視機後方，只要他從「那裡」過來看到，就會把我的憤怒悲傷帶回他的世界，讓它們自行消失。

我似懂非懂，「消失到哪裡去？」

他抓抓頭傻笑，「我也不知道，說不定去時空旅行了，就像妳爺爺的外套一樣。」

我沒多想便答應照做。

每次放了紙條，我三不五時會去查看，只要發現紙條不見，心中便有股說不出的輕鬆感，好像那些討人厭的事真的隨著紙條消失在另一個世界了。

一個月後再見到宋哥哥，正好是我的生日。

我用爺爺給的零用錢，和宋哥哥一起去買蛋糕吃，但那天宋哥哥的臉色不太好，不時咬住嘴唇，撫著左胸，一副想吐的樣子。

「你怎麼了？不舒服嗎？」我關心地問。

「沒有，我只是吃不太下，這塊蛋糕也給妳吃吧。」他將蛋糕推到我面前，「祝妳生日快樂，茉莉。」

我喜孜孜地收下，「嘻嘻，等你過生日，我也陪你吃蛋糕！」

「好啊，剛好我的生日也快到了，到時候我再過來找妳玩。」他很高興，隨即卻皺眉，「可是，就算我在生日那天過來，妳這裡的日期也不會一樣，怎麼辦？」

我聽不懂他在講什麼，隨口回：「你生日是什麼時候，就什麼時候過來呀！」

他似是豁然開朗，眼睛一亮，「那就這麼決定嘍，不過我說不準什麼時候能來，妳可以等我嗎？」

「可以呀，我每天放學都會來活動中心。我一定會等你。」我和他打勾勾。

後來我的表姊取笑我，說我當年一定是被活動中心的地縛靈給蠱惑了，因爲除了我，沒有人認識宋哥哥，仔細一想，連爺爺也沒見過他。

那個承諾會來找我一起過生日的人，再也沒有出現。

不管我來活動中心多少次，都等不到他，而我寫的紙條也始終留在原處。

在他失去蹤影的三個月後，我往休憩室的電視機後方塞紙條的行爲，被活動中心的工作人員發現，還向爺爺告狀，爺爺很生氣，禁止我再上二樓。

我的情緒從憤怒、失望，轉變成落寞，覺得自己被欺騙了。

過了一段時間，偶然想起那段回憶，我開始理性地分析，所謂來自「另一個時空」，應該是那個人編造出來的謊言，對方之所以能在我面前消失不見，不過是耍了個魔術上的小花招，而當時我年紀幼小，不通世事，自然被唬得一愣一愣。想開後，我不再覺得失落，反倒慶幸那個怪人似乎對我沒有更進一步的惡意。

之後，我不再去往活動中心，而那個人的名字和長相，我也漸漸忘得一乾二淨。

✦

週六早上八點，一陣急促的敲門聲把我從睡夢中喚醒。

我緩緩從被窩裡探出頭，啞著聲音問：「誰？」

「世界第一大美女！」

無奈地嘆了一口氣，我頂著惺忪的睡眼去開門，對上一雙含笑的眼睛。

「余茉莉，吃早餐了！」

在於葳表姊的催促下，我只得放棄睡回籠覺的念頭，心不甘情不願地去洗漱。

我換衣服時她也不避開，坐在床上打量我，「妳是不是又瘦了？妳現在幾公斤？」

「四十八。」我報出前些天在學校健康檢查中測量的結果。

「眞的？我輕妳一公斤，也沒妳高，怎麼看起來比妳還要胖？」她驚訝。

「大概是因爲妳的臉比較圓，才有這種錯覺。」我壞心地取笑她。

她憤憤地朝我扔過來一個枕頭，隨後拉著我一同站在鏡子前，「眞奇怪，我們都長得很像外婆，大家也說我們乍看之下就像雙胞胎，爲什麼我就是不如妳引人注目？」

「引人注目有什麼好？」我翻了個白眼，套上牛仔褲。

「我就是很困惑嘛，妳可是這一帶知名的美少女，既然我們長得像，那我也稱得上是美女吧，那爲什麼我的存在感那麼低？到底是哪裡出了問題？」

「可能是個性的問題吧。」我懶洋洋地回。

她忽然激動起來：「拜託！我可是出了名的好相處，個性活潑開朗又隨和，沒道理總是被忽略啊，難道是我磁場不對，才會讓人不容易注意到我？所以小時候玩躲貓貓都沒被找到過，國二一整年也沒有半個老師點名我，這簡直是——」

「哇，我好餓，我們快點去吃早餐！」驚覺自己說錯話，我趕緊阻止她繼續回顧那些我早就聽到耳朵長繭的陳年往事。

我們來到菜市場的小吃攤，點了兩碗肉羹麵，於葳表姊多要了兩顆滷蛋，並從她的碗裡舀起一顆給我。

「我不是說我不喜歡在早上吃滷蛋嗎？」我抱怨。

「湯麵就是要配滷蛋才好吃，妳多試幾次就習慣了，而且加顆蛋也比較營養。」她強迫我接受她的喜好。

無奈地咬下一口滷蛋，我忽然想起一件事，「對了，姨丈前陣子不是有回來看妳？

他打算什麼時候接妳去日本？」

「我爸還沒提，可能會等我高中畢業吧。」

「日本眞有那麼好？幹麼一定要去日本？」

「我就嚮往當櫻花妹呀，我長得這麼可愛，多適合穿和服啊！而且我也想跟我爸一起生活。」她臉不紅氣不喘地自誇。

「妳捨得離開孫一緯喔？」

聽到這個名字，她有些噎著了，臉上微微一紅，「幹麼突然提到他？」

「少來，每次週末一大早就過來擾人清夢，不就是爲了說孫一緯的事？這次也是吧？」

大我一歲的於葳表姊，在另一所高中就讀二年級。

孫一緯和她同校，新生入學那天，她對他一見鍾情，偏偏她至今連話都不敢和對方說一句。

她害羞地承認：「嘿嘿，確實有件事想跟妳說，我從這個月開始學鋼琴了。」

「鋼琴？爲什麼？」

「上個月我們學校舉辦班級合唱比賽，孫一緯擔任鋼琴伴奏，妳不知道他彈琴的樣子有多帥氣，我現在回想起來都還會心跳加速！」她動作誇張地用手捧著胸口。

「妳是爲了他才決定學鋼琴？」我瞪大眼睛。

「對呀，我想要盡可能離他近一點，如果和他學一樣的才藝，等於能和他有一個共通點，這讓我覺得很幸福。」她嬌羞地摀嘴而笑。

這時隔壁桌突然傳來一聲尖叫，一隻大蟑螂把兩位正在用餐的女客人嚇得花容失色，舉起包包胡亂揮舞，驚得蟑螂到處飛竄，一時間小吃攤尖叫聲四起。

那隻引起騷動的蟑螂最後停在我們桌上，於葳表姊二話不說拿起她喝完的飲料寶特瓶，朝蟑螂快狠準地打下去，再從容地用餐巾紙將屍體清理乾淨，連同寶特瓶一起扔進垃圾桶，頂著眾人感激又佩服的目光回到座位，面不改色地繼續吃麵。

我因爲蟑螂瞬間食欲全消，放下筷子，有感而發地說：「我眞的不懂耶，妳敢殺會飛的蟑螂，爲什麼不敢主動跟孫一緯說話？」

她訝異地反駁：「這怎麼能相提並論？和孫一緯說話，比打蟑螂還要可怕一萬倍。我光是想到站在他面前，心臟就快停止跳動了！」

「這有什麼難的？妳就拿出打蟑螂的氣勢，直接跟他說妳想和他做朋友不就行了？」

她愣愣出神，似乎是想像了一下那幅畫面，隨即驚恐地猛搖頭，「不行！我做不到。如果孫一緯覺得我很奇怪，因此而討厭我的話，那該怎麼辦？」

「幹麼這麼悲觀啦！況且妳平時也不怎麼在乎別人的看法啊。」

「孫一緯不一樣，對我來說，就算被全世界的人討厭，也不會比被他討厭來得可怕。茉莉妳不懂這種心情！」

從小到大，我不曾見於葳表姊懼怕過什麼，即使面對我哥哥的暴力行徑，或者我媽媽的冷嘲熱諷，她也毫無畏懼。唯獨碰上與孫一緯有關的事，她就會變得膽小如鼠。

我看過孫一緯的照片，確實是那種很受女生歡迎的類型。

不過於葳表姊條件也不差，我相信只要她抱持平常心接近孫一緯，兩人要認識根本不難，偏偏她克服不了自己的心魔，堅持在一旁默默看著他就好，怎麼勸也沒用。

「余茉莉，明天下午一點到百貨公司的電影院。」

晚上哥哥扔了一張電影票給我。

「幹麼？」我瞥了他一眼。

「妳去就對了，問這麼多。」

我馬上明白，「你又要我和你同學約會？」

「廢話，我已經答應人家了，妳不准放對方鴿子，要不然我揍妳。」他警告。

「憑什麼你叫我去我就去？你眞把我當商品，想賣就賣？」

「靠，有免費電影可以看有什麼不好？要不是他們說喜歡妳這類型的，妳哪來這麼多好康？別不知好歹。」他理直氣壯地說完，還斜眼上下打量我，輕蔑地哼了一聲，「騷貨。」

「死處男。」我冷冷地回敬。

他盛怒之下揪住我的頭髮，就要拖我去撞牆，我抽出預藏在口袋的美工刀，朝他手臂用力一劃，他發出慘叫。

「你再動我，下一刀會直接捅進你的心臟，不信你可以試試。」我將刀鋒對著他，讓他知道我不是在開玩笑。

「媽！」他驚慌失措地跑去找救兵。

媽媽發現我弄傷她的寶貝兒子，不由分說就罵我一頓，還打了我好幾巴掌。

「居然敢拿刀對著妳哥？想殺人了是吧？妳就跟妳阿姨一個樣，早應該把妳送去她家。妳立刻滾出去，不准再回來！」

對於她這千篇一律的訓斥，我早已不痛不癢。我回房間收拾行李，然後打電話給於葳表姊，說要過去她那裡住幾天。

大約從國中起，每次和家裡起衝突，媽媽就會把攆我出家門，要我去阿姨家住。

媽媽和阿姨雖是一起長大的親姊妹，卻感情不睦。阿姨怎麼會願意收留我這個麻煩，每次見到我提著行李上門，阿姨的臉色就變得很難看，若不是於葳表姊維護我，我恐怕眞的得流落街頭。

阿姨的婚姻狀況和媽媽大同小異，於葳表姊的爸爸長年在日本工作，夫妻倆早已貌合神離。於葳表姊上高中後，阿姨就開始很少回家，因此於葳表姊曾邀我同住，我卻捨不得向來疼愛我的爺爺。

在那個冷漠的家裡，還有爺爺會等著我回家，我實在不忍心丟下他，即使我很想搬去和於葳表姊一起生活。

令我備感辛苦的不僅只有荒腔走板的家。

一日進到教室，我的課桌上被人用粉筆寫下「援交妹」三個字。剛去飲水機裝完水的我，不動聲色地旋開水壺蓋，筆直走向那個坐在座位上和友人聊天的女同學。我什麼也沒說，高舉水壺，傾斜倒下，她放在桌上的課本全數淋濕，連帶她身上半邊的制服也沒能逃過一劫。

女同學氣得暴跳如雷，「余茉莉，妳幹麼？」

「回敬妳在我桌上亂寫字。」我淡淡地說。

「干我什麼事？妳有什麼證據是我做的？」她臉色刷白。

「全班就只有妳會把援交的『交』上面那一點寫成橫畫，這不就是證據？」

自從這位女同學喜歡的學長向我告白，她就對我懷恨在心，處處針對我。我曾經在哥哥的脅迫下和幾個不同的男生約會，有兩次剛好被她撞見，於是她背地散播謠言，說我在援交，讓我被人指指點點，也被班上同學孤立。

我和這位女同學之間的恩怨不是一兩天的事，當班導師找我過去訓話，我正色表明：「是她先招惹我，一直找我麻煩，還在我課桌上留下羞辱人的字眼。」

「無風不起浪，妳如果沒對她做過什麼，她也不會老是針對妳吧？班上同學不喜歡妳、孤立妳，難道妳不需要負半點責任？」導師話中透露出明顯的質疑。

我哂笑反譏，「老師想說的是可憐之人必有可恨之處吧？謝謝您爲我上了寶貴的一課，我學到今後碰上校園霸凌，無須責備加害者，只要直接檢討被害人就行了。」

我這種硬碰硬的性格，並不得師長喜愛。同時我也不受同儕歡迎，高一一整年幾乎都獨來獨往，沒有交到任何朋友。我也變得不喜歡待在學校，三不五時就蹺課。

所幸敢明目張膽欺負我的人漸漸少了，我認爲這是我懂得反擊所致。

要我接受用忍氣吞聲換來的和平，我寧可相信拳頭才能保護自己。在這樣的世界裡選擇逆來順受，無疑是死路一條。

這無關勇敢，也無關堅強，我只是別無選擇。

「余茉莉在嗎？」

高二的初秋，某堂下課時間，來人的這句問話使得原本鬧烘烘的教室驟然安靜了下來，隨即又是一片議論紛紛。

「那人是宋任愷嗎？」

「對啊，三年三班的。」

我不禁多看對方幾眼，他也在一位男同學的指引下，直直看向我。

他示意我出去，領著我來到學校穿堂。

他一手放在腰際，一手撫著頭側，眉頭深鎖，彷彿在思考該怎麼開口，過了好一會兒，他才將一張摺起來的紙片遞給我，「我前天收到這個。」

我打開一看，紙上字跡潦草，像是在匆忙之中寫下的。

宋任愷，我是另一個時空的你。

我知道這很難以置信，但請你無論如何相信我一次，這關係著一條人命。

明年的一月十五日，二年五班的余茉莉將會發生意外，請你務必阻止她在那天晚上外出。

如果不這麼做，她就會死。

求求你一定要救她！

「這什麼鬼？」整人遊戲嗎？

「我也不知道，前天上完體育課回到教室，我在抽屜裡發現這封信。」他回答。

「所以呢？你就跑來找我？提醒我三個月後不要出門？」我哭笑不得。

「我也認爲是惡作劇，本來沒打算理會，但爲了以防萬一，還是來問問妳，或許妳知道是怎麼回事？」

「我怎麼會知道？信是寫給你的耶。」我不客氣地嗆他，「你不會以爲用這招就能成功引起我的注意吧？我見過一堆追求花招，就你的主意最爛！」

他臉色一變，似乎生氣了，「妳何必這麼說話？這眞的是有人放到我抽屜的。」

「那也是對方在整你，你應該想辦法把那個人找出來，而不是跑來問我。」這人簡直臉皮厚到無可救藥，我非常不以爲然，「別再裝了，你都幾歲了，還寫出這樣中二的信，你不覺得丟臉，我都替你感到丟臉！」

狠狠奚落完這傢伙一頓，我甩頭就走。

放學後，我傳訊息給於葳表姊，想跟她說這件事，她卻立即回電給我。她在電話裡哭哭啼啼的，連話都說不清楚，我安撫了她幾句，決定直接去找她家她。一見到我，她哭得更慘了，抽抽噎噎地說自己看到孫一緯騎機車載著一個同校的女孩，兩人疑似在交往。

我勸她看開，「孫一緯條件那麼好，就算有女朋友也不奇怪。妳應該早就有心理準備了吧？」

「我知道呀，但我還是會難過。」她雙目紅腫，看起來可憐兮兮的，「當我看見那個女生親密地坐在他身後，我的心好痛，我好羨慕她可以那麼靠近孫一緯。」

「所以妳根本不是在旁邊默默看著他就能滿足啊！」我無奈嘆氣，安慰又放聲大哭的她，「妳先別驟下定論，說不定孫一緯只是單純載送同學而已，兩人未必是情侶，那個女生有抱住他的腰嗎？」

她回想了下，然後搖頭。

「那妳先弄清楚情況再哭也不遲，如果事情並非妳想的那樣，妳不就白哭了？」

於葳表姊終於收起眼淚，央求我今晚留在她家陪她，說什麼怕夜深人靜的時候，一個人又會悲從中來，我爽快地答應。

洗完澡後，我們躺在床上聊天，她忽然冒出一句：「對了，妳說妳遇到一件誇張的事，是什麼啊？」

我氣呼呼地說完，於葳表姊笑得不能自已，接著語出驚人地表示：「搞不好他說的是眞的喔。」

「怎麼說？」我側轉過身看她。

「妳小時候不是認識一個『鬼哥哥』，他宣稱自己來自另一個時空？寫信給宋任愷的那個人，會不會就是他啊？那個鬼哥哥叫什麼名字？該不會也叫作宋任愷吧？有沒有可能是他拜託在這個時空的『自己』來找妳？」她神神祕祕地說。

我被她這一連串腦洞大開的問題給問得愣住，過了一會兒才訕訕地回：「我哪知道？我早就沒印象了，妳怎麼記得比我還清楚？」

「因爲妳說那封信裡提到『另一個時空』，我就突然想起來啦。」於葳表姊話鋒一轉，「茉莉，假如眞有另一個時空，也有另一個妳在那裡生活著，那麼妳覺得妳在那個時空，過得是什麼樣的生活？」

我不假思索地答道：「家裡很有錢，一出生就是千金大小姐，沒有我那個混帳哥哥，天天過著不愁吃穿、幸福快樂的和平日子！」

「這明明就是妳的願望吧？」她噗哧一笑。

「人當然會企求自己沒能擁有的東西，那妳呢？」

「……我希望可以和孫一緯變成無話不談的好朋友，因爲我無法想像自己能和他交往。」她一臉嬌羞。

結果她說的也是自己的願望嘛。

三天後，我和宋任愷在福利社不期而遇，兩個人都沒有好臉色，原本還刻意無視彼此，卻在結帳時因爲先後順序而吵起來。

「請別插隊好嗎？」我瞪他。

「誰插隊了？妳沒看到是我先把東西放在櫃台的？」他語氣冰冷。

我怒火中燒，故意放大音量：「是怎樣？發現寫中二情書行不通，就改用這招騷擾女生嗎？」

他面色一陣青一陣白，咬牙切齒，「就跟妳說那封信不是我寫的，再自戀也該有個限度。」

「自戀的到底是誰？寫了信又找上門來的可不是我。」我不甘示弱地回。

「任愷，怎麼了？」眼看衝突一觸即發，他同行的兩個朋友上前關切。

宋任愷額冒青筋，努力按捺脾氣，「沒什麼，倒楣遇到一個自戀女。」

「你才變態咧，敢做不敢當！」我反嗆他。

「喂，余茉莉，妳別太過分！」他徹底被我激怒。

聞言，他的兩個朋友竟不約而同喜出望外地大喊：「妳就是余茉莉？太好了，可不可以請妳幫個忙？」

原本劍拔弩張的場面，莫名其妙轉了個畫風。

宋任愷和那兩個學長是攝影社的成員，正在尋找外拍模特兒，學長早就聽過我，又正巧碰上，便極力邀我擔任模特兒。

我堅決拒絕，誰有空去做什麼模特兒，但聽到他們說會支付酬勞時，我馬上改變主意，一口答應。

拍攝那天是週六，一整個下午我都依照學長姊的指示，擺出各種姿勢。

外拍結束後，學長姊大方地請我吃晚飯，一群人玩到晚上十點才解散。

最後社長吩咐和我順路的宋任愷送我回去。

我在半途就想和他分道揚鑣，他卻始終臭著一張臉跟在我身後，「妳以為我想送妳回家？要是妳在路上出了什麼事，我可是要負責任的。」

「隨便你，但你可不可以別走在我後面？這樣眞的很像變態跟蹤狂耶！」

「……妳講話一定要這麼機車嗎？」他的口氣聽起來似乎很想扁我一頓。

並肩走到我家門口後，我隨意地揮揮手，「好了，你可以走了！」

宋任愷瞪我一眼，轉身離開，這時家裡的門被打開，哥哥走了出來。

他看到我為了拍攝而精心挑選的衣著和特意打理過的妝髮，挑眉問：「打扮成這樣是去哪裡？約會？」

「干你屁事，走開啦！」

正要越過他進屋，他卻一把抓住我，一個巴掌同時狠狠甩落在我頭上，我不禁痛叫出聲。

驀地一道身影擋住了哥哥正要落下的第二個巴掌，我被一雙溫暖的臂膀摟在懷裡。

中途折回的宋任愷護著我，瞪視對我動粗的哥哥，「你幹麼打人？」

哥哥口氣輕佻：「余茉莉，妳今天是賣給他？」

「賣？」宋任愷不解。

「余茉莉靠跟別人約會賺錢，這不就是賣嗎？難道你不曉得？那我勸你……」

「你給我閉嘴！」我朝哥哥大吼，並用力推開宋任愷，「不干你的事，你快回去！」

可想而知，那天晚上我又被趕出家門，只得再次借宿在於葳表姊家。

隔天第一堂下課，宋任愷竟旁若無人地走到我座位旁邊，要我下午一點到穿堂碰面。我不想在眾目睽睽下和他起爭執，只得咬牙應下。

他果然是要問我昨天晚上的事。

我不耐煩地瞪他，「不是說了不干你的事嗎？」

「是不干我的事，但我還是很在意。」他神情嚴肅，「我無法坐視不管。」

面對他那莫名其妙的堅持，我一陣無語，索性坦白告訴他，「就是我哥說的那樣，我被他『賣』給他朋友，如果不從，他就會向我媽告狀，我媽一氣之下，不僅不給我零用錢，連飯也不給我吃，為了不餓死，我沒別的選擇。」

宋任愷眉頭深鎖，一副難以置信的模樣，「這太誇張了吧？妳哥和妳媽為什麼這樣對妳？妳家裡沒有其他大人了嗎？」

「我爸很少回家，有跟沒有一樣；我爺爺依靠微薄的老人津貼過活，我不能向他伸手。至於我媽，她本來就偏心我哥，我哥說什麼她都信。」我想了想，補充說道：「還有，我只是偶爾陪我哥的朋友吃吃飯、看看電影，最多牽個手，所以你不用想得太嚴重，也不需要在意。就這樣，我走了。」

如果不是哥哥在宋任愷面前說得那麼難聽，我也不會特別解釋。

我不需要別人的同情，所以這件事我連對於葳表姊都沒有提起。

以爲宋任愷不會再多管閒事，也不會再跟我接觸，誰知過沒幾天，他邀我去學校餐廳，和攝影社的成員們一起吃飯。

學長姊給我看了之前外拍的照片，還主動提供校內的工讀職缺，有位學姊還說，她家裡的麵包店正在徵求工讀生，歡迎我去應徵。

我懷疑是不是宋任愷對他們說了什麼，但他否認，他說他只是請大家協助留意打工資訊而已。

我很意外宋任愷會爲我做這些。

因爲他的緣故，我不知不覺和攝影社的成員打成一片，交到不少朋友，也找到了合適的打工，暫時不必因爲金錢而受哥哥威脅。

儘管知道他幫了我很多，也對他心懷感激，但也不知道爲什麼，每次只要一見到他，兩個人很容易就會吵起來。

「妳是不是沒朋友？怎麼老是一個人吃飯？不過也難怪，就算有人想和妳當朋友，也會被妳的脾氣嚇跑吧？」某天中午，在學校餐廳裡，他端著餐盤逕自在我對面坐下。

「我脾氣怎麼了？」我瞪他。

「脾氣壞，又嘴上不饒人。妳有沒有想過，妳就是性格過於強硬，才總是吃虧？」

「我寧可吃虧，也不要被別人踩在頭上，你這個沒吃過苦的傢伙少教訓我！」

「妳又知道我沒吃過苦了？妳幹麼每次都要曲解別人的意思？」他再度額冒青筋，不過這次他壓下脾氣，沒繼續與我爭論，「反正攝影社的人妳都認識了，有需要就說，大家都會幫妳的，要是開不了口，就私下跟我講。」

我古怪地看著他，「跟你講幹麼？」

「有人聽妳講，總好過妳一個人硬撐。」他忽然咧嘴一笑。

我一時有些恍惚。

無論是他說的話，還是他笑起來的樣子，都讓我覺得似曾相識，更奇怪的是，我連呼吸都略微急促了起來。

這傢伙眞的很莫名其妙……

◆

於葳表姊告訴我，那個坐在孫一緯機車後座的女生，不是他女朋友。

「這樣很好啊，妳應該開心才對，怎麼臉色反而更難看了呢？」我不解。

「因為我聽到一個晴天霹靂的消息。」她面如死灰，泫然欲泣，「孫一緯好像要去澳洲念書，而且很有可能這學期結束就會離開。」

我大感意外，「這也太突然了吧？不過，妳以後不是也會去日本？就算他還在台灣，你們遲早也會分隔兩地，不是嗎？」

「其實，當我確定孫一緯沒有女友時，我本來萌生一個念頭：只要能一直看著他，我情願不去日本。可是現在……」她眼眶紅了。

「那妳就更不該坐以待斃，趁著最後這兩個月，妳一定要讓孫一緯知道妳的存在。只要能和他成為朋友，就算分隔兩地，還是可以保持聯絡。」我趁勢推她一把。

她終於動搖，向我求救，「茉莉，我該怎麼做？」

即便於葳表姊總算決定主動踏出一步，卻仍不敢去孫一緯班上找他，於是我建議她寫信給孫一緯，向他介紹自己，並邀他出來見面。

我陪著她將信投入孫一緯家的信箱後，還陪她去買見面那天要穿的漂亮衣服，並且不斷鼓勵她，增加她的信心。

於葳表姊問起我和宋任愷之間的進展。

「我們天天都在吵架，哪有什麼進展？」我翻白眼。

「那他為什麼要天天找妳吵架？如果討厭妳，為什麼還要對妳嘮叨這嘮叨那的？妳不覺得他根本就是非常關心妳嗎？」她笑得很曖昧。

我一時答不上腔，草草結束話題，「別管我的事，妳專心想妳的孫一緯就好！」

不得不說宋任愷真的是一個很煩人的傢伙，繼介紹我去打工，以阻止我為了賺錢和別人約會後，現在他連我的課業都要插手。

「余茉莉，這題不是教過妳好幾遍了，怎麼還是記不起來？妳是笨蛋嗎？」

「吵死了，我又沒要你教我，堅持要教會笨蛋的你不也是笨蛋？」

身為考生的他，明明沒多少空閒時間，卻在得知我的成績差到快被留級後，特地抽空替我惡補，屢次都被我氣得快要爆血管。

我和宋任愷的距離就在這吵吵鬧鬧的日子中逐漸拉近，聊起的話題也愈來愈深入。

「所以妳也沒辦法搬去妳表姊家？」他問。

「對啊，我爺爺捨不得我。況且就算住我表姊那兒，也住不了多久，她高中畢業就會去日本，而那時候我才高三，必須再等一年才能離開家。」

聞言，他突然沉默不語，像是在替我擔心。

有時他還會送我回家，並在晚上傳訊息問我，哥哥有沒有找我的麻煩。

我能感覺得到這個人對我的關心。

就在我和宋任愷之間出現微妙變化之際，於葳表姊卻又再一次因為孫一緯遭受巨大的打擊。

她在寫給孫一緯的信裡，留下自己的聯繫方式，並約他見面。

到了那一天，她盛裝打扮，緊張萬分，孫一緯卻沒有出現。

孫一緯對她不理不睬，就連在學校擦肩而過，他的目光也不曾停留在她身上。

「他跩個屁啊？憑什麼這樣踐踏別人的真心？我要去找他算帳！」我氣得破口大

罵，卻被於葳表姊攔下。

孫一緯的失約與無視，讓她好不容易鼓起的勇氣全數消融，成天失魂落魄，以淚洗面，一個月後才勉強打起一點精神。

而在那個月裡，我又與那位與我素有恩怨的女同學起了衝突。

她在廁所洗手台前說我的壞話，還在如廁的我本來懶得理會，直到她轉而批評宋任愷，譏笑他沒有眼光，應該也是我援交的對象之一。

我頓時怒火中燒，大力推門而出，劈頭痛罵了她一頓，還故意拿她喜歡的學長刺激她，她又氣又窘地哭了出來，看向我的眼神帶著毫不遮掩的恨意。

那天晚上，宋任愷送我回家，聽我說完這件事，一臉無奈地揉了揉額頭。

「余茉莉，妳一天不跟別人吵架會不舒服嗎？爲什麼每次都這麼衝動？」

「你幹麼教訓我？明明是她嘴巴不乾淨，我一聽到她那樣汙衊你，一股火氣就升上來了，哪管得了這麼多。」我辯駁。

宋任愷沒有接話，拉著我去到附近的小公園。

夜風凜冽，我們並肩坐在長椅上，他朝我伸出右手，示意我把手放上去。

我愣住，「幹麼？」

「放上去就對了。」他的臉有點紅。

在他的堅持下，我只好彆扭地照做。冰冷的指尖一被他溫暖的大手牢牢握住，我不知怎地呼吸一滯，左胸口也輕顫了下。

「余茉莉，我有件重要的事要跟妳說，妳好好聽著。」他眼底有著前所未有的認真，「我考上大學之後，最快七月就會從家裡搬出來，在外面租房子。到那個時候……妳也從家裡搬出來，去我那裡吧。」

在這一刻，他的緊張透過兩人交握的手，一點一滴感染了我。

「什、什麼到你那裡？我聽不懂。」我倉皇失措。

「我的意思是，等妳表姊畢業去了日本，今後妳若是再跟家人起爭執，妳就沒地方可去了。所以如果可以，我希望以後妳能搬來跟我一起住。」

我瞪大眼睛，連忙要把手抽回來，「你瘋啦？我幹麼跟你一起住？」

宋任愷更用力地握緊我的手，不讓我掙脫，正色道：「余茉莉，我是認真的。每次送妳回來，只要妳一走進那間屋子，我就會忍不住提心吊膽，擔心妳是不是隨時都有可能被妳哥或妳媽打。我不想再這樣下去，只有妳離開那個家，我才能真正安心。更重要的是，我想跟妳在一起，我不是在開玩笑！」

我心跳失速，雙頰一片滾燙。

「妳還是可以隨時回來看妳爺爺，但妳不需要再跟妳哥哥一起生活了，我不想讓妳時時刻刻處在暴力威脅下。我想保護妳，只要妳願意，半年後我絕對會帶妳離開。」他連耳根子都紅透了，望著我的目光卻依然堅定不移，「余茉莉，妳可不可以等我？」

世界彷彿倏地安靜了下來，耳邊只剩下我劇烈的心跳聲。

我發不出一絲聲音，過了許久，才傻愣愣地對他點頭。

往後只要想起他手心的溫暖，我就會想起初次嘗到幸福滋味的這一天。那樣的幸福，卻是一閃即逝，短暫到我曾懷疑那只是一場夢。

宋任愷曾要我別在深夜獨自前往於葳表姊家，如果不得不去，就等他補習結束，他親自送我過去。

某天晚上，我又和媽媽爆發口角，並再度被攆出家門。

我不想讓正在補習的宋任愷擔心，決定自行前去於葳表姊家。

途中經過一座橋，有一群年輕男女坐在橋邊飲酒作樂。其中一個女生叫住我，好死不死竟是那位與我素有嫌隙的女同學。

她馬上向那幾個像是大學生的男生告狀，說她在學校受我欺負，他們立刻擋住我的去路，宣稱要替女同學討回公道。

我頑強的抵抗激怒了他們，落在我身上的拳頭和巴掌愈來愈不留情，我一度以為自己會死在他們手裡。

就在這個時候，宋任愷出現了，他奮力替我擋下攻擊，卻寡不敵眾，很快就落於下風。

「余茉莉，妳快逃！」宋任愷大吼，嘴角沁出血絲。

一個男大生猛地抓起路邊的一顆石頭，朝他後腦重重砸下，宋任愷頭破血流，倒臥在地，沒有再起來過。

那天是一月十五日。

在那封自稱是來自另一個時空的宋任愷所寫來的信裡，我將會在這一天發生意外死去，而我從未把這個警告當眞。

宋任愷的同學告訴我，那天在補習班的課堂上，宋任愷忽然問他今天是幾號，得到答案後臉色大變，立即找出手機撥打電話，對方卻始終未接，最後他急匆匆地拎起書包衝出教室，不顧台上目瞪口呆的老師。

當時我的手機放在包包裡，又剛好行走在車水馬龍的路上，沒能聽見不斷響起的來電鈴聲。

宋任愷應該是驀地想起了那封信，卻因聯繫不上我而惶惶不安，才會過來找我。

我一直以爲當初那封信是他自導自演，也沒想過要再向他求證。如今信裡的預言成眞，我果然在一月十五日的晚上發生意外。

只是死的不是我，而是爲了救我而犧牲的宋任愷。

那個說想要保護我，承諾要和我一起生活的宋任愷。

是因爲禍不單行嗎？繼宋任愷之後，在這世上我最愛的兩個人，竟也在接下來的兩個月裡，接連永遠離我而去。

於葳表姊在寒假結束的前一個星期，遭一輛闖紅燈的汽車迎面撞上，雖然一度還有意識，但傷勢太過嚴重，情況並不樂觀。

躺在醫院病床上的她，全身傷痕累累，我幾乎認不出。

「茉莉。」她聲音微弱，「我、我是不是眞的會死？」

「妳不會死，妳會長命百歲，妳不是還要去日本當最漂亮的櫻花妹？」我強忍住哽咽，故作輕快地答道。

她掙扎地向我伸出手，我連忙握住。

「茉莉……孫一緯昨天搭機離開台灣了，我早上……忍不住繞去他家，他家那棟大樓的鐵門沒鎖，樓梯間的角落散落不少被丟棄在地上的廣告單，而我寫給孫一緯的信也在其中，那封信完全沒被打開過……我不知道爲什麼會這樣，但孫一緯似乎並非刻意無視我，而是他根本就沒收到我的信……」

於葳表姊哭得上氣不接下氣，臉上寫滿悔恨，我看著這樣的她，一時不知該如何勸慰。

「我眞的好後悔，早知如此，當初我就該聽妳的話，勇敢接近他，向他告白，就算被拒絕，至少他會知道我是誰，而不是什麼也沒能在他記憶裡留下，就這麼離開了……我好後悔，爲什麼我不能勇敢一點……」

那天深夜，於葳表姊陷入重度昏迷，再也沒有睜開過眼睛。

而最疼愛我的爺爺，也在於葳表姊離開後的半個月倒下，沒過幾天便辭世了。

我一連失去了對我最重要的三個人。

哀傷之餘，我感到異常的憤怒，憤怒到想要殺掉讓我失去一切的罪魁禍首，然而我卻連個可以怪罪的對象都沒有。最後我最想殺掉的，其實是我自己。

在那麼做之前，我想起那封由「來自另一個時空的宋任愷」所寫下的警告信，以及於葳表姊口中的那位「鬼哥哥」。

隔日上學途中，我決定蹺課，改去往那所活動中心。

活動中心的變化不大，我憑印象走到位於二樓的休憩室。隨著熟悉的場景映入眼簾，過往的記憶也一幕幕湧現，我想起自己確實曾在這裡遇見一個哥哥。

我站在休憩室門口出神，不知道過了多久，一位長年在活動中心工作的阿姨認出我，她也認識爺爺，安慰我節哀順變。

接著她回辦公室找出一件黑色外套，說是爺爺的，外套口袋裡還有一張他的證件。

我隨手接過，卻覺得有些不太對勁，爺爺這幾年瘦了很多，這件外套的尺寸對他來說稍嫌大了些。但這件外套確實十分眼熟……我猛地憶起一樁塵封在記憶深處的往事，初次遇見那個哥哥時，我曾經把爺爺的外套借給他禦寒，然後他就消失了，這件爺爺最喜歡的外套也跟著找不回來了……

阿姨說這件外套在一星期前，也就是爺爺去世的兩天後，被發現掉在休憩室的地上。

「掉在這裡？」我百思不解。

「是啊，很怪吧，我最近老是在這間休憩室撿到一些奇怪的東西，除了這件外套，我還陸續撿到許多紙條，今天也是，我剛扔了兩張在垃圾桶裡。」

好奇心起，我走到垃圾桶旁翻找，很快尋獲一張她說的紙條，上頭的筆跡一看便知是小孩子寫的。

今天張大星又對我唱〈茉莉花〉，超級可惡，原本想狠狠踢他一腳，但我努力忍住了。我好討厭他和哥哥，他們兩個爲什麼不一起去撞牆？

宋哥哥，我好想快點再跟你一起玩。

我震驚地張大嘴巴，我認出這是我從前的筆跡。紙條裡提到的那個「宋哥哥」，應該就是我九歲那年遇見的那個哥哥吧？莫非他的名字就叫「宋任愷」？他眞的來自另一個時空？就是他寫信警告宋任愷我會意外身亡的？

我茫然地站在休憩室裡，逐漸想起更多與那個宋哥哥相處的細節，包括他說自己是怎麼從另一個時空過來的。

此時休憩室裡的燈是關著的，我忖度片刻，打開電燈走出去，什麼事也沒發生，於是便再走進去關燈。

此時有兩名老伯伯從前門走進來，我順手幫他們開燈，回頭拿起爺爺的外套就要離開，但就在跨出門的那一刹那，我忽覺一陣輕微的暈眩，不禁用力眨了下眼睛，下一秒，眼前所見卻轉爲截然不同的景象。

我站在一條空蕩的走廊上，旁邊一整排都是教室，就連我剛剛走出來的休憩室，也變成一間科學教室。

四周空無一人，教室裡的課桌椅和窗戶都蒙著一層厚重的灰塵，感覺已經很久沒有人使用過這些教室了。

驀地響起的鐘聲，讓我回過神來，這裡應該是所學校，我信步離開這棟安靜得相當詭異的校舍。

不遠處人群嬉鬧聲隱約可聞，我往其他棟校舍走去，果然見到一群又一群身著夏季制服的高中生，而我卻是一身外校的冬季制服。

這樣的我行走在校園裡，理應相當突兀，然而卻始終無人朝我看來。我觀察了好一會兒，得出一個結論：似乎沒有人意識到我的存在，他們根本看不見我。

我呆立在樓梯口，沒注意到有個女學生正好步下樓梯，與我迎面撞上。女學生明顯嚇了一大跳，與我四目相對，隨即上下打量我的穿著，滿臉狐疑，看了我好幾眼才匆匆走掉。

高掛在穿堂上的電子時鐘，顯示現在是五月三十日下午三點五分，不僅日期時間迥異，連年份都和我認知的不同。

六個小時後，我拖著發軟的雙腿回到那棟空無一人的校舍。

這段期間，我走遍了整個校園，還離開學校去到街道上。這座城市仍是我所熟悉且一直居住的城市，只是街景乍看之下相似，實際上卻有許多不同。

我本想仔細審視周遭環境，卻發現光是好好走在路上就已相當困難，只要我稍微放慢腳步，就會不時被路人擦撞，過馬路時也險些被一輛汽車攔腰撞上。

在這個帶著熟悉，卻又陌生的世界，我身邊一下子變得危機四伏，不過幾個小時，身上就多了幾道皮肉傷，爲了避免再出意外，我不得不折返。

返回科學教室時，裡面的燈是關著的。我嘗試打開燈，再迅速關掉，然後踏出門外，輕微的暈眩感再次襲來，眨眼之間，我已重返活動中心休憩室的門口。

我喉嚨發乾，激盪的心情久久無法平復。我盯著掌心，那處爲了閃避車子所造成的挫傷，證明剛剛並不是場光怪陸離的夢境。

明明在那個世界待了好幾個小時，牆上的時鐘卻顯示時間才過了短短不到一分鐘。那個世界就是另一個時空嗎？九歲時我遇上的宋任愷，是從那裡過來的嗎？我能在那裡找到他嗎？

抱著這樣的期待，我一直等到休憩室裡的那幾位老伯伯看完電視離開，便急忙如法炮製，想要再次去到那個世界。

誰知當我打開休憩室的燈，走出門外，竟置身於一間補習班教室，而休憩室則變成一間茶水間。

寬闊的教室裡坐著許多學生，台上的老師正在講課，窗外天色一片漆黑，時間是晚上，一樣沒有人意識到我的存在。

起先我以為自己來到的是和先前相同的世界，只是地點不同，於是我不動聲色地離開補習班，來到街上，然而在一個小時後，我赫然察覺到一個驚人的事實，儘管仍處於同一座城市，現前的日期卻不一樣。

我徹底嚇傻了，我前後兩次是去到同一個時空的不同時間？或者根本就是兩個不同的平時時空？

眼看夜色漸深，我趕緊返回位於補習班五樓教室裡的茶水間，以免補習班關門，導致我回不去原來的時空。

後來我又找機會穿越了好幾次，終於得以確認，自己可以去到另外兩個不同時空。這讓我不禁思考，去往哪個時空是隨機的嗎？還是其實有辦法可以去到特定的時空？

最後我順利找到答案，關鍵就在於如何打開休憩室的燈。

休憩室的燈採三段式開關，而安裝的燈泡有兩種，一種是暖黃光，一種是柔白光；打開第一段開關時，所有的燈泡全數亮起，第二段僅有暖黃光的燈泡亮起，第三段則是柔白光的燈泡亮起。

當我打開第一段開關，便不會穿越時空；打開第二段開關，就會穿越到那棟廢棄校舍；打開第三段開關，則會抵達那間補習班教室。

透過在活動中心工作的那位阿姨得知，休憩室的燈在兩年前更換過，在那之前，用的只是一般的白色長條日光燈。

雖然不能說有絕對的關係，但如果是這樣，那麼我小時候遇到的宋任愷，說不定就是來自補習班教室所在的那個時空。

依照開關亮燈的順序，我將那兩個時空分別命名爲「B時空」和「C時空」。

隨著穿越的次數愈來愈多，我發現不僅可以穿越至另外兩個時空，還能藉由休憩室的前後門，決定要穿越至這兩個時空的過去或未來，不過無法選擇確切的日期。而這就是爲什麼當年那個來自另一個時空的宋任愷，始終無法與我約定要在哪一天見面。

總之，我希望能找到他，並順從直覺從C時空開始下手，不料竟先找到了B時空的宋任愷。

當時我經過架設在學校穿堂的電子看板，赫然發現自己的臉出現在螢幕裡，綁著短馬尾的「余茉莉」，正笑容可掬地對著鏡頭說話。

過了好一會兒，我才意識到螢幕裡的余茉莉，是這個時空的我。

此時，有兩個女學生走近螢幕，談論起「余茉莉」。

「是茉莉學姊！原來今年的校園大使是她選上了。」短髮女孩說。

「不意外呀，她那麼漂亮優秀。上次我在福利社看到她，本人眞的很有氣質，人也超親切，據說她家裡還很有錢耶。」長髮女孩語氣中充滿羨慕。

「對啊，妳知道她男朋友也是我們學校的嗎？叫宋任愷。」

「宋任愷？一天到晚被教官處罰的那個？」長髮女孩驚呼。

短髮女孩笑了出來，「妳說的是三年級的那個啦，茉莉學姊的男友也叫宋任愷，兩個人剛好同名同姓。我記得她男友是二年七班的，和茉莉學姊是青梅竹馬，兩人交往很久了。」

「青梅竹馬？也太浪漫了吧！」

一聽到這裡，我馬上衝往二年七班的教室，焦急地站在走廊窗邊張望，一看到那個人，眼前立刻模糊一片。

坐在後排的宋任愷正趴在桌上睡覺，即使他的臉被手臂遮住一半，我仍一眼就認出是他。

我的眼淚掉了下來，目光始終無法移開。

一整個下午，我始終跟隨在他左右，他的一舉一動，臉上的每個表情，說出的每一句話，都深深牽引著我，並刺痛我的心。就連放學後，我也一路尾隨他，看著他走進一棟兩層樓的透天厝。

我曾用手機拍下幾張他的照片，然而一回到原本的時空，照片最終都會消失不見。因爲他，後來我在B時空認識了一位新朋友。

我每次穿越過來，都習慣跟在宋任愷身邊，直到他回家爲止。從宋任愷他家返回學校的途中，爲了避開人潮，我都會繞進一條地下道，這條地下道很特別，其中一側有一整排的算命攤。

那時我已經漸漸感覺到頻繁穿越爲我帶來的影響，我變得容易輕微發燒，腸胃也時常出問題，動不動就反胃想吐。

某次經過那條地下道，我忍不住扶著牆壁大聲作嘔，引來一位有著一雙鳳眼的算命師阿姨過來關切，問我要不要去她的攤位坐著休息一下。

往後每次經過，我都會停下來和這位阿姨聊上幾句。不知道是否出於算命師的神祕直覺，逐漸熟稔以後，阿姨開門見山問我，我身上是不是發生了什麼奇怪的事，我感覺得到她對我並無惡意，便坦承自己來自另一個時空。

爲了向她證明，我用她的手機替我們兩人合照。下次再見面時，她告訴我，照片裡的我竟然消失了，原本半信半疑的她才相信我所言非虛。

但後來我逐漸察覺到，若是每次來到B時空都與阿姨聊天，我便無法再回到B時空那天之前的時間，向阿姨說明這一點後，從此再經過算命攤，我便只安靜看她一眼，然後快步走開。

也不知道爲什麼，明明在我原本的時空以及B時空裡，宋任愷都與我同校，但我卻始終遍尋不著C時空的宋任愷。無奈之下，我變得更常來到B時空，暗中關切這個時空裡的宋任愷，也得知了更多他和B時空的余茉莉之間的多年牽絆。

雖然頂著同一張臉，同一個名字，在不同時空的我們，不僅個性大不相同，就連人生際遇也有天壤之別。

我始終碰不上B時空的余茉莉，但經常聽到有人用豔羨的口吻提起她，說她是光芒四射的天之驕女，反而宋任愷就相當平庸不起眼。

B時空的宋任愷家中經濟條件不佳，父親很早就去世了，只剩行動不便的母親，和一個智能不足的妹妹。從眾人背後的議論可以得知，幾乎沒有人看好他和余茉莉的戀情，畢竟兩人在各方面的差異都相當懸殊。

我帶著沉重的心情旁觀一切。後來宋任愷一家發生巨變，先是母親帶著妹妹自殺，一個月後，宋任愷也被學校老師發現在家中上吊。而余茉莉在這之前就已和他分手，舉家移民國外。

我無法接受B時空的宋任愷竟也會死去，而且還是以這樣的方式。

爲了扭轉宋任愷的命運，我試著穿越至余茉莉還未出國前，想要阻止她離開，卻怎麼樣都見不著她。因此我仿照C時空的宋任愷，也嘗試寫信警告她，並趁著放學後，將信放入她的抽屜。

爲了以防萬一，同樣的信我寫了兩封。

第二次放信的時間適逢清晨，教室空無一人，我很容易便放好信了。第一節下課的時候，我意外在走廊上聽見兩個女學生談起余茉莉。

「茉莉今天不是請假嗎？我就坐她後面，注意到她抽屜裡有一封信，便傳訊息跟她說，她請我幫忙打開，信裡寫的內容居然又跟上次一樣！」一名女學生神祕兮兮地說。

「跟上次一樣？妳是說對方宣稱宋任愷將會自殺？」另一人訝異道。

「對啊，茉莉讓我把信丟了。不知道是誰開這麼低級的玩笑，如果是茉莉的愛慕者，做得也太過火了。」

從她們的對話裡可以得知，余茉莉並沒有把我的警告信當一回事，和我當初的反應如出一轍。

仔細想想，B時空的余茉莉和宋任愷之間的戀情，始終不被看好，她會認定有人想挑撥他們的感情，故意開這種惡劣的玩笑，也是情有可原。

一籌莫展之下，我去到了C時空，站在空蕩蕩的補習班教室，想到至今仍找不到C時空的宋任愷，而且很可能永遠也找不到了，我突然無法壓抑心中的悲憤，提筆在白板上寫下兩行大字：

宋任愷，我是余茉莉。

你在哪裡？

爲了拯救B時空的宋任愷，我幾乎就要決定直接在他面前現身，以阻止他做出傻事，然而有個人讓我打消了這個念頭。

「妳喜歡上宋任愷了嗎？」

偶然在學校聽見這句問話，我的視線立刻落向走廊上的兩個女學生。問出這句話的女孩，曖昧地笑著推了下站在她身旁的另一個女孩，而那個女孩連忙否認，臉上羞紅一片。

旁聽兩人的對話半晌，我發現臉紅的女孩似乎因爲送錯情書，而與宋任愷有過接觸。當宋任愷經過那女孩的班上，我也碰巧捕捉到女孩短暫停留在他身上的目光。

那個名叫唐念荷的女孩引起了我的注意，她看向宋任愷的專注眼神令我印象深刻。從她和旁人的互動中，可以看出她是個溫柔可愛，也很善解人意的女孩子。

在B時空裡，余茉莉的離去，無疑是壓垮宋任愷的最後一根稻草，所以我一直認爲只有余茉莉留在他身邊，才能拯救他。

但是唐念荷的出現，卻讓我有了不一樣的想法。

如果在余茉莉離開後，宋任愷可以喜歡上別的女孩，是否能爲他的命運帶來轉機？如果這個時空的宋任愷和余茉莉，也和另一個時空的我們一樣，終究無力抵抗命運帶來的殘酷，那麼即使我再怎麼努力想扭轉命運，會不會仍是徒勞一場？

我不願意眼睜睜看著B時空的宋任愷也因爲余茉莉而死去，與其這樣，我寧可他們兩人就此分開，改讓另一個同樣眞心喜歡他的好女孩，陪伴在他身邊。

我要他活下去，這是我當時唯一的心願，而這個念頭在我下次再見到他們時，瞬間化爲行動。

那天B時空的宋任愷在理化教室上課，我站在走廊上看著他，直到下課鐘響。此時，我注意到唐念荷走進不遠處的廁所，等她從廁所出來，她和宋任愷很有可能會相遇。

心念一閃，我衝進一旁的導師室，在桌上找到空白的姓名貼紙，並用原子筆在貼紙上寫下宋任愷的名字，再將貼紙黏貼到原子筆上，才剛做完這些直起身，就與一位男老師迎面撞上。

「余茉莉？」那位男老師認出是我，滿臉不可置信，「妳在我座位上幹什麼？妳手上拿的是我的筆？妳想偷東西？」

情急之下，我用力推開他，衝出導師室，宋任愷恰巧從理化教室走出來，而唐念荷也往這個方向走了過來，我迅速將那枝原子筆用力扔擲在兩人之間的地上，下一秒，唐念荷撿起那枝筆，奔向走廊另一頭的宋任愷。

後來的某天中午，宋任愷登上圖書館頂樓沒多久，唐念荷也過去了，隔著通往頂樓那扇半掩著的鐵門，我聽見兩人相談甚歡。

或許，改變的契機就由此開始。

再一次去到C時空，補習班教室裡一片昏暗，已是深夜。不知道此刻這裡是何年何月，我走到窗邊望出去，幾乎就要放棄繼續尋覓。補習班的對街是一間頗具規模的市立醫院，有個人也同樣倚在窗邊。我定睛望去，不由自主屏住了呼吸，不敢相信眼前所見。

那是個穿著病人服的男孩，雙眼似是直勾勾地望著我所在的教室。我心跳加速，想更仔細看清楚那個男孩的面孔，對方卻倏地扭過頭去，笑著和身旁的人說話，很快離開了窗前。

儘管只是匆匆一瞥，但男孩露出的那抹笑容，讓我確定自己沒有看錯，我立刻就想衝去醫院找他，只是補習班的大門早已上鎖，我出不去，只得待在教室靜候天亮。

或許是連日多次穿越所造成的疲憊，我不知不覺趴在桌上睡著，醒過來時，天色已然透亮，我連忙趕往醫院，卻在踏進醫院的那一剎那，視線陡然一暗，轉眼之間，我倒臥在活動中心的休憩室門口，全身疼痛不堪，過了好一會兒才能緩緩站起。

我莫名其妙就回到了原來的時空。

或許是被強制遣返所致，我身體很不舒服，暫時無法再進行長時間的穿越，我卻一點都不覺得沮喪，反而充滿喜悅。

C時空的宋任愷竟猝不及防地出現在我眼前，而且還離我這麼近。

我不想讓他見到我病懨懨的樣子，於是計畫等身體恢復些再去找他，在這之前，我打算先去B時空看看，我想知道在那個時空裡，宋任愷和唐念荷之間的進展如何。

抵達B時空後，我想起他們時常會約在圖書館頂樓碰面，便打開科學教室的燈，順手拿起擺在架上的望遠鏡，走到窗邊朝那裡望去。

宋任愷和唐念荷果然在頂樓，兩人恰巧也往我這邊看了過來。

接著女孩似是害怕地用手摀住眼睛，男孩則興奮地一邊指著我的方向，一邊想要拉下她的手，看得出兩人頗為親近。

男孩臉上大大的笑容占據了我的視線，我忍不住熱淚盈眶。

所有的事情都開始好轉了。

不僅順利找到C時空的宋任愷，B時空的宋任愷也如我所願，與唐念荷愈走愈近。

看到他在她身邊露出那樣快樂的笑容，我在心底由衷感謝這個女孩，果然她才是可以拯救他的人，並且帶給他另一段嶄新的幸福。

這時的我並不知道，其實這只是我再次從天堂被打入地獄的開始。

還沒等到身體完全恢復，我就迫不及待去了C時空。

這次過來，離我上次發現這個時空的宋任愷那天，在時間上整整晚了一個月，而這已經是我穿越好幾次之後，距離那天最近的日期了。

我走進醫院，猶豫著該要怎麼向櫃臺打探宋任愷的住院紀錄，此時卻有一個極爲眼熟的女人從醫院門口飛奔而入，雙眼蓄滿淚水。

我認出那是宋任愷的母親。我曾多次尾隨B時空的宋任愷回家，對他母親並不陌生。忽然在C時空見到她，我先是傻愣幾秒，隨後猛然意識到不對，立刻追上她的腳步。宋媽媽一進到位於六樓的加護病房，不久就發出悲痛的哭聲，口中不斷呼喊宋任愷的名字。

我四肢發冷，全身僵硬，不敢置信地呆立在病房門邊。

等我回過神來，宋媽媽的哭聲已經消失，病房裡的床也被推走了，只剩下一男一女在走廊上談話，兩人似乎是宋任愷的親友。

我緩緩步入空蕩的病房，從窗戶看出去就是補習班五樓的教室。

過了好久，我才認清事實，C時空的宋任愷也死了。

但這是爲什麼？爲什麼他會死？

站在走廊上的那兩人也走進病房，男人語氣沉重：「念荷知道了嗎？」

「嗯，已經通知她了。」女子略帶哽咽地回。

我許久才反應過來，那男人口中的「念荷」？莫非指的是唐念荷？在這個時空，唐念荷也在這裡？就在宋任愷身邊？

還沒能弄清C時空的唐念荷和宋任愷是什麼關係，我卻又「再一次」聽聞宋任愷的死訊。原本我一心以爲，B時空的唐念荷也許能拯救宋任愷，命運卻殘酷地讓我明白，這只是我的痴心妄想。

當我再次去到B時空，距離上次在圖書館頂樓見到他們，已是幾個月後的暑假。我在宋任愷家門前等了好幾個小時，屋裡的燈卻始終是暗著的，這很不尋常，照理來說，宋任愷和他媽媽至少會有一個人在家陪伴他妹妹。

就在這時，一輛摩托車朝我急駛而來，我雖然僥倖閃過，卻不小心踢倒空置在門口的花盆，一個正好從隔壁走出來的婦人聽見聲音，朝我看來，與我四目相交。

「妳不是茉莉嗎？」她十分驚訝，「聽說你們全家移民國外了，妳是什麼時候回來的？」

知道她說的是B時空的余茉莉，我只得硬著頭皮答道：「最、最近回來的。阿姨，宋任愷他們不在家啊？」

婦人神情錯愕，「妳難道還不知道任愷一家發生了什麼事？」

結果什麼都沒能改變，B時空的宋任愷最終還是自殺了。

如果這天我沒有踢倒花盆，沒有與婦人四目相交，就還有回到過去改變一切的機會，但現在什麼也無法挽回了。

這還不是我所犯下的最大過錯。

也許是不願接受事實吧，儘管無法回到宋任愷還活著的過去，我仍然繼續穿越至他已經不在的B時空的未來，呆坐在他家門前，任憑時間流逝。

直到有一天，我又坐在他家門口，聽見細微的談話聲從隔壁傳來。

「妳有聽說嗎？」一個婦人問：「當年第一個發現任愷出事的那個女孩子，是叫唐念荷對吧？」

「對，我兒子昨晚就跟我說了……。」另一名婦人嘆了口氣。

「眞的太可憐了，居然跟任愷一樣選擇上吊……據說那女孩因爲親眼目睹任愷自殺，打擊過大，一直走不出去。」

我全身劇烈顫抖，拖著發軟的雙腿回到學校，趁著導師室裡沒人，坐在電腦前查證，網頁上很快跳出相關新聞報導。

這一天是宋任愷死去的四年後。

已經升上大二的唐念荷，在前天，也就是九月二十五日清晨，於家中自殺身亡。

確認消息屬實後，我回到原來的時空，走入活動中心角落的洗手間。

看著鏡中那狼狽不堪、眼神空洞的自己，我緩緩蹲下，哭得撕心裂肺。

原本第一個發現宋任愷自殺的人，是宋任愷學校的老師。

因爲我的插手，這次發現宋任愷自殺的人，卻換成了唐念荷。

這表示我不僅沒能救回宋任愷，還害死了那個無辜的女孩。

強烈的挫敗與罪惡感壓得我透不過氣來，我恍恍惚惚地來到C時空，那時C時空的宋任愷仍然還活著。

陽光燦爛的午後，補習班五樓的教室裡一個人也沒有，對面醫院的那間病房也窗戶緊閉。沒能想到下一步該怎麼做，我茫然地坐在座位上，直到視線不經意瞥向前方的白板，筆槽處立著一個像是書本的東西。

好奇上前查看，原來那是一個書本造型的密碼盒，盒上貼著一張字條，上面寫著：

給茉莉

密碼：妳的生日

我用顫抖的手指調好數字，密碼盒順利開啟，裡面放著一本藍色的筆記簿。

筆記簿裡的內容，是C時空的宋任愷親筆寫給我的一封長信。

他開宗明義告訴我，他就是曾經穿越時空與我相遇的宋任愷，而他也知道我穿越時空來這裡找他。

讀完之後，我出神了很久，才再度看向對面的那間病房。

根據信末所標示的日期，宋任愷應該是在他國三，約莫十五歲的時候寫下這封信的，也就是在他因心臟病而死去的一年前。

這封信讓我釐清了很多事，包括之前爲何被強制遣返回原來的時空，爲何始終見不到另一個時空的余茉莉，以及穿越時空帶來的副作用與危機。

我忍不住想，如果C時空的宋任愷沒有穿越時空遇見我，或者不爲了救我而那樣拚命，是否就能活得更久些？不管答案是什麼，都改變不了我無法拯救任何一個宋任愷的事實，而且C時空的宋任愷也已經鐵了心不見我，要我別再找他。

我沒有依照他的要求，將筆記簿扔掉或撕毀，而是原封不動地放回密碼盒，並將密碼盒放回原處。

下次再穿越，我來到了C時空更久遠以前的過去。

我沒有想過不斷來到C時空要做什麼，只是漫無目的地在這個世界遊蕩。

讀完宋任愷寫給我的筆記簿，我只覺萬念俱灰，心中滿是茫然，我還要再去努力改變什麼嗎？又要從哪裡下手？這麼做又有什麼意義？

我停在路邊，旁邊是一群正要去上學的學生。感覺到身旁有個男學生緩緩往前一步，我的目光不經意地瞟向他，在看清他的臉之後，全身一震。

他是孫一緯，於葳表姊暗戀的那個男孩。

站在陽光裡的他，直直目視前方，眼神裡的淡漠清晰可見。

他踏上斑馬線走向對街，我竟鬼使神差地跟了上去，隨著他步入一所高中，最後進到一間二年級的教室。

意外見到C時空的孫一緯，我忽然迸出一個念頭，該不會同時空的於葳表姊也就讀這所高中吧？我懷著期待的心情繞遍整座校園，卻遍尋不著，強烈的失落與濃厚的悲傷頓時湧上心頭。

我眞的好想再見到她。

中午走在校園裡時，我偶然又瞥見孫一緯的身影，他和一個女生站在走道上交談。

「你眞的不再投稿校刊社了？我和老師都很希望你能用『十』這個筆名持續創作下去。」那個女生語帶關心。

孫一緯神情冷淡，「抱歉，我不打算再寫了。」

眼見他心意已決，女學生惋惜地嘆了口氣，語氣也多了分小心翼翼，「我明白了。你最近很不好受吧？我聽說你父親的事了，你要加油，也請你節哀順變。」

「謝謝妳，學姊。」

兩人各自離開後，我憑藉著方才走過校園的印象，找到校刊社，門剛好沒鎖，我大搖大擺地走進去，從架上抽出幾本校刊翻看，以「十」這個筆名發表的散文和新詩有好幾篇。

原來孫一緯的文筆這麼好。

放學後，我忍不住繼續跟著孫一緯，卻注意到他似乎在尾隨一個短髮女孩。

短髮女孩開門走進一間屋子，門都還沒有關，便朝屋內喚了一聲「媽」，隨即與一名婦人緊緊相擁，兩人痛哭失聲。

孫一緯默默凝望著這一幕，過了好一會兒才面無表情地掉頭離去，他當時的神情，爲我留下相當深刻的印象。

再次過來，已是C時空的一年後，孫一緯升上高三。

在找到他的教室前，我無意間在穿堂遇見了那個短髮女孩。她專注地盯著公布欄，數度抬手揩抹眼角，直至上課鐘響才離開。

我走過去一看，公布欄上貼著一篇孫一緯寫的作文。

多虧了這篇作文，我順利得知孫一緯的班級，一整天都跟在他身後，意外發現他不爲人知的祕密。

那天晚上，孫一緯走進便利商店，趁著無人注意，將一副撲克牌偷偷塞進書包。當時我太過驚訝，不若平時警覺，來不及避開店裡某個朝我撞過來的顧客，對方連忙向我道歉，此時孫一緯迅速瞥了我一眼，隨即匆匆離去。

之所以對孫一緯特別在意，是因爲他讓我想起於葳表姊臨終前那深切的遺憾。而目睹他當眾偷竊，並不小心被人撞上，除了令我再也回不到C時空這天之前的過去，卻也撥開了籠罩在我眼前的迷霧，得以看見另一條嶄新的道路。

我終於知道自己能在這個時空做些什麼。

雖然宋任愷在筆記簿裡警告我別再穿越，但在我找出方法阻止那些因爲我而造成的悲劇之前，我沒辦法安安靜靜回到原來的時空，在愧疚與悔恨中度過往後的日子。

有些事還來得及做，也只有我能做。

我要拯救B時空的唐念荷，也要在C時空替於葳表姊完成她生前沒能實現的願望。

去找B時空的唐念荷前，我特別拜託算命師阿姨，請她借我一支手機，方便我今後和唐念荷聯繫。

我模仿這個時空的余茉莉，紮起馬尾，以「溫柔的茉莉學姊」的姿態，主動接近十六歲的唐念荷。

宋任愷自殺身亡的三個月後，我跟著唐念荷來到河堤邊，並出聲叫住她，她非常震驚，但並未察覺有異。

和她聊著聊著，我們很快情緒潰堤，抱頭大哭。她爲失去宋任愷而哭，我則是爲了害她如此傷心難受而哭。

若要阻止唐念荷的悲劇，接下來那段日子，將最至爲關鍵。我想在她有需要的時候及時伸出援手，但又無法掌控自己穿越過去的時間，於是我把手機留給算命師阿姨，拜託她若是看到唐念荷傳來較爲緊急的訊息，就先幫忙回覆；而我每次穿越至B時空，也會先去找阿姨拿手機。

我時常坐在算命攤打電話給唐念荷，陪她說說話。知道她經常在半夜因噩夢而驚醒，有時我會刻意等到夜深再聯繫她。幸好算命師阿姨住在附近，我只要在通完電話後，將手機扔進她家信箱即可。

一直到念荷的狀況明顯好轉，不需再如此密切關注，我才轉而將手機放在科學教室的講桌抽屜裡，不再麻煩算命攤阿姨。

我引導念荷向我傾吐她與宋任愷的過往，讓她在我面前毫無顧忌地哭泣，由我扛起她所有的苦痛。

經歷過那麼多事，我相信唯有正視傷口，才有出現轉機的可能。

✦

同時，我也決定出現在C時空的孫一緯面前，但不是以余茉莉的身分。

趁著某節體育課，他一個人留在班上自習的機會，我穿上偷來的運動服，走進他的教室，看到的卻是他站在窗前的背影。

他專注地俯視正在一樓中庭拍戲的劇組，而我知道，他注意的其實是圍觀人群中的那個短髮女孩。

我出聲向他搭話，他嚇了好大一跳，飛快轉過身來，驚愕地盯著我。

「妳是誰？」

「楊於葳。」

他不記得自己曾在超商匆匆瞥過我一眼，爲了隱瞞身分並且加深他的印象，我謊稱自己剛從日本轉學回來，而後一點一滴地，將於葳表姊的一切，包括她的個性、說話的語氣、笑起來的樣子，如實呈現在他的眼前。

在我的時空裡，楊於葳和孫一緯只能永遠是陌生人；但是在這個時空，我要他記住「楊於葳」這個名字，還有「楊於葳」這個人，即使僅是透過我的模仿。

要和孫一緯拉近距離並不容易，他的內心彷彿築起了一道高牆，將全世界的人隔絕在外，就算我三不五時故意招惹他，以顧可釩爲理由約他外出，甚至阻止他行竊，使他免於人贓俱獲，他也不曾卸下心防。

直到他見義勇爲制伏搶匪，成爲校園風雲人物，同時家中舊事被翻出，再次招人議論，那時我才看見他脆弱的一面，也終於走進了他的心。

我想藉由幫助他擺脫「聽不見」的心理毛病，好讓「楊於葳」成爲對他別具意義的朋友，而一本被遺落在補習班教室的言情小說給了我靈感。

我建議他試著寫小說，並在一時衝動之下，提供他一個創作素材——B時空的宋任愷和唐念荷的故事。

就在孫一緯開始動筆時，我遇到了C時空的唐念荷。

當時我剛從孫一緯的學校離開不久，碰巧看見那個女孩背著書包，獨自在街上行走。她穿著國中制服，樣貌比我所認識的「唐念荷」來得稚嫩，我猛然意識到，按照宋任愷的筆記簿所寫，唐念荷應該就是那個轉學至他隔壁班的女生，兩人說不定已然相識。

那麼，宋任愷是否已將我們之間的事告訴了這個女孩？

我本來已放棄與宋任愷相見，卻在乍然撞見唐念荷時，又生出想要見到他的渴望。

憑著一股衝動，我叫住了她，「請問，妳認識宋任愷嗎？」

她沒有回答，只是靜靜地看著我。

「我叫余茉莉，是宋任愷的朋友……妳知道他現在人在哪裡嗎？」

「我不知道。」唐念荷神情沒有一絲波動，連聲音也是平平板板的，「我不認識這個人。」

她說完就走，我再三遲疑，仍忍不住跟了上去。

我毫不意外地發現，唐念荷來到補習班對面的那間醫院。

踏進醫院前，她特意回頭張望，像是在確認有沒有人跟蹤她。我悄悄尾隨而入，她的身影卻迅速湮沒在人群之中。

我在大廳找了個空位坐下，不知道下一步該往哪裡去。

如果唐念荷來到這間醫院是爲了探視宋任愷，那就表示她剛才對我說謊了。

然而即使唐念荷對我說謊，而宋任愷就在這間醫院，那又如何？宋任愷並不想再見到我，我又何必出現在他面前，平白令他擔心。在還沒完成想做的事之前，我不可能停止穿越時空。

眼看再過兩個鐘頭，我在C時空便將待滿十二個小時，而且還必須趕在補習班上課前，從教室後方的茶水間離開，於是我只得站起，卻忘了腿上還放著書包，書包應聲掉落在地。坐在我身旁的女子彎腰替我撿起，我向她低聲道謝。

我算是徹底打消了去見C時空的宋任愷的念頭，但不知為何，我卻掛念著C時空的唐念荷。從她身上的制服，找出她就讀的學校後，我偶爾會去看看她。

有一次，我又一路跟著她來到那間醫院，這次我站在大廳目送她搭電梯上樓後，去了趟洗手間。

將手伸到水龍頭下，水聲嘩啦啦作響，此時站在一旁洗手的女子愣然地轉過頭看我，像是直到此刻才察覺我的存在。我對旁人這樣的反應習以為常，正要離開，對方卻叫住我。

她認眞打量我，接著問出一句讓我驚愕不已的話。

「請問，妳是不是穿越者？」

這名女子名叫瞿圓圓，上次就是她在醫院幫我撿起書包。她和宋任愷一樣有心臟方面的疾病，目前正住院治療。

她說上次我離開醫院後，她在我座位的地上撿到一個髮圈，她把髮圈收進病房抽屜，隔天髮圈卻不見了，加上連續兩次她都是聽到我發出的聲音，才察覺到我的存在，種種跡象與她先前遇過的穿越者極為類似，才決定開口相詢。

根據瞿圓圓的描述，那位名叫魏揚的穿越者，很有可能跟我來自同一個時空，他也是從活動中心二樓的休憩室穿越而來。魏揚在瞿圓圓十七歲時出現，在她十九歲時消失，此後三年再無音訊。

能在C時空遇上一個知情的對象，使我在心理上輕鬆不少，我很快和圓圓姊成為好朋友，並答應幫她打聽魏揚的下落。

我首先詢問了活動中心的工作人員，得知有位職員的親戚就叫魏揚，而且他曾經擔任活動中心的短期約聘人員。

那天那位職員正好請假，無法進一步探詢，但我仍迫不及待地告訴圓圓姊這個好消息，暗自期待他們能早日重新聯繫上。

然而最後我得到的卻是魏揚的死訊。

魏揚在四年前就已過世，據說當時他被人發現倒臥在休憩室附近，送醫幾個小時後宣告不治，死因是內臟破裂大失血，院方推斷可能是遭受車禍或外力強烈撞擊所導致，但家屬和同事都想不通，上一秒他人還好好地在上班，不過是走到休憩室稍做休息，怎麼會死得這麼詭異？

我向圓圓姊謊稱，我所打聽到的那個魏揚只是碰巧同名同姓，並非她想找的那個人。

圓圓姊落寞的神情令我無比心痛，但我更不想讓她知道這個殘酷的事實。

從魏揚身上，我彷彿預見了自己未來的下場，我隨時有可能和他一樣在另一個時空發生意外死去，我必須把握時間，做我該做的事，救回我想救的人。

儘管目標明確，但我還是很害怕。我害怕自己做的並不是最正確的事；害怕來不及拯救B時空的念荷，我就先失去了生命；更害怕到最後，我還是救不了她。

我因爲這些無邊無際的恐懼而陷入茫然無助。

然而不可思議的是，只要待在C時空的孫一緯身邊，我所有的不安與忐忑，總能在轉瞬之間煙消雲散。

很多時候，他簡單的一句話，就能輕而易舉抹去籠罩著我的那片陰影，幫助我豁然開朗，不再執著那些摸不著也抓不住的未來。

他讓我得以專注於眼前，把握當下，只看著現在在我眼中的人。

不知不覺間，只要看見孫一緯，我就會感覺到一股莫名的安心。

他個性嚴肅，總是認眞對待他人，重視自己許下的承諾。

看到他寫下的部分小說初稿時，不知道是因爲他生動的文筆讓我再次沉浸在那段悲劇之中，還是因爲他把我說的話放在心上，我無法克制地紅了眼眶。而他爲了治療「聽不見」的毛病所付出的努力，也令我動容。

於葳表姊喜歡的那個孫一緯，是否也跟這個孫一緯一樣？

於葳表姊去世後，我刻意保留了她的一些遺物作爲紀念，當我決定以於葳表姊的身分接近孫一緯後，每次來到這個時空，我都會刻意換上她的衣服。

我今天特地畫了淡妝，這身水藍色的衣服，還是我陪於葳表姊去買的，她本來打算在她約孫一緯出來見面那天穿。

在去找孫一緯之前，我計畫就近先去探望圓圓姊，卻在購買探病的花束時，碰巧在路上遇到他。

當時他流連在我身上的目光，使我心中浮現一抹淡淡的喜悅。

原因不明。

「好久不見。妳今天好美。」圓圓姊笑著欣賞我的裝扮，接過花束，「這是妳買的？」

「對呀，想送點禮物給妳。」我俏皮地對她眨眼，「我偷偷跟在妳哥哥後面過來的，我一買完花，就見他從隔壁的禮品店走出來，手上還提著一盒草莓點心，猜他應該是來醫院看妳，就一起過來了。」

「那他有發現妳嗎？」

「當然沒有，只要我不出聲，他就不會發現。他剛先去上廁所，差不多也該進來了。」

「那妳等一會兒，我哥不會待太久。」

二十分鐘後，圓圓姊的哥哥果然離開了。

我和圓圓姊邊吃草莓點心邊聊天，圓圓姊好奇地問：「妳買花的錢是哪來的？該不會是從妳的時空帶來的吧？」

我老實招供：「我用撿到的錢買的。如果我用帶過來的錢買東西，隔天錢一定會消失，對老闆很過意不去。幸好我在這時空很有偏財運，時常撿到錢。」

圓圓姊笑得樂不可支，接著又說：「對了，於葳，我上星期收到妳的簡訊了！」

「眞的？又成功了？」我又驚又喜。

魏揚的不告而別，讓圓圓姊擔心有一天我也會突然不再出現。於是我留下自己在原本時空與B時空的手機號碼，開玩笑地對圓圓姊說，可以試試對著補習班傳簡訊給我。沒想到她眞的依言照做，而我在B時空的手機竟收到了她傳送的訊息！

經過多次實驗，我們得出一個推論，或許是訊息傳送的當下，雙方的手機都相當接近穿越通道的入口——圓圓姊從距離補習班教室一條街的病房發送訊息，而我離開B時空時，都會將手機留在科學教室的講台抽屜裡，因此訊號得以突破時空的限制。

不過此舉的成功機率並不高，而且變數太大，雙方的手機都必須鄰近時空通道入口，加上三個時空的時間並不同調，即便訊息傳送成功，我也無法在第一時間收到。所以圓圓姊發送給我的那些測試訊息，絕大部分都還是傳到C時空裡與我B時空同門號的手機上，圓圓姊也試過直接撥電話給我，但都失敗了，而在門號的主人因不堪其擾而怒斥圓圓姊後，我們才放棄繼續嘗試。

每次來C時空，我一定會去醫院看圓圓姊。圓圓姊將她哥哥的舊手機借給我，方便我在這個時空與她和孫一緯聯絡，等到我要離開時，再把手機交給她保管；但我刻意將手機設置爲不顯示來電，以免孫一緯回撥，然後因爲我時常不接電話而起疑。

知道我接下來要去學校找孫一緯，圓圓姊調侃我：「妳今天特別打扮，是爲了給他看嗎？」

「是呀，這是我表姊生前爲了孫一緯特別買的衣服，倘若能讓這時空的孫一緯看到，或許多少能彌補她的遺憾。本來想見過妳之後再去學校找他，沒想到途中就碰巧遇見了！」

「哦？那他有稱讚妳好看嗎？」

「當然沒有，他就是那種不坦率的彆扭個性啦。」我埋怨道，卻發現圓圓姊別有深意地笑了下，「爲什麼這樣笑？」

「妳每次提到孫一緯，即使是在抱怨，也都一副很開心的樣子。」

我微微一凜，「我只是在模仿我表姊的反應啦。在這個時空裡，我會盡可能讓自己變成『楊於葳』，讓孫一緯記得這樣的她。所以我才希望圓圓姊妳也這樣稱呼我，別當我是余茉莉，因爲這個名字在這個世界不具意義。」

陽春麵裡的滷蛋，一同撰寫故事的時光，一場沒有勝算的賭注，學習防身術的約定，機車後座的位子……我一點一滴地在孫一緯身邊留下「楊於葳」的足跡。希望「楊於葳」這個名字能深深烙印在他的心上，再也無法忘記。

出乎我意料之外的是，陪伴他走出心病的過程中，我以爲會是自己引導他看見曙光，然而，實際上他給我的力量，遠比我給他的更多。

他對B時空的宋任愷與唐念荷的故事，表現出強烈的關注和執著，我一度不想讓他知道結局，擔心會影響他好不容易振作起來的精神，以及即將到來的學測，但拗不過他的堅持，我不得不將我親手造成的那場悲劇告訴他。

果不其然，他深受打擊，不願接受。

「妳不肯給學妹幸福，那就由我來給！」

路。

孫一緯這句話，使得無數想法在我腦中翻飛，並在電光火石間凝聚成一條新的出路。

當我得知C時空的宋任愷與唐念荷彼此相識，就感覺冥冥之中，三個時空之間似乎有什麼力量相互影響著。

將所有的事來回反覆咀嚼，最後我推斷出一個結論，穿越者就是造成影響的關鍵。如果C時空的宋任愷，當初沒有穿越到A時空，遇見九歲的我；如果我沒有穿越到B時空，改變唐念荷的命運……如果我和C時空的宋任愷沒有偏離原先的軌道，三個時空底下的余茉莉、宋任愷、唐念荷等人的命運，是否還會糾纏在一起？我不知道這些問題的答案，但我想要試著努力，至少為我掛念的孫一緯和唐念荷，創造多一點連結。

孫一緯脫口而出的那句話，無疑讓我看見一絲不一樣的希望，如果我改變不了之前的悲劇，那麼是否能為故事製造另一種結局？

我開始蓄意接近C時空的唐念荷。

我偷偷在放學後跟著她，發現她經常獨自來到一間位於市區的圖書館，尤其喜歡待在五樓的圖書室靜靜看書。

有一天，我主動上前向她打招呼。她表情略顯僵硬，似乎還記得我。

「沒想到會再見到妳。」我笑了笑，指著她旁邊的位子，「我可以坐在這裡嗎？」

女孩過了幾秒才點頭。

她看似無動於衷，但久久未曾翻動的書頁，還是洩露了她此刻的心神不寧。

窗外投射進來的陽光照亮她手上的書本，也照亮她的手，我不經意瞥見她左手腕上有一條淡淡的疤痕。

我注視著那道疤片刻，打破沉默：「上次突然在路上叫住妳，應該嚇到妳了吧？爲了表示歉意，我跟妳分享一個祕密好嗎？」

她那雙平靜無波的眼眸轉而看向我。

我自顧自地說：「在我九歲那年，認識了一個神祕的哥哥。他教我把不開心的事寫在紙條上，然後把紙條藏在某處，他會幫我將那些灰暗的情緒帶到遙遠的彼方，神奇的是，每當紙條被他取走，我的煩惱也眞的跟著不見了。」

她專注地聆聽，仍舊不發一語。

我從背包拿出特別準備的粉紅色信封，放在桌上。

「儘管後來那個哥哥離開了，但說也奇怪，只要我把煩惱寫在紙上，放進信封，再藏在一個對我別具意義的地方，就會有人回信給我。我想把這個信封送給妳，作爲我們兩次相遇的禮物，有機會的話不妨試試，但請務必不要讓別人知道，否則可能會失靈喔。」

女孩從頭到尾都不曾回應我，目光卻停在那個信封上不動。

宋任愷在筆記簿裡提到，她和我一樣，不輕易對誰敞開心扉。

倘若宋任愷已對她說起穿越時空的經歷，她必定猜得到我就是余茉莉，說不定會相信我這番半眞半假的說詞。

而她不僅頻繁造訪這間圖書館，且她和宋任愷也是在這裡認識的，這間圖書館應該算得上對她別具意義，如果她嘗試寫了信，也許會藏在這裡的某個角落。

當我終於在五樓圖書室最後一排書架的最底層，找到那個粉紅色信封時，我高興得不得了，卻忽然覺得鼻子癢癢的，伸手一抹，指尖染上血跡。

我愣愣地看著手指上刺目的顏色，半晌才反應過來清理。

我把這封信藏在補習班茶水間的櫃子裡，準備下次再過來就要展開行動。

要如何知道自己現在做的事是對的？

這是女孩寫在信上的唯一一句話。

我死皮賴臉地要求孫一緯回信給這個「圖書館女孩」。

他說，我們只能做現階段認爲最正確的事。

孫一緯彷彿同時回答了我的疑惑，我感覺自己被打了一劑強心針。

我相信自己的決定是正確的——我要讓孫一緯與唐念荷相遇。

如果從這一刻起，我讓處於C時空的孫一緯和唐念荷，命運有了交集，那麼在B時空的他們，也有很大的機會相遇。

我希望孫一緯能爲唐念荷帶來幸福，因爲他曾這麼親口說過，我相信他說到做到。

因為他是孫一緯。

所以我願意為此下注，相信B時空的孫一緯，也能在有一天帶給B時空的唐念荷幸福。

這是我最後的賭注。

將孫一緯的回信放進信封，我腦中浮現於葳表姊的臉，突然間淚流滿面。

我默默對她說聲對不起，同時似乎有股莫名的悲傷輕輕撕扯著我的心，然而當時我不清楚那代表了什麼，只是沒來由地覺得心痛。

「要是不看妳的臉，我還真有種在跟不同人說話的錯覺，感覺很怪。」

孫一緯曾經看著我的眼睛對我這麼說。

那時在微微失速的心跳之中，我也感覺到同樣的心痛。

他的敏銳，到後來常常讓我以為自己隨時會穿幫。

有一次我發燒，他不但要求來我家照顧我，還逼我去醫院看診，我雖然感動，卻也心慌不已，若不是圓圓姊及時出面，孫一緯很可能會發現我並不屬於這個時空。

我以自己將要遷居日本為理由，要他答應和圖書館女孩通信。想起今後將有一段時間無法出現在他面前，我特別珍惜那段和他一起學習防身術的時光。

孫一緯上大學後，我依然不定期前往那間位於市區的圖書館查看，確認他和唐念荷是否仍持續通信，眼看一切按照我所計畫的方向發展，我感到由衷的喜悅與安心。

同樣在那一年，補習班五樓教室不再對外開放，而宋任愷留給我的密碼盒也出現在教室裡的白板槽上。

這一次，我將那本藍色筆記簿帶走，藏匿在茶水間的櫥櫃深處。

儘管暫時無法在C時空的孫一緯面前現身，我仍暗中關注他的生活。

有個男人來找過他幾次，後來我才知道那是翁可釩的父親。我很高興見到孫一緯和那個名叫蔣智安的男生成爲朋友，個性不再像高中時那般陰沉。

「怎麼看起來好像不太開心？」圓圓姊好奇地問。

我站在病房窗前，雙手扠腰，憤憤道：「今天蔣智安找孫一緯去聯誼，兩人聊到我，蔣智安稱讚我是美女，孫一緯居然一副很不能認同的樣子！」

圓圓姊噗哧一笑，「那妳怎麼不衝過去罵他一頓？這樣好了，要不要我借妳手機，讓妳錄一段話罵他？」

明知圓圓姊是在開玩笑，我卻因爲氣不過，還眞的接過手機，開啟錄音功能，大喊：「孫、一、緯！我明明就是個大美女！你不准隨隨便便去聯誼，知不知道！」

我的舉動逗得圓圓姊又笑了一陣，「妳其實不希望一緯去聯誼吧？」

「那當然！他還在和圖書館女孩通信，怎麼可以去認識別的女生？如果是這樣的話，當初我根本用不著離開他嘛！」我回得理直氣壯。

圓圓姊眼神多了分深意，「這是『楊於葳』的想法，還是『余茉莉』的想法？」

我微愣，忽然有些答不上話，「當、當然是『楊於葳』。雖然我爲了讓孫一緯和圖書館女孩可以順利發展，選擇暫時離開他的生活。可是站在『楊於葳』的立場，應該還是不希望他和其他女生在一起吧？」

她失笑，「但妳也不必完全不跟他聯絡，妳已經『去日本』一年了，就算妳『從日本回來』看看他也不奇怪。有一次他向我問起妳，我騙他我曾經接到妳打來的電話，也收過妳寄來的明信片，當時我心裡很過意不去。」

「他說不定只是隨口問問，不一定代表他想我呀。」我嘴硬。

「可是難道妳都不想跟他說說話？」見我又語塞，圓圓姊溫柔地說：「妳還是能在他身邊看著他，所以無所謂，但一緯不一樣，妳一直不跟他聯絡，萬一他與妳生疏了怎麼辦？妳不希望變成這樣吧？」

我被她問得說不出話來，遲疑了一會兒才答道：「應該不至於啦，等時機一到，我自然會去找他，現在我更在乎他和念荷之間是否能順利發展。」

「好吧。」圓圓姊體貼地不再多問，換了個話題，「那另一個時空的唐念荷怎麼樣了呢？她遇到孫一緯了嗎？」

我抿抿唇，「還沒有，但是她遇到『另一個宋任愷』了。」

在B時空的宋任愷自殺後的那兩年間，我謹慎地站在一定的距離之外，默默守護唐念荷，看著她平安順利地從高中畢業，進入大學。

她高中畢業那天，我才從她口中得知，當年宋任愷曾對她說，即使去到不同的時空，他仍然只會喜歡「余茉莉」。

我非常心痛，更無法想像這對她而言，是何等的殘酷。

爲了扭轉我所造成的悲劇，我一直等待能讓唐念荷幸福的人早日出現，也期盼那個人就是同個時空的孫一緯。

我始終相信唐念荷有一天會遇見他，並且喜歡上他，所以我告訴她，若再遇上讓她心動的對象，不要輕易放手。

然而還未等到我盼望的那個人，唐念荷身邊已經出現了另一個人。

那個和宋任愷同名同姓的學長。

第一次在念荷學校門口看見對方帶她離開時，我一陣錯愕。

從此之後，念荷對我有了祕密。過去會與我分享所有大小事的她，唯獨對這位宋學長避而不談，刻意不讓我知道他的存在。

但我能理解她這麼做的理由，站在她的立場，她很難向我坦承自己與另一個宋任愷往來密切。我原來打算等她主動告訴我，沒想到她卻始終絕口不提。

我有些擔心她，便約了她見面，不料她卻拿出一枝貼有姓名貼紙的筆。

因爲那枝筆，她才會和宋任愷有了更多交集，也是促使她走向悲劇的開端。

念荷一直以爲，是這枝筆牽起了她和宋任愷的緣分，現在卻發現宋任愷很有可能是騙她的，令她深受打擊。

我極度愧疚，即便我再努力，我所造成的錯誤，至今仍影響著念荷的人生。我緊緊抱住她，用生命向她擔保宋任愷絕對不會蓄意傷害她，希望能維持宋任愷在她心裡的美好形象，況且當時宋任愷並沒有說謊，那枝筆確實不是他的。

念荷之所以會察覺到那枝筆不對勁，應該與那位宋學長有關，這表示他們仍持續見面，或者至少仍持續聯絡。

我試探地問她是不是有了在意的人，她微微紅起的臉，證實了我的猜測。

她可能喜歡上那位宋學長了。

過了不久，他們開始交往。

我時常看見那位宋學長騎機車去學校載她，也看見他們牽手、擁抱或親吻。

儘管曾耳聞那位宋學長的風評不佳，可是既然念荷在他身邊笑得如此甜蜜幸福，我也不再堅持等待孫一緯的出現。

只要能讓她這樣笑，即使那人不是孫一緯，也沒關係。

只要能為她帶來幸福，對方是誰都無所謂。

追根究柢，念荷會與那位宋學長交往，也與我犯下的錯誤脫不了關係。若不是因為「宋任愷」，若不是因為那枝筆，念荷或許不會那麼在意那位宋學長，進而漸漸被他吸引。

我不知道那位宋學長是否真心對待念荷，也不知道念荷未來是否會因此受傷，我改變不了他們的相遇，只能一直守護著她，在她傷心欲絕時，做她的依靠。

我無法為她阻擋任何傷害，唯一能做的，就是一次又一次讓她知道，無論她因為「宋任愷」摔落多少次，我都會接住她。

直到最後一刻。

✦

C時空某一天的下午三點，站在補習班門口心急如焚的圓圓姊，一聽見我叫她，馬上衝過來緊緊拉著我的手。

「好久不見，我消失了那麼久，一定把妳嚇壞了。對不起。」我充滿歉疚。

圓圓姊眼眶微紅，「妳這一年半以來音訊全無，我擔心死了。」

「我沒事，我沒想到這次穿越的時間幅度這麼大，又被補習班的打掃阿姨發現，無法再回到過去。下次我一定會注意。」我拍拍她的手，心中充滿懊悔與歉疚。

穿越到C時空的這天，我一踏上補習班教室的地板，突然感到一陣強烈的暈眩，整個人往後仰倒在地，發出巨大的聲響。

一個打掃的阿姨循聲找來，見我臉色慘白，還流著鼻血，差點就要叫救護車。我連忙安撫對方，並詢問這天的日期，得到答案之後大為震驚，沒想到自己竟會來到一年半之後，而我也因為被人撞見，無法再回到過去了。

我向打掃阿姨借手機打電話給圓圓姊，已經出院的她，親自到補習班找我，爲了不讓她擔心，我沒有告訴她造成這次失誤的眞正理由，只含混帶過去。

「孫一緯還有跟妳聯絡吧？」我迫不及待關心孫一緯的近況。

「當然，不過自從我兩個月前出院後，他也忙於打工，就比較少見面了。他以爲我仍然和妳保持聯繫。」她深深地看著我，「妳想和他見面嗎？」

我輕咬下唇，「他現在已經大三了吧？這三年來我完全沒跟他聯絡，他會不會已經忘了我？」

「當然不會，放心，我會幫妳跟他說說好話的。今天是週六，他應該正在打工，妳晚一點直接去他的住處找他，就說地址是我告訴妳的。」她話音一頓，「於葳，等妳跟一緯見過面後，再來找我好嗎？我有重要的事想跟妳說。」

我沒多想便答應了，在前往孫一緯的住處途中，卻先在公車站牌下瞥見他的身影。

「楊於葳？」他一見到是我，滿臉不敢置信。

我心情激盪之下，忍不住伸手抱住他。他個子變得更高了，肩膀也變得更寬闊，完全是個成熟的男人了。

我心跳如鼓，孫一緯卻面色尷尬地將我輕輕推開。

對我而言，上次見他，不過是昨天的事，但對孫一緯來說，時間已過去三年。我沒有察覺他的冷漠，仍以過往的態度和他相處，還爲他的心不在焉埋怨了幾句。

我自顧自地關心他與圖書館女孩的進展，絲毫沒注意到他的表情愈來愈僵硬，直到他冷著聲音坦言，他和圖書館女孩早在去年七月一日就斷了聯繫。

令我震驚的不僅於此，還有時間在我們之間畫下的鴻溝。

「既然我們都不再像過去那樣在意對方，也不太可能再見面，那就乾脆好聚好散，今後妳自己保重。」

我期待已久的見面竟不歡而散，孫一緯這幾句話更形同與我絕交。

我恍恍惚惚地來到唐念荷的住處，卻得知她已在去年暑假搬離，不知去向。

我很快領悟到她會和孫一緯斷了聯繫，可能與宋任愷有關，因爲這個時空的宋任愷，就是在去年七月一日病逝的。

這時，我想起和圓圓姊的約定，便過去找她。大概是見我神情有異，她問我是不是發生了什麼事？我苦笑著據實以告，眼淚跟著一滴滴掉下來。

比起孫一緯和念荷斷了聯繫，孫一緯表明不想再見到我這一點，對我打擊更大。

在圓圓姊的安慰下，我逐漸平復心情，才問起圓圓姊找我的原因。

「於葳，請妳告訴我，頻繁穿越時空，是否會對妳的身體造成傷害？」她神色凝重。

我嚇了一跳，直覺反問她怎麼會這樣認爲。

圓圓姊說，一年半前她從孫一緯口中得知，我出現了與魏揚相似的徵狀，像是睡著後很難叫醒，經常發燒，身上有多處不明的瘀青。

她本來想問我是怎麼回事，沒想到我毫無預兆地消失了一年半，讓她更加惶惑不安。她甚至懷疑魏揚已經不在人世。

面對她幾乎洞穿一切的推論，我矢口否認，她卻說：「那妳現在能不能脫下衣服，讓我看看妳的身體？」

我無言以對，最後只能倉皇地逃離圓圓姊。

我放在B時空科學教室裡的手機，有一天收到來自C時空的孫一緯所傳來的簡訊。我猜圓圓姊逼問我不成，或許對孫一緯透露了什麼，只是當我看到他在訊息中表示原諒我了，我實在很難不去找他。

我再次來到C時空，直接前往孫一緯的住處，卻發現他與翁可釩同居。看到他們一同出現在屋裡，我心中的震驚無法言喻，彷彿胸口被重重搥了一拳，難受得無法呼吸。

孫一緯的身邊，已經出現了更重要的人了嗎？

勉強收拾起複雜的情緒，與孫一緯交談過後，才發現他似乎仍對我的祕密一無所知，我鬆了一口氣。

我明白這是圓圓姊給我的最後警告。

她早已察覺孫一緯對我的意義不同，也知道我不想讓他知道真相，於是用這種方式逼迫我給她答案。

我沒有別的選擇，若不想讓孫一緯攪和進來，只能對圓圓姊坦誠以告。

我將宋任愷的那本藍色筆記簿交給她，裡面有她想知道的一切。讀完後，圓圓姊淚流滿面，她已找到她要的答案，魏揚之所以消聲匿跡，是因爲他早已遭遇不測。

她要求我立刻停止穿越時空。

「圓圓姊，再給我一點時間。」我顫抖著聲音說：「只要再一點時間就好，拜託妳不要告訴孫一緯。」

「茉莉，我做不到，我不能眼睜睜看著妳身陷險境，如果只有一緯能阻止妳，無論如何我都會讓他知道眞相。」

我心急落淚，「圓圓姊，拜託妳，只要讓我再待在他身邊一段時間就好，時機一到，我會親自向他道別。在那之前，求求妳什麼都別說。」

我隱約感覺得到，我的體力漸漸變得衰弱，所以我萬分珍惜與孫一緯共度的每分每秒，並且在翁可釩的父親過世時，用擁抱接住他悔恨的眼淚。

我分不清楚自己做出這些，究竟是爲了完成於葳表姊未竟的心願，還是出自內心深處的渴望。

除了孫一緯，唐念荷是我目前最在乎的人。

C時空的唐念荷，中斷了與孫一緯的通信；B時空的唐念荷，爲那位宋學長傷透了心。

不管是哪個時空的唐念荷，都沒能得到幸福。

那天我跟在B時空的唐念荷身後，見她失魂落魄地行走在街上，差點發生意外，我忍不住再次上前，爲她承接所有的悲傷與痛苦。

我一次又一次穿梭時空，只爲陪伴她度過這段煎熬的日子，直到她漸漸走出情傷，重拾笑容

那天唐念荷邀我去溫泉旅館住一晚，我不忍讓她失望，即使困難重重，仍趕在住宿券的最後使用期限內赴約。與她躺在同一張床上聊天，令我回想起與葳表姊共度的親密時光。

我不會忘記這一天。

爲了能與念荷一起出遊，我在短時間內連續穿越時空無數次，體力早已不堪負荷，躺在旅館鬆軟的床上不久，很快陷入昏睡。等到再次睜開眼睛，距離被強制遣返僅剩一小時，於是我匆匆留下字條後離開。

我只來得及趕到市區，將手機投入算命師阿姨家的信箱，隨即眼前一黑，身子也疼得像是被狠狠撕裂成兩半。待我恢復意識，人已經躺在醫院的病床上。

我被活動中心的工作人員發現昏厥在休憩室裡。

那是我第二次被強制遣返。

之後沒多久，我竟收到了念荷所傳來的訊息。

茉莉學姊，妳是茉莉學姊嗎？

她發現我不是B時空的余茉莉了。

彷彿命運安排好似的，當我約她在我們「第一次相遇」的河堤邊見面，時間已悄悄走過了那一天。

那一天，她原本將會死去。

命運終於改變。

坐在夕陽下，我向她娓娓道來一切，直至夜幕垂降。

她呆呆地看著我，眸裡有淚光閃動。

「念荷，妳曾經告訴我，能遇見我是最幸福的事。但如果不是我，妳不會經歷這麼多的殘酷。」我啞著聲音說。

她抿緊唇，眼淚一滴滴滑落，「所以茉莉學姊妳身上的傷，都是因爲我？」

「當然不是。」我爲她抹去眼淚，「我說過，這是我欠妳的，若是我傷害了妳，我會在妳摔得粉身碎骨之前就先接住妳，替妳承擔一切。倘若妳終究還是死了，我也不可能活下去。」

我輕輕一笑，「讀完宋任愷的筆記簿後，灰心喪志之下，我曾穿越到他十三歲的時候。如果當時我能找到他，阻止他在一年後穿越，很多事也許就不會發生了。可是要是宋任愷沒有穿越，又怎麼會有我後來的穿越呢？我們的命運是互相交錯影響的。而且因為穿越時空，才讓我認識了孫一緯……只要想到這裡，我就不會再責怪那時沒能阻止一切發生的自己。」

念荷眨了眨含淚的眼睛，「孫一緯……是那個人吧？那天我跟著妳去到那間科學教室，意外接到他打來的電話。妳很在意他？妳希望我和他相遇？」

「是呀，不過事情沒有我想得那麼簡單，C時空的孫一緯和唐念荷最終斷了聯繫，而我也一直沒看到這個時空的孫一緯出現在妳身邊。」我自嘲一笑。

「……其實我和C時空的孫一緯通電話時，嚇了好大一跳，總覺得他的聲音很像一個我認識的人。」她低頭翻找背包，「我剛好帶著他的照片。」

我一看清楚那張照片，好一會兒沒移開目光。

「……這個人現在幾歲？」我問她。

「這是他國中時的照片，他今年二十七歲，是我爸爸香港分公司的同事，被調派過來台灣一年，偶爾會到我家作客。」

「妳知道他的名字嗎？」我的聲音帶著一絲若有似無的顫抖。

她搖頭，「我只知道他的英文名字是Darren Gu，不過我都叫他咕咕雞先生。」

「那這張照片裡的另一個男人，和他是什麼關係？」

「那是他的繼父，他們感情很好。」

我沉默片刻，才定定地望著念荷，「他是個什麼樣的人？對妳好嗎？」

「他……平時挺愛跟我鬧著玩，不過在我為了宋學長而傷心的時候，他和妳一樣經常關心我、安慰我，是個溫柔體貼的好人。」她的神情有些靦腆。

我笑了起來，笑得眼角泛出了淚水。

「念荷，我想拜託妳一件事，這張照片，能不能給我？」

她一愣，「咦？可是這是……」

「拜託。」

也許是因爲我的眼淚讓她無法拒絕，她緩緩點頭。

「謝謝妳。」小心翼翼地接過照片，我看了她一眼，「對了，今天請妳帶過來的東西，妳帶了嗎？」

「嗯。」她將一個藍色的絨布盒遞給我。

「我曾經請妳替我保管這條項鍊，我說過，到了最後，我會向妳要回來。」我莞爾，「現在就是我說的『最後』了。」

念荷一愣。

我話鋒一轉，「念荷，妳知道那棟有著時空通道入口的廢棄校舍，一直都存在著鬧鬼的傳說吧？大家都說那裡磁場有問題，容易發生意外。妳覺得爲什麼會有這樣的傳聞？」

「因爲……出過人命？」她微微皺起眉毛。

我先是點頭，隨即又搖搖頭，「我認爲是有人爲了阻止其他人接近那棟校舍，才刻意編造出鬧鬼的傳聞，說不定始作俑者就是某個穿越者。」

她一臉迷茫。

「我發現自己和C時空的宋任愷有個共通點，我們都是在想要放棄生命的情況下，突然經歷穿越。他因爲久病而厭世，我則是因爲接連失去重要的至親好友，而沒了活下去的意念。我相信有過穿越時空經驗的人，不會只有我、宋任愷和魏揚，必然還有其他人，而他們想必也知道穿越時空所帶來的副作用可能足以致命，所以才會編造各種荒謬的傳聞，防止別人接近時空通道的入口。不過儘管鬧鬼的傳聞是虛構的，但那裡可能眞的出過人命，死去的也許就是像魏揚那樣的穿越者。」

我這一連串的推論讓念荷聽得呆瞪口呆。

「這棟校舍即將重新整修，也許時空通道的入口會就此消失，然而C時空的那間補習班教室卻將重新對外開放，非常有可能將再有其他穿越者出現。我不希望這種情況發生，更不想再看到無辜的人，因爲穿越者的一個決定而喪生，像是在我的時空裡，爲了救我而身亡的宋任愷，以及間接被我害得走上絕路的妳。我想每個穿越者最後都會有和我同樣的想法吧，所以在讓妳知道眞相的這一天，我決定結束這種悲劇的循環。」

「妳要……怎麼做？」念荷臉色發白，目光緊盯著我。

我沒有回答，只是打開絨布盒，取出裡面的珍珠項鍊。

「這是宋任愷的媽媽，打算送給余茉莉的結婚禮物，既然這個時空的余茉莉無緣戴上，那就由另一個時空的余茉莉，來彌補這個遺憾吧。」戴上項鍊後，我開玩笑地問她：「好看嗎？是否變得像是個美麗的公主？不過我現在這副狼狽憔悴的模樣，恐怕遠遠比不上這個時空的余茉莉吧？」

原本已經止住淚水的念荷，在看見我戴上珍珠項鍊後，再度潸然淚下。

她說不出話來，只是用力地搖頭。

我擦去她的淚，慢慢靠過去，與她額頭相抵，「念荷，謝謝妳活下來了，還有對不起，讓妳承受了這麼多痛苦。雖然我沒辦法繼續留在妳身邊，可是『余茉莉』不會消失，她依然在這個時空好好地活著。我希望妳們都能幸福，所有的悲傷與遺憾，由我帶走就好。」

念荷死死抓住我，哽咽地問：「我再也見不到妳了？」

我看著她輕輕一笑，「我答應妳，等我找到關閉時空通道的方法，會再來見妳。在那之前，妳要照顧好自己，等我去找妳，好嗎？」

念荷堅持不肯鬆開抓著我的手，直到夜已漸深，我們來到高中校門口，我不讓她再繼續跟著我。

「念荷，麻煩妳幫我把手機還給算命師阿姨。校舍改建在即，如果把手機放在科學教室，隨時有可能會被建築工人發現，只好拜託妳了。」我張開雙臂緊緊抱住她，柔聲道：「說好嘍，在我下次來找妳之前，妳都要平平安安的，絕對不要再接近那棟校舍，知道嗎？」

她點點頭，雙眼蓄滿淚水。

與念荷就此別過，我回到了原來的時空。

同一天，我也去了一趟C時空，然後便停止穿越了。

我回到過去的生活。

沒有宋任愷，沒有於葳表姊，沒有爺爺，只剩下我一個人。

而我始終沒有置身在這個時空的眞實感。

來回穿梭在三個時空的這段期間，明明不過歷時半年，卻讓我覺得像是過了一輩子。

恍然如夢的一輩子。

「妳爲什麼不開燈？」

一個月後，我在週末的凌晨三點，破壞了活動中心的窗戶，偷溜進來。

打開二樓走廊的燈，我靠著走廊的光線走進幽暗的休憩室。

我從口袋拿出一個火柴盒，將一根點燃的火柴扔進裝著紙屑的垃圾桶裡，沒過多久，垃圾桶開始冒煙。

火勢漸漸蔓延至垃圾桶旁的窗簾，以及書架上的成排書籍，我走出休憩室，從梯子爬上頂樓。

由於夜深人靜，等到活動中心陷入一片火海，才有附近住戶發現失火，並且報警。

在頂樓俯瞰樓下不斷竄出的火光與濃煙，以及愈來愈多圍聚過來的人群，一陣強烈的暈眩再次向我襲來，同時嘴唇嘗到一絲血腥味，伸手一摸，鼻血不知何時又流下來了。

火光映亮了夜空，彷彿全世界的光都聚集在這裡。

燈亮了。

消防車開始灑水灌救，樓下圍觀的群眾也發現我的身影。

有人朝我的方向指過來，口中像是在大喊著什麼。

看著那個模糊的人影，我的耳邊竟也響起一道熟悉的嗓音。

「余茉莉！」

有人在叫我的名字。

我沒能聽出那是誰的聲音，卻隱約覺得有人在對我微笑。

恍惚之中，我忍不住向前邁步，雙腳倏地踩空，接著眼前的世界劇烈晃動，一切轉瞬爲風。

下一秒，我感覺自己的身體變得好輕，好輕。

彷彿整個人正在向下墜落。

第十八章　唐念荷

「也許我們認識的宋任愷眞的是不同人。」

這是茉莉學姊曾對我說過的話。

她離開以後，我回想與她有關的每段過往，發現她其實早已透露不少訊息。

「如果每個人的存在都有其意義，那麼我來到這世上的意義，就是爲了遇見他，然後去找他。」

「假如眞的有另一個時空，那麼我的心願就是，看見他在某個沒有我的時空裡，幸福地活下去。」

我將茉莉學姊的那支手機，交還給算命師阿姨。

她知道茉莉學姊的祕密，也知道她前來這個時空的目的，所以當她確認我就是學姊一直以來想要拯救的對象時，才會警告我學姊正身處險境。

我告訴她，茉莉學姊答應會再來見我，她只淡淡地問：「妳知道她來到這裡一次，就等於是傷害自己一次，隨時可能喪命，這樣妳還希望她再來找妳？」

我眼睛一熱，她戳中了我心中的矛盾。

「妳要做好心理準備，假如她沒辦法再回來見妳，妳也要永遠記住她對妳的這份心，過好自己的人生，這是她最大的願望。」算命師阿姨一雙細長的鳳眼浮上淺淡的溫柔，「妳能安然無恙地坐在我面前，就表示她這幾年的努力沒有白費，我很替她高興，也爲妳感到欣慰。」

「這幾年……您也一直默默關心著我，對嗎？」我熱淚盈眶，「謝謝您。」

「我沒做什麼，不過就是借她一支手機，方便她跟妳聯繫罷了。我平常一個人生活，茉莉偶爾過來陪我說說話，讓我覺得像是多了個女兒。而且她的神出鬼沒，有時還能幫忙嚇唬發酒瘋的路人，只要她趕走一個，我就給她一小筆費用，也算是種打工。」

聽算命師阿姨用詼諧的口吻訴說她和茉莉學姊相處的點點滴滴，氣氛一下子不再那麼沉重悲傷，我不禁微微勾起唇角。

「今後我也會像茉莉學姊一樣，常常來找您說說話的。」我由衷許下這個承諾。

阿姨莞爾，「妳只要繼續平安健康地活下去就好了。」

儘管明白茉莉學姊不該再來到這個時空，但她曾允諾還會再來找我，所以我仍忍不住期盼她有朝一日會出現。

兩個星期後的週末，我和爸爸媽媽去爬山，還有另一個人也與我們同行。

「我跟妳爸爸聊天時提起，我曾邀妳去爬山，他馬上就說那找一天大家一起去。」

咕咕雞先生走在登山步道上，側頭對我笑了笑，「今天天氣不錯，海景應該會非常漂亮。」

十幾分鐘過後，一行人在涼亭做短暫休息，往外望去，遠處山脈綿延不見盡頭，山下大海波光粼粼。

趁爸媽去到一旁拍照，我艱難地低聲對咕咕雞先生說：「那個……之前你借給我的照片，就是你和你繼父的那張合照，我不小心弄丟了，對不起。」

無法告訴他實情，我只能編造出這個理由。

咕咕雞先生沒有動怒，反倒微微挑眉，「妳就是因爲這件事，今天才這麼心神不寧？不要緊，我有備份，妳不用在意。難得一起出來玩，別爲這種小事煩憂，開心點！」

說完，他摸摸我的頭。

稍微安下心後，我望向遙遠的天際，輕聲問：「咕咕雞先生，你相信有另一個平行時空，而在那個時空裡也存在著另一個你嗎？」

他眨了一下眼睛，不假思索道：「相信啊。」

「眞的？」

「嗯，不是有所謂的『既視感』嗎？明明是第一次來到這個地方，卻覺得以前好像來過；或者明明是初次見面，卻感覺與對方相識已久，也許那其實是源自另一個時空的我們的記憶。若不談科學理論，我不排斥想得浪漫一些。」他唇角輕揚。

我陷入一陣恍惚，想起宋任愷對我說過的話。

「可是每次和妳說話，不知爲何，總會覺得彷彿與妳相識已久，這是我第一次對一個朋友有這樣的感覺。」

無法言喻的酸楚漸漸湧上鼻尖。

咕咕雞先生接著又道：「我對妳也有這種感覺喔。」

「咦？」

「第一次在機場見到妳本人的時候，我總覺得似乎曾在別處見過妳，這種感覺挺不可思議的，說不定我們眞的在另一個時空見過面。」

聽他態度自然地說出這種帶有曖昧意味的話語，我既害羞又尷尬，突然不敢再與他對視。

「你別開這種玩笑啦！」

「我沒開玩笑啊。妳看起來有精神多了，繼續保持。」他又揉了下我的頭頂。

下山後，媽媽去便利商店買完東西出來，吩咐我拿一瓶運動飲料去給站在不遠處、正在和別人視訊的咕咕雞先生。

我不好打擾，只是拿著兩瓶飲料立在一旁，他注意到我，主動伸出另一隻手要接飲料，於是鏡頭不巧帶到我，我也瞥見螢幕裡是一張女人的面孔。

「我看到年輕的女孩子了，被我抓到嘍，還說是跟朋友爬山！」那女人大叫。

「真的是朋友啊。」他無奈一笑，「好啦，圓姊，先這樣，回去我再打給妳。」

待咕咕雞先生結束通話，我好奇地問：「是女朋友嗎？」

他目光轉來，「當然不是，她是我在香港念書的學姊。」

聽完他的回答，我心中湧出一股奇怪的感覺。

像是有點鬆了口氣似的。

兩個月後，茉莉學姊依舊沒有任何消息。

直到某天晚上，我接到艾亭的電話，她告訴我一個驚人的消息，高中那棟廢棄校舍失火了。

隔天一大早，我馬上衝去學校，但警方已嚴密封鎖現場，禁止閒雜人等進入。

所幸起火時間是晚上，無人傷亡，那棟校舍淪為焦黑的廢墟，尤其二、三樓以上幾乎全數燒毀。起火原因眾說紛紜，雖然警方研判可能是二樓教室電線走火所致，但在翻修前發生這種災難，還是讓這棟廢棄校舍的靈異傳聞更加甚囂塵上，詛咒之說時有耳聞。

我幾乎認定這場火災是茉莉學姊引發的。

她承諾將會找到關閉時空通道的方法，並會再來見我一次。

然而，在那之前，連結著我和她的時空通道，卻已永遠消失。

「在那之前，妳要好好地等我去找妳，好嗎？」

十二月的某個週末，爸爸開車前往桃園機場，我陪他去接一位客戶。

坐在入境大廳等待時，我無意間抬頭，一道窈窕的身影倏地攫住我的目光，令我呼吸一滯。

她短髮俏麗，妝容淡雅，我一眼就認出了她。

茉莉學姊。

拖著行李箱的她，旁邊跟著兩個感覺像是來接機的親人。

我萬萬沒想到會再見到那個與我同在一個時空的茉莉學姊。

她從倫敦回來了？是回來定居還是探親？她會去宋任愷的故居看看嗎？

遙望那張我朝思暮想的面孔，我全身顫抖，心跳如雷。

眼看她走進電梯，我情不自禁跟了上去，爸爸卻在這時大聲叫住我，使得茉莉學姊不經意地往我這兒望來，但不過一秒，她自然而然地轉開視線。

我發不出聲音，只依依不捨地仰望逐漸升高的電梯。

此時茉莉學姊的身影，忽然緊貼在電梯側邊的透明玻璃前，並且睜大眼睛往下看。

雖然只有短短一剎那，我還是看見了。

我不知道她是否認出了我，但我仍激動地落下淚來。

即使我和她不會再有更多的交集，然而能這樣見她一面，對我來說便已足夠。

我想和這個時空的茉莉學姊一同好好活著。

「好久不見。」

宋學長傳了這四個字給我。

今天下課，我和同學去逛街，恰巧瞥見他站在對街，我們沒有打招呼，不過當天晚上他就捎來了訊息。

一連幾個月都被茉莉學姊占據了所有的心思，我鮮少再想起他，那樣深切的悲傷似乎也已在不知不覺間悄然淡去。

片刻過後，我也回傳了句：「好久不見。」

「嗯。」

假如當年茉莉學姊並未刻意牽起我和宋任愷的緣分，我是不是就不會注意到宋學長？更別說喜歡上他？

這個問題，過去連我自己都抱持存疑，如今我卻覺得答案是否定的。如果當年我先遇到的是三年級的宋任愷，也許我也一樣會喜歡上他。

我喜歡上的，是這兩個人，而不是「宋任愷」這個名字。

「無論你相不相信。我對你的感情，一直都問心無愧。」

宋學長已讀了將近一分鐘才回覆。

「嗯。」然後他又傳來，「要不要見面？」

我握著手機半晌，抿了抿唇，「不了，就這樣吧。你要好好保重。」

這次過了很久，他才送來最後一則訊息。

「嗯。」

將宋學長從好友名單刪除後，我輕輕放下手機，吐出一口長氣。

被我放置在床頭的哆啦A夢布偶，漸漸在我的視線中模糊。

✦

一月的某個週六，上午九點，我下樓走到客廳，卻見一個男人坐在沙發上。

「咕咕雞先生？」

「起床啦？荷包妹。」他對我笑了笑，「聽說妳昨天才考完期末考，辛苦嘍。」

我環顧四周，走到他身邊坐下，「我爸媽呢？」

「他們出去了，我幫忙看家。本來不想打擾妳，不過這樣也好，還來得及跟妳道別再走。」他側頭看我，「我媽前兩天出車禍，我得回澳門看她。你爸媽堅持要我在去機場前來妳家一趟，說是要買些慰問品讓我帶回去。」

「你媽媽還好吧？」我緊張地問。

「她左腳骨折，得在醫院住一段時間，除此之外並無大礙。剛好我也想去香港探望一個學姊，大概一個禮拜後回台灣。」

我想起他上次在路邊與一個女人視訊……

「是那個『圓姊』嗎？」

他眨眨眼，「對，妳還記得啊？她上禮拜剛生了個女兒，我想去看看她們母女。」

又來了。

這種莫名其妙稍稍放下心的感覺。

「時間過得眞快，轉眼就要一年了，還眞有點捨不得，妳爸一直勸我繼續留在台灣。」他忽然感慨道。

聞言，我才猛然憶起他只是被調派來台灣工作一年，之後可能就得返回香港。

我頓覺不知失措，「你、你要回去了嗎？」

他靜靜地對上我有些慌張的視線，微微一笑，「是啊，最快二月底吧。如果妳希望我留下來，說不定我可以考慮向公司請調來台灣，畢竟我也挺想待在這兒的。」

我怔住了，一時分辨不出他是說眞的，還是開玩笑。

爸媽恰巧在這時候回來，沒能讓我有機會問個明白。

媽媽把剛買回來的各式營養品從袋子拿出來給咕咕雞先生，向他解釋服用方式，而爸爸則是要他在這段時間不必擔心公事。

我心不在焉地旁聽三人的交談，不斷想著他方才那番話是眞是假，而艾亭忽然傳來視訊的邀請。

「念荷，妳看。」鏡頭裡的艾亭很興奮，手中抱著一隻嬌小的黑色臘腸狗，「是不是很可愛？她叫巧巧。」

我還來不及回答，咕咕雞先生就從旁邊湊過來：「喔？是臘腸，眞可愛。我小時候也養過一隻。」

他不僅出聲插話，身影也同時入鏡。

艾亭愣了下，好奇地問：「念荷，這位是妳朋友嗎？」

我張口欲言，咕咕雞先生卻搶先答道：「對，我是念荷的朋友，妳好。妳是她的大學同學？」

「不是，我們是高中同學。我叫艾亭。」艾亭雙眼發亮，居然就這麼與他對談起來。

「我叫Darren。」

「Darren？你是外國人？」艾亭打趣道。

他莞爾，「不是，我是台灣人，妳也可以叫我一緯。因爲長年在國外工作，大家都叫我英文名字居多。」

我不敢相信自己的耳朵，扭頭望向坐在一旁的咕咕雞先生：「你的名字是『一緯』？」

「是啊，怎麼了？」

我頓時口乾舌燥，結結巴巴道：「你不是姓顧嗎？難道你其實……姓孫？」

他眼中露出疑惑，「對，我以前本來姓孫，但現在跟著我繼父姓顧，咕咕雞這綽號也是這麼來的。妳怎麼知道這件事？我沒印象跟妳爸提過啊。」

「那、那麼你……」我不敢置信地吞了口口水，「你在香港的……那個學姊，莫非是瞿圓圓？」

「妳為什麼會知道？」原本還掛在他唇角的淺淺笑意，這下子完全消失。

我瞠目結舌，再也說不出半句話。

爸爸揚聲喚他，說是去機場的計程車已經在門口等了。

臨走前，咕咕雞先生回頭吩咐我：「荷包妹，等我回來，妳要告訴我這是怎麼回事。」

我望著他坐上計程車的身影出神，直到艾亭的聲音響起。

「怎麼啦？臉色變得那麼奇怪。」她一邊逗弄小狗，一邊曖昧地笑，「那個男人長得好帥啊，該不會是妳的新男友吧？」

我沒心思向艾亭解釋，匆忙結束視迅通話。

等到咕咕雞先生離開了將近十五分鐘，我才像是猛然清醒似地，連忙問爸爸知不知道咕咕雞先生的班機時間。

「好像是下午兩點多，怎麼了嗎？」爸爸皺眉思索。

「爸、媽，我有急事出去一下！」

我即刻驅車趕往機場，途中打了兩次電話給咕咕雞先生，對方卻都在通話中。

孫一緯。

怎樣也料想不到，茉莉學姊說的那個人，居然早就出現在我身邊了。

所以當她看見咕咕雞先生的照片，才會喜極而泣，因爲她已經等到了她所盼望的人。

「雖然我找不到他了，可是我已經找到另一個人生意義，那就是看妳幸福。我會一直在妳身邊，直到帶給妳幸福的那個人出現。」

想起茉莉學姊這段話，我再也忍不住淚水。

此時此刻，我才終於確定，茉莉學姊不會再回來了，她把幸福留給了我。

她用自己的生命作爲交換，只爲了讓那個人來到我身邊。

意識到這一點，我更想要見到那個男人了。

再打了一通電話過去，我終於聯繫上咕咕雞先生。

抵達機場，我一停好車，便加快腳步走到與他約定碰面的地方。

「荷包妹。」

他站在機場大門前等我。

陽光照在他身上，讓他的笑容格外耀眼，也讓我熱淚盈眶。

我先是緩步上前，接著逐漸加快腳步，向他奔去。

一直很想親口告訴茉莉學姊，那些傷心和痛苦，無關命運，更無關誰的介入，而是我的選擇。

正因爲是自己做出的選擇，所以我並不後悔。

如果茉莉學姊聽得見，我一定會告訴她：

這一次，換我守護她帶給我的幸福。

第十九章　孫一緯

從圓圓姊那裡得知一切後，過了三個星期，她通知我楊於葳去找過她了。圓圓姊告訴楊於葳，我知道了所有的眞相。

在這之前，我便想過，如果是這個狀況，楊於葳可能不會再主動聯繫我。因此我事先將住處的備份鑰匙交給圓圓姊，請她轉交給楊於葳，讓她知道只要她想見我，隨時都可以過來，甚至可以自行進屋。

這天圓圓姊打電話給我時，是晚上九點，如今兩個小時已然過去。如果楊於葳在見過圓圓姊後，決定來找我，也差不多是時候了，可是我遲遲沒等到她的出現，手機也一直沒響起。

時間一分一秒過去，我躺在床上輾轉反側，無法入睡。就這樣到了凌晨兩點半，我隱約聽見一道輕輕的開鎖聲。我聽不見她的腳步聲，但我知道她來了。

在一片寂靜中，我低聲說：「楊於葳，把燈打開。」沒有任何回應，室內燈也沒有亮起。

「妳爲什麼不開燈？」我語氣平板，「從我這裡開燈走出去，並不會穿越時空吧？」

過了好一會兒，她的聲音終於從黑暗中響起。

「你果然都知道啦？」

我慢慢坐起身，此刻房裡只有窗外依稀透進的朦朧微光。

我們默默對視，直到她別開眼睛，啞著聲音說：「我去開燈——」

她轉身的剎那，我飛撲過去從背後抱住她，她驚呼一聲，卻動也不動。

「告訴我妳真正的名字。」我呼吸急促，「從前妳讓我寫的那個故事，妳只告訴了我學長和學妹的名字，卻刻意不提學姊的名字。我在補習班教室打電話給妳，接聽的卻是故事裡的學妹唐念荷，她要我救妳，那時她稱呼妳的名字，和宋任愷在那本筆記簿裡稱呼妳的名字，是同一個。」

我加重雙臂的力道，做了個深呼吸，「妳不是楊於葳，妳是余——」

她突然朝我腳上重重踩下，掙脫我的懷抱，並在我鬆手之際以迅雷不及掩耳的速度，用過去我教她的防身術，將我制伏在地。

被她壓在身下這一刻，她的臉離我非常近，我可以感覺到她的呼吸。

直直望進她的眼睛，我屏息喚她：「茉莉。」

我無法看清她的表情，只能看見她眼中浮起一層水光，不久，一滴淚落在我的臉上。

她緩緩俯下頭，雙唇幾乎就要落在我的唇上，我聽見一聲微弱的嗚咽從她喉嚨逸出，下一秒她迅速起身，奔出門外。

我呆了一會兒，才跳起來追出去，深夜的巷弄間卻已不見她的蹤影。

過了幾個小時，窗外天色漸亮，我放在床頭的手機響起，對方沒有顯示來電號碼。

「孫一緯。」果然是她。

「妳在哪裡？」

她沒有答腔，身邊卻有車子呼嘯而過的聲音，她應該是站在街邊使用公共電話。

「回答我，妳在哪？我去找妳。」我急了。

「你別來找我，我不會再見你了。我向圓圓姊道別過了，現在輪到你了。」

我一愣，「妳說什麼？」

「既然你已經知道我的祕密，自然不可能再讓我過來找你，對吧？所以我寧可這樣跟你說再見，也不要看你爲了阻止我，而躲起來不讓我找到你，那對我來說更痛苦，我知道你一定會這麼做的。」

我發不出聲音，舌尖嘗到酸澀的滋味。

「孫一緯，你記不記得我們去看花卉展那一天，是你先找到我了？按照遊戲規則，你可以問我一個問題，但我不希望你問我的名字，因爲我希望你記住的，是『楊於葳』，讓她活在你的記憶之中。」

我緊咬下唇。

「還有……」她放慢語速，「花卉展那天，我對你的告白是眞的。我希望你知道，在某個時空裡，有個名叫楊於葳的女孩，非常非常喜歡你。雖然她無緣讓與她同時空的孫一緯明白她的心意，可是另一個時空的你，卻會永遠記住她。你能不能答應我，會把她視爲最好的朋友，實現她長久以來的心願？」

「嗯。」不知不覺間，我濕了眼眶。

即使看不見她，我仍感覺得到，她在電話另一頭露出笑容。

「孫一緯，寫那個故事的時候，你曾承諾會給學妹一個幸福的結局。你已經知道在這個時空裡的學妹是誰了，對吧？」

我沒有回話，只是微微仰起頭，不想讓眼淚掉下來。

「假如有一天，你和『圖書館女孩』重逢了，但願你還記得這個約定。即使你不說，我也知道她一直在你心裡，所以我很確定，你就是另一個能帶給她幸福的人。」

我低喘了一口氣，「就是因爲這個原因，妳才決定促成我們通信？」

「嗯，雖然很抱歉害得你爲她傷心，但我並不後悔。沒有誰比我更清楚你有多好，所以我希望我最珍惜的那個女孩，也能跟我一樣，從你這裡得到幸福。」

我咬牙道：「妳還是一樣，老是自說自話，從不考慮別人的心情。」

「是呀，所以我受到懲罰了。」她語帶笑意，「對了，孫一緯，我從另一個時空帶了一份禮物給你，就放在你家信箱，你快點去看，否則再過幾個小時它就會消失不見。順便再拜託你幫我最後一個忙，宋任愷的筆記簿在你那裡吧？請你把筆記簿和那份禮物一起燒掉，如果你能答應，我就可以安心回家了。」

我握緊手機，明明心中有千言萬語，卻什麼也說不出口，只能艱難地問出一句：

「妳會好好的吧？」

「當然，還有一件更重要的事等著我去做呢。」

「什麼事？」

「我不能說。」她語調輕快，「但我可以再跟你說一個祕密，在另一個時空，孫一緯和唐念荷已經相遇了，所以我相信你和圖書館女孩遲早也會重逢。我不後悔牽起你和她，還有圓圓姊之間的緣分，也不會忘記你和圓圓姊，只要你們好好的，我也會好好的，我保證。」

我再也控制不住洶湧的淚意，眼前什麼也看不清。

「你要多陪陪你媽媽，我相信她會感受到你的心意，你一定很快就能回家。」她笑了笑，語氣一如往常開朗，「時間差不多了，補習班也要開門了，我得走了。孫一緯，你一定要保重喔，拜拜。」

然後通話被切斷了。

我不敢相信她就這麼走了，我急切地換上外出服，想去補習班找她，卻在瞥見門口的信箱時，倏地停下腳步。

她說有份禮物要給我，就放在信箱。

打開信箱一看，裡頭躺著一張照片。

照片中的兩人，一個是身穿國中制服的少年，另一個則是因爲酒醉而滿臉通紅的中年男人；前者拿筷子扮鬼臉，後者作勢敲鼓，模樣滑稽，看起來開心得不得了。

那個少年是我，而男人則是翁可釩的父親。

「和一緯你一起喝酒，就像是在跟自己兒子喝一樣，感覺特別好喝呢！」

照片上那兩人，儼然是一對感情親密的父子。

難以言喻的情緒在胸口翻騰，我忍不住在他們的笑臉裡流下眼淚。

一個小時後，我依照楊於葳的吩咐，將這張來自另一個時空的照片，以及宋任愷的藍色筆記簿，一同帶到陽台燒掉，化爲灰燼。

過了幾個月，那間補習班於深夜十一點左右突然起火，起火點就在茶水間。所幸消防車及時趕到，火勢很快控制住，沒有殃及其他樓層，然而五樓那兩間教室與茶水間皆已面目全非。

「還有一件更重要的事等著我去做呢。」

種種巧合，讓我不得不懷疑這場火災可能是楊於葳所爲，圓圓姊也和我有同樣的想法。我們都認爲楊於葳是爲了避免再有人穿越，才會想毀掉時空通道的出入口。

然而這個臆測卻沒有機會證實了。

明知楊於葳不會再出現，我卻仍有種感覺，她隨時會從我身後輕拍一下我的肩膀。

「我也有這樣的感覺。」圓圓姊對我微微一笑，「那我們就不要一直想著她已經離開，就當作她可能隨時會再出現。也許她會更希望我們能這樣記得她。」

沉默半晌，我忽然想起一件事：「圓圓姊，之前妳送我的茉莉花書籤，其實是妳和楊於葳一起做的吧？」

圓圓姊點點頭，「你是怎麼知道的？」

「當初妳教我在心中默念書籤上的花名，讓我在人群中找到楊於葳，之後卻又不肯告訴我她的本名。那時我就想，或許『茉莉』不僅是花名，說不定還是她眞正的名字。妳之前找尋魏揚時，也是在心中默念他的名字吧？」

「嗯，我們一起做書籤的時候，她說她很討厭自己的名字，可是在道別那天，她告訴我，她已經不這麼想了。」停頓片刻，圓圓姊笑了笑，「想想挺不可思議的。於葳爲了促成另一個時空的唐念荷和孫一緯相遇，所以安排你與圖書館女孩通信，如果是這個邏輯，或許在另一個時空，我和你也會相遇喔。」

聞言，我看了她許久，揚起嘴角，「那我們一定也會成爲好朋友。」

升上大四的十月初秋，蔣智安找我回高中，參加校慶園遊會。

他興高采烈地拉著高三的班導師敘舊，我也不等他，自行四處走走看看。

自高中畢業後，我不曾再踏進這裡，對於那三年，我最難忘的，始終是關於楊於葳的一切。

無論走在校園哪個地方，腦中都會隨之響起她的聲音。

「不是說好了嗎？再次碰面的時候，我會告訴你，爲何我知道你曾在校刊上發表過作品。」

「反正不是從校刊社的人口中聽說，就是從老師那裡知道的，妳不告訴我也無妨。」

「你確定嗎？說不定這兩個答案都不是呀。」

我驀地停下腳步，想起和她的這段對話。

我忽然很好奇，倘若當時我執意深究，她會怎麼回答？會告訴我實情嗎？

這時，我身後忽然傳來一道細細柔柔的嗓音。

「請問……」

我回過頭，見到一個身穿高中制服的女孩，瞬間呼吸一滯，難以置信地睜大雙眼。

女孩身畔站著另外兩個女孩，她們不斷鼓勵她，於是女孩既害羞又緊張地朝我走近幾步，我也得以將那張臉看得更清楚。

楊於葳？

不對，只是長得像，仔細一看，還是有些許差異。

「於葳加油！」就在下一秒，女孩的兩位朋友興奮地大聲嚷嚷。

這個長相酷似「楊於葳」，也名叫「於葳」的女孩，滿臉通紅地站定在我面前。

「不、不好意思……」她吞吞吐吐，連耳根子都紅了，「請問你現在有空嗎？可不可以耽誤你幾分鐘？」

我跟著她們來到一間一年級的教室。

她們都是今年夏天入學的高一新生，也是我的學妹。

在園遊會中，她們班以照相館作爲攤位的主題，幾個女同學打賭，要隨機搭訕一位異性路人，並且合影。

據說女孩在我經過她們班教室時，就已經注意到我，於是她的兩個朋友便拉著她尾隨在我身後。

我沒有拒絕，與她拍完一張拍立得後，她的朋友竟趁勢要求再多拍一張，還希望我和她能有更親密些的拍照姿勢，比如牽手。

她整張臉布滿紅暈，對她那兩個起鬨的朋友嗔道：「妳們很無聊耶！」

「拜託啦，不然勾個手也行。可以幫幫忙嗎？」她那兩個朋友調皮地對我擠眉弄眼。

女孩羞窘得無地自容，連看都不敢看我。

「好。」我看著這樣的她半晌，爽快應允，並主動朝她伸出手。

女孩不可置信地飛快看我一眼，遲疑了一下才把發顫的手緩緩放進我的掌心。

拍完照後，她們給了我一張拍立得留念，並讓我和那位女孩分別在照片上簽名。

「眞的很謝謝你。」女孩向我鞠躬，臉上的羞紅尙未退去。

「不客氣。」我看著她的臉，「請問，妳……」

我原本很想問問她有沒有表妹，然而在對上女孩清澈的目光那一刹那，無數思緒在腦中翻飛，我遲遲無法言語。

「因爲我希望你記住的，是『楊於葳』，讓她活在你的記憶之中。」

最後我打消了這個念頭。

與女孩道別後，蔣智安打電話給我，說要過來找我。

他一見到我，就問我剛剛去哪兒了，我說有學妹邀我一起合照，他滿臉不信。

「哪個學妹？照片呢？給我看看。」

「不要。」我下意識將口袋裡的照片藏得更深了。

方才看著那張有著「孫一緯」和「楊於葳」簽名的拍立得，我心中百感交集，眼睛酸澀。

我很想向這個女孩說聲：謝謝妳。

✦

「這個寒假有要打工嗎？」

在學期結束前一週，我依然以一週三次的頻率，回家陪媽媽吃飯。

聽到她主動這麼問我，我愣了一下，以爲自己聽錯。

「還、還沒安排。」因爲太過驚訝，我不由得有些結巴，「怎麼了嗎？」

「你外公外婆今年會來家裡過年，他們想看看你。」媽放下筷子，抿抿唇，「如果你能回來，先知會一聲，我再幫你整理房間。」

說完，她拿起自己的碗筷走入廚房，留下我坐在椅子上激動不已。

媽媽的言下之意，是同意讓我隨時搬回家了。因此接下來的每個週末，我都留在家裡過夜。

有一次我向她提起，大學畢業後想搬回來住，她沒有說話，只輕輕點了點頭。

我眞的可以回家了。

「孫一緯！」蔣智安慌慌張張地跑來找我，「拜託，幫我一個忙，明天替我去參加畢業典禮！」

也不知道是不是他太急了，說話不但沒頭沒腦，還顚三倒四的。

我不客氣地回：「我跟你是同一天畢業吧，我要怎麼替你參加畢業典禮？而且畢業典禮不是在下週六嗎？你的腦子還好吧？」

「不是啦！我不是跟你說過我大哥是高中老師？明天是他們學校的畢業典禮，偏偏我大哥前幾天腳受傷，行動有點不便，要我過去幫忙，但我早就跟女友有約，要是臨時取消，我怕她氣起來會甩了我。」

一直渴望交女友的蔣智安，好不容易終於在大學最後一年，透過聯誼如願以償。而且他的女友也和他的哥哥們一樣是雙胞胎，他和雙胞胎眞的特別有緣。

見他如此苦苦哀求，我只得勉爲其難答應。

等我隔天見到蔣智安的大哥時，立刻覺得自己果然不該心軟。他哥哥根本不是什麼「行動有點不便」，而是完全不能走動，只能暫時靠輪椅代步。

「這個混小子，爲了女友，不但棄大哥於不顧，居然還把同學拖下水。」蔣大哥笑容可掬，聲音聽起來卻咬牙切齒，「眞是不好意思，我會好好教訓這個弟弟的。」

「嗯，請儘管教訓。」我知道蔣智安即將大禍臨頭了。

蔣大哥任職的這所高中是私立名校，畢業典禮在體育館舉行，場地裝潢很是盛大，光是講台兩旁就分別設有一座大型電子看板。

我坐在台下與蔣大哥低聲交談，忽然聽見司儀喊出畢業生致詞代表的名字，不由得一愣，立即朝講台望去。

一個身材嬌小的女孩站在麥克風前，態度從容大方。

透過兩旁的電子看板，讓我能清楚看見她清秀的面容。

蔣大哥察覺到我的失神，好奇地問：「怎麼了？」

「那位畢業生致詞代表是……」

「喔？你說唐念荷，她是我班上的學生，怎麼了嗎？」

「她眞的是唐念荷？」

「對，你認識她？」

「可能……認識。」我迫不及待想要知道更多，「蔣大哥，可以告訴我一些她的事嗎？」

蔣大哥說，唐念荷是在高二上學期轉學過來的，雖然成績優異，卻始終與同學不太親近，一直都是獨來獨往。

「我花了兩年時間，才讓她慢慢對我敞開心胸。」蔣大哥有些感慨，「她國中遭到同學霸凌，也因此自殘過，後來她在國二時轉學，認識了一個男孩子，那個男孩……我不知道方不方便跟你提這些，畢竟這是她的私事。」

「那個男孩是宋任愷嗎？」

蔣大哥十分驚訝，從他的反應也讓我得以確定，唐念荷正是圖書館女孩沒錯。

大概是因爲我知道宋任愷這個人，蔣大哥也放下先前的顧忌，毫不保留地將自己所知道的一切全都告訴我，包括宋任愷是如何走進唐念荷封閉的內心，使她願意再次相信他人。

以及她曾經有位通信兩年的筆友。

「宋任愷患有先天性心臟病，來日無多。念荷知道他心中有個很掛念的女生，而那個女生竟突然來找她，希望她能帶她去見宋任愷。」蔣大哥娓娓道來，「宋任愷早已決定不再見那個女生，所以念荷沒有理會對方的請求，也沒讓宋任愷知情，但她不知道自己這麼做究竟對不對，爲此煩惱不已。當時她那位筆友，只用一句話就幫助她找到答案。」

我想起圖書館女孩當初寫過來的第一封信，原來她是爲此煩惱啊。

「那位筆友後來成爲她重要的心靈支柱，在她高一那年，對方提出見面的要求，念荷也很想見見對方，於是就答應了，宋任愷也很鼓勵她去。」蔣大哥的語氣略略沉下，「然而就在兩人約好見面的那一天，宋任愷的病情急速惡化，念荷連忙趕至醫院，卻仍沒能見到他最後一面。」

我聽得出神，那些我曾想不明白的事，如今都有了解答。

「這對念荷打擊很大，她很自責，所以她決定不再與筆友聯絡，作爲對自己的懲罰。」蔣大哥嘆了一口長氣，「你知道嗎？她實在是個很長情的女孩，她不但特別拜託我在畢業典禮上留一個空位給宋任愷，還一直將筆友送她的手環戴在身上。」

此時，唐念荷的致詞已經結束，台下的畢業生也陸續從座位上站起，前往校園各處拍照留念。

我推著蔣大哥的輪椅，在一群學生的簇擁下來到操場。

蔣大哥四處張望一陣，對我說：「一緯，可以麻煩你回體育館看看念荷是不是還在裡面嗎？我想請她過來和大家一起拍團體照。」

體育館裡的人幾乎走光，只剩下成排的空蕩座椅。

有個女孩獨自坐在最前排右邊數來第二個座位，像是刻意將第一個座位保留給某人。

我緩步朝她走近，她望著台上出神，不知道在想什麼。

她的右手戴著一條紅色手環，那是我從前送她的耶誕禮物。

「假如有一天，你跟圖書館女孩重逢了，但願你還記得這個約定。」

那個我始終未能忘懷的女孩，此刻近在咫尺。

無數次的通信往返，一次的錯身而過，這麼多年過去，她終於出現在我面前。

我的心跳微微失速，做過幾次深呼吸後，再度邁開腳步，去往她的身邊。

不再遲疑。

最終章　余茉莉

我曾想過，如果要用一句話來形容我至今爲止的人生，那句話會是什麼？

應該是狼狽不堪吧。

那在這狼狽不堪的人生裡，我是否曾經做對過什麼事呢？

爲了找到關閉時空通道的方法，我天天坐在活動中心的休憩室裡，看著眾人來來去去，最後卻只能想出那樣極端的手段。

我知道很可怕，畢竟是這個時空的余茉莉所想出的法子。

雖說放火燒了休憩室，並不能保證另外兩個時空通道的出入口也會跟著燒毀，但我只能這麼做了。要是奏效，希望我沒有因此傷害到任何人，我眞的已經盡力了。

念荷還在等我嗎？她會知道她身邊的那個男人，其實就是孫一緯嗎？

孫一緯最後有得到他母親的接納嗎？他是否能與圖書館女孩重逢？

不知道其他穿越者是不是也跟我一樣，即使回到原來的時空，心裡依然想著念著其他時空，寧可冒著生命危險，也想再次走入另一個時空。

但仔細一想，我會這樣也不奇怪，如果在原來的時空裡，那些能夠證明自己存在過的人，都已經不在了，那麼繼續留下來又有什麼意義？

唉，一定是穿越時空的副作用作祟，才會突然想著這些問題，而且還是在我性命垂危的時候。

話說回來，這裡究竟是什麼地方？

我明明記得，自己在放火燒了休憩室之後，就奔上頂樓，隱約聽見底下圍觀的人群裡，有人喊了我的名字。

而且我記得我最後應該是踩空摔下去了，我眼前的畫面應該是濃煙密布的黑夜，怎麼會是一整片的絢爛晚霞？

這是怎麼回事？

難不成我又穿越了？

如果是，那這裡是B時空，還是C時空？

我想坐起身，身體卻完全動彈不得，四肢失去知覺，四周不斷傳來嘈雜的喇叭聲，還有人高喊著「車禍」、「有人被撞」、「司機酒駕」。

一雙雙眼睛跟著出現在晚霞裡，好幾個路人低頭看我，眼中露出明顯的驚恐，大概是因爲我現在的模樣很可怕吧？

他們口中那個被車撞的人，八成就是我了。

我會死在另一個時空裡嗎？

能在滿天晚霞下死去，好像也不可惜。

我腦中接連閃過一個個疑問，頭上的人影也一個個換過。

不久，一張白淨的面孔貼近我的眼前。

「妳還好嗎？振作一點！」

一看清這個人是誰，我的目光再也無法轉移。

他身邊的友人慌張地連聲催促：「宋任愷，你在幹麼？快要遲到了！」

「抱歉，你幫我跟教授說我會晚些到！」

他脫下身上的大衣，遮住我的上方，我這才意識到，不知何時，雨降下來了，他正在爲我遮雨。

我專注地望著他的面容。

他現在是二十歲？還是二十五歲？

無論他究竟幾歲，這個宋任愷已然是個成熟的男人了。

他不認識我？還是在這個時空裡，余茉莉並不存在？

一想到這裡，我的呼吸微微加快，心跳也跟著急促起來。

我曾經告訴念荷，我有一個心願。

我希望能看見宋任愷在某個沒有我的時空裡，幸福地活下去。

而我似乎眞的看到了。

「妳撐著點，救護車馬上就到。」宋任愷持續對我溫柔喊話，眼裡的清澈始終不變，「妳能再等一等嗎？」

「余茉莉，妳可不可以等我？」

直到這一刻，我才恍然認出，我在墜樓前聽到的聲音，就是來自於那個牽著我的手，對我說出那句話的男孩。

我含淚看著他，蠕動嘴唇，無聲地說出那三個字。

我等你。

全文完

後記
來自遠方的那些故事

上冊的後記標題是「一個來自遠方的故事」，這一次則是「來自遠方的那些故事」。

在上冊中，我藉由唐念荷和孫一緯各自的故事線，慢慢帶出兩人的關聯性，也讓大家以爲串連起他們之間的，不過是楊於葳告訴孫一緯的那個故事，只有在讀完全書後，才知道不僅於此。

這本書雖然分別從唐念荷和孫一緯兩人的視角出發，可是最重要的主角其實是余茉莉。

在書封插畫裡，綁著馬尾的女孩就是她，不管是她身邊的茉莉花，還是她的每一個動作，都與故事內容有著重要的關聯。初次看到封面時眞的很感動，在這裡也要特別感謝左萱老師的精心安排。

在上冊後記說過，這個故事原先想取名爲《來自遠方》，因爲我想表達的是來自遙遠某處的余茉莉，可是更名爲《來自何方》後，比較像是從唐念荷與孫一緯的角度，來看待這個不知從何處而來的余茉莉，我也更喜歡這樣的詮釋。

《來自何方》劇情複雜，是我第一次碰觸這種超現實的題材，很燒腦，也很難寫，雖然過程碰到很多困難，但我很高興終究是完成了。這是我首次詮釋如此架構龐大的故事，難免出現不少邏輯上的疏漏，感謝我的編輯馥蔓，清楚點出問題，並給予我最適當的建議。

雖然不曉得今後有沒有可能再接觸類似的題材，但我想這會是近年來最讓我印象深刻的一次創作經驗，無論是難寫的程度，還是折磨我（？）的程度，都更甚以往。寫作的過程度日如年，寫完後卻又覺得好像只過了一眨眼而已，寫著這篇後記的我，幾乎不記得自己到底是怎麼在電腦前敲下最後一個字的。（抖）

除了可怕的部分，當然也有充滿樂趣的部分，那就是看到讀者朋友們在讀完上冊之後，對於後面劇情的推理與猜測。

各式各樣的答案都有，果然有敏銳的讀者察覺到劇情可能與穿越時空有關。很謝謝你們不吝與我分享讀後感想，收到你們的回饋，是最讓我感到幸福的時刻，也讓我覺得耗盡全力寫出這個故事是值得的。

在我創作的每個故事裡，都會有我自己特別鍾情的段落，而在《來自何方》中，我尤其喜歡的，卻是孫一緯和翁可釩的篇幅。雖然翁可釩不是主角，可是她和孫一緯的相處及互動，不知爲何就是讓我印象相當深刻。如今回想起孫一緯這個角色，我首先想到的也是他和翁可釩之間的點點滴滴。

那麼對於《來自何方》，你們印象最深刻、最喜歡的篇幅又是哪裡呢？歡迎大家與我分享喔。（大力招手）

最後，要感謝一直支持著我，並等了我一年的小平凡。

謝謝超級辛苦的馥蔓，謝謝POPO原創，謝謝讓《來自何方》順利付梓的所有人。

我們下部作品再見！

晨羽

城邦原創 長期徵稿

POPO城邦原創 www.popo.tw

題材

(1) 愛情：校園愛情、都會愛情、古代言情等，非羅曼史，八萬字以上，需完結。
(2) 奇幻/玄幻：八萬字以上，單本或系列作皆可；若是系列作，請至少完稿一集以上，並附上分集大綱。

如何投稿

電子檔格式投稿（請盡量選擇此形式投稿）

(1) 請寄至客服信箱service@popo.tw，信件標題寫明：【投稿城邦原創實體書出版／作品名稱／真實姓名】（例：投稿城邦原創實體書出版／愛情這件事／徐大仁）
(2) 稿件存成word檔，其他格式（網址連結、PDF檔、txt檔、直接貼文於信件中等）恕不受理；並請使用正確全形標點符號。
(3) 請附上真實姓名、性別、聯絡電話、email、POPO原創網會員帳號、作者簡介與出版經歷。
(4) 請加入POPO原創市集(www.popo.tw/index)申請成為作家會員，並將投稿作品公開放上該網站至少4萬字，若想全文公開也可以。

紙本投稿

(1) 投稿地址：10483台北市民生東路二段149號6樓A室
城邦原創實體出版部收
(2) 請以A4紙列印稿件，不收手寫稿件。
(3) 請附上真實姓名、性別、聯絡電話、email、POPO原創網會員帳號、作者簡介與出版經歷。
(4) 請自行留存底稿，恕不退稿。
(5) 請加入POPO原創市集(www.popo.tw/index)申請成為作家會員，並將投稿作品公開放上該網站至少4萬字，若想全文公開也可以。

審稿與回覆

(1) 收到稿件後，約需2-3個月審稿時間，請耐心等候通知。若通過審稿，編輯部將以email回覆並洽談合作事宜，如未過稿，恕不另行通知。
(2) 由於來稿眾多，若投稿未過，請恕無法一一說明原因或給予寫作建議。
(3) 若欲詢問審稿進度，請來信至投稿信箱，請勿透過電話、部落格、粉絲團詢問。

其他注意事項

(1) 請勿抄襲他人作品。
(2) 請確認投稿作品的實體與電子版權都在您的手上。
(3) 如果您的作品在敝公司的徵稿類型之外，仍然可以投稿，只是過稿機率相對較低。

國家圖書館出版品預行編目資料

來自何方／晨羽著. -- 初版. -- 臺北市；城邦原創出
版 ： 家庭傳媒城邦分公司發行，2018.06-
2018.08
面；公分
ISBN 978-986-96522-2-3（上冊：平裝）. --
ISBN 978-986-96522-6-1（下冊：平裝）

857.7　　107009123

來自何方（下）

作　　者／晨羽
企畫選書／楊馥蔓
責任編輯／楊馥蔓、廖雅雯

行銷業務／林政杰
總 編 輯／楊馥蔓
總 經 理／伍文翠
發 行 人／何飛鵬
法律顧問／元禾法律事務所　王子文律師
出　　版／城邦原創股份有限公司
台北市中山區民生東路二段 141 號 6 樓
電話：(02) 2509-5506　傳真：(02) 2500-1933
E-mail：service@popo.tw
發　　行／英屬蓋曼群島商家庭傳媒股份有限公司城邦分公司
聯絡地址：台北市中山區民生東路二段 141 號 11 樓
書虫客服服務專線：(02) 25007718．(02) 25007719
24小時傳真服務：(02) 25001990．(02) 25001991
服務時間：週一至週五09:30-12:00．13:30-17:00
郵撥帳號：19863813　戶名：書虫股份有限公司
讀者服務信箱 email：service@readingclub.com.tw
城邦讀書花園網址：www.cite.com.tw
香港發行所／城邦（香港）出版集團有限公司
地址：香港九龍土瓜灣土瓜灣道 86 號順聯工業大廈 6 樓 A 室
email：hkcite@biznetvigator.com
電話：(852)25086231　傳真：(852) 25789337
馬新發行所／城邦（馬新）出版集團 Cité(M)Sdn. Bhd.
41, Jalan Radin Anum, Bandar Baru Sri Petaling,
57000 Kuala Lumpur, Malaysia.
電話：(603) 90563833　傳真：(603) 90576622
email：services@cite.my

封面設計／黃聖文
電腦排版／游淑萍
印　　刷／漾格科技股份有限公司
經 銷 商／聯合發行股份有限公司
電話：(02)2917-8022　傳真：(02)2911-0053

■ 2018 年 8 月初版
■ 2024 年 2 月初版 11.6 刷
Printed in Taiwan

定價／280元

ISBN　978-986-96522-6-1